KB234876

슬기로운 검사생활

슬기로운 검사생활

초판 1쇄 발행 | 2022년 2월 18일
초판 2쇄 발행 | 2023년 1월 30일

지은이 | 정거장
발행인 | 안유석
편집자 | 고병찬
디자이너 | 김민지
일러스트 | 박정아
펴낸곳 | 처음북스
출판등록 | 2011년 1월 12일 제2011-000009호
주소 | 서울특별시 강남구 강남대로364 미왕빌딩 17층
전화 | 070-7018-8812
팩스 | 02-6280-3032
이메일 | cheombooks@cheom.net
홈페이지 | www.cheombooks.net
인스타그램 | @cheombooks
페이스북 | www.facebook.com/cheombooks
ISBN | 979-11-7022-237-8 03810

슬기로운 검사생활

뚝검 지음

처음북스

시간의 흔적을 기록하다

코로나19 바이러스가 전 세계에 창궐하기 몇 해 전, 친구들과 모세가 하나님으로부터 십계명을 받았다는 이집트 시나이산에 올랐다. 그곳은 풀 한 포기, 나무 한 그루조차 없는 척박한 돌산이어서 광야의 강렬한 햇볕을 피할 그늘 한 뼘 없었던 터라, 우리는 어두컴컴한 새벽부터 등산을 시작해야 했다. 불빛이라곤 길잡이가 들고 있는 전등 불빛뿐이어서 앞사람의 등짝에만 의지하며 발걸음을 재촉했다.

칠흑 같은 어둠 속에 앞사람을 놓칠세라 잔뜩 긴장했기 때문인지 아니면 고도가 높아졌기 때문인지 알 수 없었지만, 숨은 가빠지고 온몸은 천근만근 무거워졌다. 다행히 정상 근처에 다다르자 등산객들이 삼삼오오 모여 저마다의 모습으로 쉬고 있는 허름한 오두막이 있었다. 어떤 이는 커다란 배낭을 베개 삼아 눈을 붙이고 있었고, 어떤 이는 가만히 손을 모아 기도를 올리고 있었다.

움직일 때마다 흙먼지가 일고, 넝마 조각이 어지럽게 깔린 곳이었지만 철퍼덕 주저앉아 허겁지겁 육포와 초콜릿을 입에 털어 넣었다. 허기가 사라지니 한숨만 잤으면 하는 생각이 간절했지만, 일출 시간이 다 되어 간다는 말에 간신히 유혹을 뿌리치며 자리에서 일어났다. 그런데 친구 하나가 힘없이 주저앉았다. 그 친구는 더는 못 걷겠다며 쉬고 있을 테니 다들 올라가서 일출을 보고 오라고 말했다. 우리는 무슨 말이냐며 친구를 말렸다. 여기까지 왔으니 일출은 봐야 하지 않겠냐고, 일출을 바라보며 먹는 컵라면이 일미라고 친구를 달랬다. 언제 다시 여기 오겠냐고, 평생 후회할 수 있다고 친구를 겁주기도 했다. 하지만 친구는 심호흡을 하고, 손발을 움직여 보더니 도저히 못 가겠다고 했다.

결국 친구를 남기고 정상에 올랐다. 바위에 앉아 태양에 붉게 물드는 사막을 보고 있자니 착잡한 마음이 들었다. 몇 분만 참았다면, 몇 미터만 올랐다면 이런 장관을 눈에 담을 수 있었을 텐데, 마냥 쉽게 포기한 친구를 이해할 수 없었다. 여독에 지친 몸을 일으켜 짐을 챙기고, 졸린 눈을 부릅떠 가며 여태까지 산을 오른 의미가 없지 않은가.

*

5년을 검사로 살았다. 이름 세 글자보다 그 앞에 붙는 검사라는 직함이 무거워지기에는 충분한 시간이었다. 검사로서 내리는 온갖 결정들의 질량이, 쌓여가는 경력의 제곱만큼씩 늘어나 가슴을 짓눌렀다. 성실하게 살아온 삶이었건만 행복하지 않았다. 눈 내리는 설원을 하염없이 걷다가 돌아보니, 걸어온 흔적일랑 보이지 않는 막막한 심정. 쉼표가 필요했다.

잠시 뒤돌아 걷기로 했다. 쌓인 눈을 치우며 발자국을 찾다 보면 지난 시간들의 의미도 찾을 수 있지 않을까. 하지만 이내 불안했다. 동기들보다 뒤처지지는 않을까, 쉬었는데도 나아지지 않으면 그때는 어쩌나 하는 고민들이 머릿속을 메웠다. 어릴 적부터 포기는 죄악이고, 고난과 역경을 이겨 내면 그 끝에는 달디 단 열매가 있다고 배웠으니, 참을 수 있는데도 회피할 궁리만 하고 있지는 않은지 스스로 검열했다. 쑥과 마늘만으로 백일을 버틴 곰은 사람이 되었고, 중간에 뛰쳐나간 호랑이는 역사에 가죽 한 장 남기지 못한 이야기가 우리 아이들에게 꾸준히 읽히지 않던가.

대부분의 지인들이 나를 말렸다. 누구나 회의감이 들 때가 있고, 재채기같이 우울감이 올 때도 있지만 그때마다 고삐를 옥죄고 더 열심히 달리는 편이 금세 나아지는 방법이라는 조언과 너의 노력이 부족하지는 않았는지 자문해 보라는 위협으로 나를 어르고 겁주었다. 마음이 흔들리기도 했지만 그때 그 친구처럼 크게 심호흡을 하고서 고개를 가로저었다.

친구에게 전화를 했다. 시나이산 오두막에서 있었던 일을 꺼내며 나는 너를 이해할 수 없었는데, 방금 내가 그때의 너와 같은 결정을 했다고 털어놓았다. 친구는 껄껄껄 사람 좋은 웃음과 함께 말했다.

"너희가 급히 정상에 오를 때, 나는 가만히 누워서 별을 봤어. 그리고 너희와 다른 모양이긴 하지만 사막에 떠오르는 해도 봤고. 이건 너희에게는 없는 나만의 기억이고, 그래서 더 소중해. 모두가 정상에서 일출을 볼 필요도 없고, 그래야만 의미가 있는 것도 아니야. 너의 인생을 너만의 이야기로 채워, 풍성하게. 그럼 후회 안 해."

이 글은 검사로서 보낸 시간들과, 그 시간들이 겹쳐 흘러나온 공허를 이겨 내고자 그간의 궤도에서 벗어나 지나간 시간들을 잡아 보려는 일련의 기록이다. 빈손에 무엇이 잡힐지는 물고기를 기다리는 낚시꾼처럼 알 수 없다. 이 글의 끝이 대책 없는 결정에 후회한다는 자조일 수도 있고, 별 소득 없이 시간을 보냈다는 한탄일 수도 있으며 가슴속까지 단단히 채운 모습으로 허탈과 우울에 젖은 사람들에게 보내는 작은 위로일 수도 있다. 이제 나를 스친 시간들을 거슬러 올라가려 한다. 그 끝을 나도 모르니 심장이 뛴다.

작가 뚝검

차례

초임검사 또는 검린이

좌충우돌 ─────
검린이 ─────

　검사는 영화나 드라마의 단골 소재이다. 검사라는 직업 특성상 〈명탐정 코난〉만큼이나 사건 사고가 뒤따르다 보니 소재가 풍부하고, 인원이 적은 탓(검사의 정원은 검사정원법에 따라 법률로써 정해져 있다. 현재 검사 정원은 2,292명이다.)에 대중에게 쉽게 노출되지 않다 보니 그 삶이 궁금하기도 해서가 아닐까 짐작해 본다. 자신의 직업이 영화나 드라마에 나오면 '저건 말도 안 돼!'라거나 '저건 고증이 잘 되었네!'라는 추임새를 넣으며 몰입하듯이 나 또한 검사가 등장하는 작품에는 동질감을 느끼며 푹 빠져들곤 한다. 그리고 그 속에서 수습검사와 초임검사라는 이름의, 어딘지 모르게 서툴고 엉성하지만 오지랖이 넓다고 느껴질 정도로 인간

적이고 열정 하나만큼은 세계관 최강인 등장인물을 하나쯤은 마주한다.

로스쿨을 졸업하고 검사로 임관을 하면 바로 검사 업무를 수행하지 않고, 법무연수원에서 1년 가까이 검사 연수를 받는다. 연수가 막바지에 접어들면 검사들은 일선 검찰청에 나가 경력검사의 지도 아래 두 달 내지 석 달 동안 실제 검사 업무를 수행한다. 이 과정에 있는 검사를 수습검사라고 한다. 그리고 1년 동안의 지난한 검사 연수가 끝나면 비로소 정식 발령을 받는다. 이렇듯 첫 발령을 받은 검사를 초임검사라고 부른다.

법조인들은 단어 하나, 문장 하나 꼬투리 잡기를 업으로 삼는 사람들인지라, 특정하고 구분하기를 유별나게 좋아한다. 그래서인지 초임검사를 한 번 더 나누어 호칭하는데, 금초와 작초가 그것이다. 일상에서는 전혀 사용하지 않는 단어여서 생소하기는 하지만 별다른 뜻은 없다. 금초는 금년 초임검사, 작초는 작년 초임검사의 약어이다. 고백하자면 누구도 나에게 이런 설명을 해 주지 않아서 나는 몇 해 전까지만 해도 사건에, 사람에, 세상 풍파에 치이고 밟히더라도 금잔디처럼 굳세게 일어나라는 의미로 초임검사를 금초라고 부르나 넘겨짚기도 했었다.

초임검사는 서툴다. 어느 회사든지 부사수가 있고, 주니어가 있듯이 검찰에는 초임검사가 있다. 지금도 마찬가지인지는 모르겠지만, 내가 첫 발령을 받았을 때만 해도 초임검사는 적어도 6개월 동안 부부장검사나 수석검사(해당 부서에서 가장 기수가 높은 검사) 밑에서 지도를 받아야 했다. 그런데 이 기간이 초임검사에게는 가혹하다. 우선 안 그래도 좁은 지도검사실을 비집고 들어가 있는 군식구 신세다. 그리고 검사는 사법경찰관인 수사관, 행정 업무를 담당하는 실무관과 팀을 이루어 사건을 수사하고 처리하는데 초임검사에게는 아무도 없다. 혼자다.

지도검사실에도 직원분들이 계시긴 하지만, 그분들은 어디까지나 지도검사의 업무를 돕는 역할일 뿐이다. 물론 어느 직원분들이든 어리바리한 초임검사를 하나하나 챙겨 주고 혹시나 도울 일이 없는지 먼저 나서서 살펴봐 주신다. 하지만 지도검사들은 경력이 많아 주로 쟁점이 복잡하고 어려운 사건을 처리하다 보니, 그곳 직원들의 업무도 다른 검사실에 비해 과중한 편이라서 초임검사 입장에서는 마음 편히 자기 일을 부탁할 수가 없다.

그래서 초임검사는 지도 기간이 끝나는 독립의 그 날을 손꼽아 기다린다(실제로 초임검사들은 독립이라는 표현을 사용한다.). 나도 그랬다. 꽃샘추위가 매섭던 봄날에 시작한 지도 기간은 장마가 지나고, 후덥지근한 공기 가득한 여름날이 되어서야 마침내 끝났다. 검사실 하나 새로 마련하기 어려울 만큼 청사 사정이 열악했던 터라 나의 첫 검사실은 창고처럼 사용하던 휴게실을 급히 치우고 만든 작디작은 공간이었다. 책상 두 개가 겨우 들어갈 만큼 좁고, 전등도 하나뿐이어서 어두컴컴했지만 신이 났다. 물티슈를 집어 들고 이곳저곳을 청소했다. 선인장 화분을 사다가 창가에 두었고 디퓨저도 가져다 놓았다. 이곳에 오는 사람들 모두가 억울함이 없게 해야지 마음먹으며 방문 옆에 명패를 붙였다. 뚝심 있는 검사가 되자고 나에게 뚝검이라는 별명을 붙여 보았던 그날, 검사 뚝검의 좌충우돌 검린이 시절은 시작되었다.

처벌과
자존심

어두침침한 사무실에서 혼자 빛나는 스탠드 불빛. 보자기에 싸인 채 산더미처럼 쌓인 기록 뭉치들. 80년대에나 사용했을 법한 구형 캐비닛. 그 안에서 벌어지는 검사와 피의자의 숨 막히는 기 싸움. 드라마에서 그려지는 검사실의 모습은 대개 이렇다. 설마 인터넷으로 실시간 방송을 하고, 컴퓨터로 시험을 치르며 민사소송도 전자소송으로 하는 요즘 같은 시대에 정말 손때가 묻은 종이 기록을 황금 보자기에 묶어 옮길까? 작가들은 검사실 한 번 찾아보지 않고 시나리오를 쓰는 걸까? 의아해하는 시청자들도 있겠지만, 실제 검사실의 모습은 이와 크게 다르지 않다.

사건기록 속에는 경찰의 수사 결과가 담겨 있다. 검사는 사건기록을 검토하고 CCTV 영상, 계좌 사용 내역, 휴대전화 사용 내역과 같은 객관증거나 신뢰성을 담보할 수 있는 진술증거, 당사자들의 주장을 뒷받침하는 정황증거 등이 있는 때에는 별다른 조사 없이 기소, 불기소 여부를 결정한다. 하지만 추가 수사가 필요한 경우, 예를 들어 사실관계를 명확하게 정리할 필요가 있거나 당사자의 생활 환경 또는 범행에 이른 경위를 듣고서 양형을 결정할 필요가 있는 경우에는 당사자를 직접 만나기도 한다. 당사자와 마주 앉아 이런저런 대화를 나누다 보면 그 사람의 역사와 우주를 마주하는데, 가끔은 그 파편이 내 기억 속에 깊숙이 박힌다.

초임검사는 처음 몇 개월 동안 교통사고 사건, 음주·무면허운전 사건처럼 비교적 쟁점이 간단한 사건들을 주로 처리한다. 인생 첫 사무실을 쓸고 닦으며 '과연 어떤 사건들을 만나게 될까?'라는 생각에 심장이 쿵쾅거리던 나에게도 무면허운전 사건 하나가 배당되었다.

피의자 이용식(가명)_ 죄명 도로교통법위반(무면허운전)

도무지 이해가 가지 않았다. 이용식은 트럭에 물건을 싣고 전국 방방곡곡을 돌아다니는 만물상이었다. 트럭 장사를 생업으로 하는 사람이 운전면허를 취득하지 않았다니, 어불성설 아닌가. 무면허운전은 대부분 벌금형으로 처벌받는데, 얼마나 무면허운전을 여러 번 했는지 이용식은 실형을 선고받아 교도소까지 다녀왔다. 무슨 이유인지 묻기 위해 이용식에게 출석을 요구했다.

검사실에 나온 이용식은 그야말로 촌부의 모습이었다. 앞니가 몇 개 빠져 있었고, 손가락에는 굳은살이 잔뜩 박여 있었다. 얼굴은 볕에 그을려 새카맸다. 이용식에게 물었다.

뚝　검　왜 자꾸 면허도 안 따고 운전을 하세요?
이용식　하루 벌어 하루 먹고 사느라 바빴습니다. 죄송합니다.

고개를 푹 숙인 이용식의 답변이었다. 간단한 사항을 조사하고 피의자신문조서를 작성했다. 한참 동안 조서를 읽은 이용식은 삐뚤빼뚤 이름을 적고, 그 옆에 손도장을 찍었다. 마지막으로 조서를 확인하는데, 이용식의 진술에 오탈자가 있었다. 이용식에게 볼펜을 건네주며 오탈자를 고쳐달라고 말했다. 그런데 이용식은 펜을 든 채 멍하니 조서만 바라보았다. 그에게 재차 고쳐달라고 말했지만, 미동조차 하지 않았다. 잠시 뒤 이용식은 조심스럽게 입을 뗐다.

이용식　검사님, 제가 사실은 글을 못 읽습니다. 이름이나 쓸 줄 압니다.
뚝　검　무슨 말씀이세요? 경찰 조사를 받을 때도 그렇고, 지금도 조서 다 읽어 보셨잖아요!

이용식 그게 사실은……. 제가 글을 모르는데, 글 모른다고 말
   하는 게 미칠 듯이 쪽 팔려서요.

청천벽력. 글도 못 읽는 사람이 글을 아는 양 조서를 읽어 보고,
아니 쳐다보고 이름 석 자까지 적다니.
  이용식은 초등학교 2학년 때 학교를 그만두고 부모님의 농사일을
도왔다고 했다. 어른이 되어서는 공장과 공사판을 돌아다니며 한
푼 두 푼 돈을 모아 동생들의 학비를 댔다고 했다. 홀어머니와 함께
살면서 가족들이 자신에게 미안해할까 봐, 조카들이 자신을 부끄러
워할까 봐 글을 모른다는 말을 차마 꺼내 놓을 수 없었다고 했다.

뚝 검 그래도 글을 배우셨어야죠. 그래서 운전면허시험을 보
   셨어야죠!
이용식 하루 벌어서 하루 먹고 사는데, 언제 글을 배우나요. 나
   이까지 드니까 글 배울 곳도 없더라고요.

글을 모르면 배워야 하지 않느냐고, 언제까지 다른 사람들에게
피해를 주며 살겠느냐고 이용식을 다그쳤다. 이용식은 죄송하다
는 말을 반복했다. 그러다 이내 내가 부끄러워졌다. 나는 나의 세
상을 기준으로 다른 사람의 세상을 평가하고 있었다. 나의 세상에
는 유려한 솜씨로 글을 쓸 줄 아는 사람들과 무언가 배우기로 작

정하면 막힘 없이 배우는 사람들이 즐비했으니 으레 다른 사람의 세상도 그러리라 단정 짓고 있었다. 지구에 있는 사람의 수만큼 역사와 우주가 존재한다는 진리를 까맣게 잊은 채로 글을 모르면 배우면 되지 않느냐고 이용식을 다그치다니.

뚝 검 계속 트럭 장사하실 거예요?

이용식에게 물었다. 이용식은 할 줄 아는 일이 트럭 장사뿐이어서 어떻게 해야 할지 모르겠다고 했다. 이용식의 사정이 안타까워 도로교통공단에 문맹자가 운전면허시험을 볼 수 있는지 문의했다. 담당직원은 문맹자를 위한 '읽어 주는 PC학과시험'이 있다고 했다. 인터넷 홈페이지에 음성 교재도 게시되어 있어서 얼마든지 공부도 할 수 있다고 했다. CD에 음성 교재를 내려받아 이용식에게 건네주면서 '읽어 주는 PC학과시험'을 설명해 주었다.

이용식은 그동안 이런 시험이 있는 줄 알았다면 운전면허를 땄을 텐데 도로교통공단이 있는지도 몰랐고, 알아볼 용기도 없었다고 했다. 그저 인터넷 검색만 하면 누구나 얻을 수 있는 정보일 뿐인데 이것 때문에 몇 번씩이나 처벌을 받았다니, 마음이 아팠다. 그리고 얼마 뒤, 이용식에게서 전화가 왔다.

이용식 검사님! 저 운전면허 땄습니다!

기호 _______________________

식품 _______________________

기승을 부리던 꽃샘추위가 한풀 꺾이고 대학가에도 봄날이 찾아왔다. 새내기들은 칙칙한 교복을 벗고서 처음 맞이하는 계절에 파스텔 톤의 옷을 뽐내며 캠퍼스를 거닐었다. 건물 입구마다 과별 MT를 간다거나 동아리 회원을 모집한다는 벽지가 나붙어 있었다. 대학에 가면 공부는 물론 취미 생활까지 멋들어지게 해내는 대학생이 되겠노라 다짐했던 나는 요란하게 붙어 있는 벽지들을 하나하나 찬찬히 살펴보았다.

○○대학교 유일 야구 동아리, 파이어볼러스(가칭) 공개 회원 모집!

그래, 이거야. 봉긋하게 솟은 마운드 위에서 힘차게 공을 내리꽂거나, 마음껏 배트를 휘둘러 저 멀리 공을 날려 보낸 뒤 더그아웃에서 동료들과 만끽하는 승리의 기쁨! 생각만 해도 심장이 두근두근했다. 그길로 학생회관에 있는 야구부 동아리방을 찾았다. 어색한 인사와 함께 문을 열자 방 한가운데에서 연신 배트를 돌리던 선배가 반갑다며 손을 내밀었다. 방 한쪽에 놓인 소파에는 신입생으로 보이는 몇몇이 주먹 쥔 양손을 무릎 위에 올린 채 허리를 곧추세우고 앉아 있었다. 군대도 안 다녀온 녀석들이 잔뜩 군기가 잡힌 모양새였다.

얼마 뒤 신입생 환영회가 열렸다. 대패 삼겹살 1인분을 3,000원에 파는 학교 앞 식당이었다. 불판 앞에 삼삼오오 모여 앉자 누가 시키지 않았는데도 신입생들은 집게를 집어 들고 삼겹살을 구웠다. 선배들은 날름날름 노릇하게 익은 삼겹살을 집어 먹으며 고기를 잘 못 굽는다는 핀잔도 잊지 않았다. 불판에 놓인 고기가 거뭇거뭇 타들어 가기 시작할 때쯤 감독이 일어나 술잔을 들어 올렸다.

감　독 다들 잔 채웠지? 야구부에 들어온 걸 환영한다. 내가 구호하면 다 같이 원샷! 파이어볼러스 파이팅!

사람들은 감독의 구호에 맞춰 파이팅을 외치고는 잔에 한가득 채운 소주를 입안에 털어 넣었다. 여기저기서 혀끝에 남은 쓴맛을 다시며 크으 하는 탄성을 쏟아 냈다. 나는 소주잔을 손에 든 채로 고민했다. '술을 마셔야 하나…….' 그 찰나가 억겁보다 길었다.

*

삼일절이었다. 그리고 다음 날은 중학교 입학식이었다. 중학교 입학시험을 제법 잘 보았던 터라 전교생 앞에서 상을 받기로 예정 되어 있었다. 기분이 하늘에 닿아 어머니에게 3월에 새로 나온 만 화 잡지와 게임 잡지를 사 달라고 졸랐다. 어머니는 흔쾌히 서점에 가자고 하셨다. 점퍼를 걸쳐 입고 현관에 앉아 주섬주섬 신발을 신고 있는데 아버지에게 전화가 걸려 왔다.

아버지 전교 1등! 오늘 아빠 마중 나와. 아빠가 만두 사 줄게!
뚝 검 안 돼! 아빠. 나 지금 엄마하고 서점 가. 이번에 진짜 재
　　　　 밌는 게임 CD 부록으로 준대!

게임 CD 욕심에 아빠의 부탁을 단칼에 거절했다. 양손 가득 잡 지를 사 들고 휘파람을 불면서 집에 왔다. 아버지는 서운하셨는지 아직 퇴근 전이었다. 얼마 뒤 따르릉 하고, 날카로운 전화벨이 울 렸다. 전화를 받은 어머니의 표정이 굳어졌다. 평소에는 잘 타지 않는 콜택시를 탔다.

어머니 ○○ 대학 병원이요.

어머니가 떨리는 목소리로 택시 기사님에게 말했다. 그렇게 서둘러 도착한 응급실 침대에는 아버지가 누워 계셨다. 어머니가 각 잡아 다려 준 하얀 와이셔츠는 온통 피 칠갑이었고, 아버지의 입 안에는 한가득 피가 고여 있었다. 의사들은 아버지의 가슴팍에 온갖 선들을 붙여 놓고서 번잡하게 움직였다. 나는 바닥에 엎드려서 꺽꺽 울었다. 쿵쿵 머리를 찧으며 우는 나를, 마침 도착한 목사님이 두 손으로 꼭 안았다. 내가 그 전화를 무시하지 않았더라면, 마중을 나갔더라면, 내일 잡지를 사러 나갔더라면 아버지는 사고를 당하지 않으셨을 텐데. 후회와 자책이 나를 집어삼켰다. 결국 나도, 아버지도 입학식에 가지 못했다.

아버지의 장례를 마치고, 나와 어머니는 아버지가 없는 집에 덩그러니 남았다. 어머니는 몇 달을 생기 없는 얼굴로 보냈다. 동공은 초점을 잃고 텅 비어 있었다. 어머니조차 잘못될까 무서운 시간이었다. 외가가 있는 시골로 이사를 했지만, 전학 수속이 제때되지 않아 한 달 가까이 학교에 갈 수 없었다. 하루 종일 누워 텔레비전을 보고, 만화책을 읽었다. 하지만 아무도 나에게 영어 단어를 외우라거나, 수학 문제집을 풀라는 잔소리를 하지 않았다. 물론 하지 못했다는 표현이 더 정확하겠지만.

어머니 잠깐만 이리 와 볼래?

어머니는 멍한 눈빛으로 방바닥에서 뒹굴뒹굴하던 나를 불렀다. 그리고는 두 손으로 내 손을 감싸 쥐며 말씀하셨다. 어른이 되어도 절대 입에 술을 대지 말라고, 술 때문에 다른 사람의 가슴에 대못을 박는 일은 하지 말라고. 나는 한참을 무슨 영문인지 몰라 눈만 끔벅거리다가 어머니의 속뜻을 이해했다. 술만 아니었으면 아버지는 따뜻한 미소가 스민 얼굴로 지금도 내 옆에 계셨을 텐데. 술이 원망스럽고, 저주스러웠다. 술 때문에 일어났던 참상이 머릿속에 다시 그려졌다.

*

입술까지 들어 올렸던 소주잔을 내려놨다. 그러자 앞자리에 앉아 있던 한 학번 선배가 붉으락푸르락한 얼굴로 소리쳤다.

선 배 야, 이 새끼야! 너 미쳤어? 어디 선배가 준 술을 안 마시고 내려놔!
뚝 검 저는 술을 마시고 싶지 않습니다.

무슨 용기였을까. 선배의 눈을 쳐다보며 말했다. 선배는 큰 소리가 날 정도로 테이블을 내리쳤고, 그 바람에 기름장과 파채가 바닥으로 쏟아졌다. 시끌벅적했던 식당이 쥐 죽은 듯 조용해졌고, 사람들의 시선은 나에게로 쏠렸다.

선 배 건방진 새끼! 너 대학 생활 제대로 하려면 알아서 마셔! 좋은 말로 할 때!

자신을 학내 규율을 지키는 파수꾼으로, 나를 학내 질서를 무너뜨리는 불한당으로 바라보는 사람들의 시선을 느꼈는지 선배는 의기양양한 말투로 큰소리쳤다. 나는 자리에서 일어났다. 말싸움을 하고 싶지 않았고, 그렇다고 술을 마시는 것으로 상황을 정리하고 싶지도 않았으니까. 흙먼지 잔뜩 묻은 야구 유니폼을 입고 전국대회 우승을 꿈꾸는 대학 생활의 로망은 단 며칠 만에 허망하게 산산조각났다. 처음으로 기호 때문에 욕을 들었던 날이었다. 지하철을 타고 집에 돌아오면서 술 권하는 사회에서 술을 안 먹기로 마음먹은 내가 바보 같다는 생각이 들었다. 술을 마시지 않겠다는 결심이 결국 나의 발목을 잡을 수 있겠다는 걱정도 했다. 그리고 그 걱정은 얼마 지나지 않아 눈앞에 현실로 다가왔다.

검사가 되고 싶다는 꿈을 본격적으로 꾸기 시작했을 때, 술은 검사가 되기를 망설이게 하는 가장 커다란 이유 중 하나로 모습을 바꾸어 내 앞을 가로막았다.

*

검사는 일주일에 한 번씩 같은 검사실에서 근무하는 직원들과 점심식사를 한다. 흔히들 이를 '방 점심' 또는 '방 식사'라고 부른다. 같은 공간에 있기는 하지만 끊임없이 울리는 민원 전화를 응대하고, 사건 당사자들과 입씨름을 벌이고, 두꺼운 기록을 읽다 보면 같은 공간에 있다는 사실이 무색할 만큼 서로 대화를 나누기 어렵다. 그러다 보니 적어도 일주일에 한 번 정도는 편히 이야기 나눌 시간을 가져 보자는 의미에서 만들어진 문화가 아닐까 한다.

그날은 우리 검사실에서 한 달 동안 수습을 하게 된 수사관까지 함께 점심을 먹었다. 수습을 환영하는 날이니만큼 카드값 걱정은 다음 달의 나에게 넘기고 참치집을 찾았다. 한가득 차려진 음식 앞에서 이런저런 대화를 나누다가 신임 수사관에게 요새 힘든 일은 없느냐고 물었다. 어색한 분위기를 참지 못하고 건넨 질문에 신임 수사관은 머뭇거리다가 말을 꺼냈다.

수사관 실은 우리 회사가 술을 엄청나게 마신대서 걱정했거든요. 그런데 검사님이 술을 안 드셔서 얼마나 다행인지 몰라요!

검사가 술을 안 마시니 방 분위기가 심심하지 않냐고 되물었더니 신임 수사관은 호호 웃으면서 술을 안 마시는데도 이렇게 재밌게 이야기를 나누고 있지 않냐고 받아쳤다. 술을 마시지 않는다는 말을 입 밖에 꺼내기조차 눈치 보이던 그리고 술을 못하는 사람은 곧 사회생활도 못하는 사람으로 평가되던 법무관 시절이 떠올랐다. 세상이 많이 달라졌다는 생각이 스쳤다.

법무관 시절, 지방 소도시의 법률구조공단에서 근무했다. 그곳 기관장은 직원들과 회식 자리를 즐겨 했다. 회식은 대개 이런 식이었다. 사람들이 테이블에 둘러앉으면 기관장은 각자의 잔을 모은 뒤 소주와 맥주를 섞어 사람들에게 다시 나눠 준다. 그리고는 한 명을 지목해 자리에서 일어나 건배사를 하게 한다. 지목된 사람은 오늘 이 자리가 즐겁다거나 자리를 만들어 준 기관장에게 감사하다는 말을 멋들어지게 내뱉고 건배를 외친다. 사람들은 각자의 잔에 든 술을 거침없이 한입에 털어 넣는다. 술자리가 무르익고 무르익을 때까지 소맥 돌리기는 반복된다.

기관장이 잔을 달라며 손을 뻗었다. 잠시 망설이다 용기를 내어 술을 안 마신다고 정중히 말했다. 그러자 기관장은 한껏 온화한 웃음을 지으며 말했다.

기관장 그래? 그러면 술 안 마셔도 돼!

세상에 이런 어른이 있었다니. 긴장감에 잔뜩 굳었던 몸이 스르르 풀리고, 안도감이 찾아들 때쯤 기관장이 덧붙인 한 마디에 온몸에 있는 털이 삐쭉삐쭉 곤두섰다.

기관장 흑기사를 하면 돼.

그 뒤로 회식을 할 때마다 곤혹스러웠다. 회식에 안 가자니 사람들과 어울리지 못하는 조직 부적응자로 낙인찍힐까 두려웠다. 그렇다고 회식에 가자니 매번 내 몫으로 만들어진 소맥을 들고 대신 술을 마셔 줄 사람을 찾아 부탁해야 했다. 싫어도 사회생활 때문에 어쩔 수 없이 술을 들이켜는 사람이 많은 회식 자리에서 남의 술까지 마셔 주기란 얼마나 부담스러운 일이겠는가. 신념을 지키겠다는 핑계로 다른 사람에게 해를 끼치는 일은 정말이지 고통스러웠다.

그런 경험이 검사 임관을 망설이게 했다. 영화나 드라마 그리고 알음알음으로 전해 오는 소문 속에 검사들은 맥주와 양주를 반반으로 섞어 맥주잔 한가득 따른 이른바 '텐텐주'를 수십 잔씩 마시고도, 다음 날 일찍 출근해서 밤늦게까지 일하는 무식한 사람들이었다. 게다가 수직적인 문화가 워낙 강해서 윗사람이 건네는 술을 거절하는 일은 결코 용납되지 않는다고 했다.

그래도 지레 겁먹고 관두기보다는 일단 부딪쳐 보자는 마음으로 검사에 도전했고 운 좋게 검사가 됐지만, 마음 한편에는 늘 술로 인한 불안감이 있었다. 임관을 하고 얼마 지나지 않아 어김없이 첫 회식 날이 찾아왔다. 전역 날짜가 정해져 있어 끝이 보이던 법무관 때와는 달랐다. 검사를 그만둘 때까지 신념 하나 지키겠다고 다른 사람들에게 민폐를 끼칠 수는 없는 노릇이었다. 어찌해야 할지 모르는 내 앞으로 지글지글 고기가 익어 가고, 부장님께서 부원 한 명 한 명에게 술을 따라 주기 시작했다.

이내 내 차례가 왔다. 망설였다. 어떻게 하지? 그냥 마실까? 그러면 편해질 텐데. 아니야, 신념 하나 못 지키면서 뭐 하러 검사를 해. 별별 생각이 머릿속을 그득 채웠다. 그러다 부지불식간에 입 밖으로 말이 툭 튀어 나갔다.

뚝　검 부장님, 제가 술을 안 하는데 음료수로 대신 받아도 되겠습니까?

부　장 당연하지!

부장님은 술병을 내려놓곤 나에게 사이다를 따라 주며 말씀하셨다.

부　장 술도 음식이다. 기호식품이라서 좋아하는 사람이 있고, 싫어하는 사람이 있지. 나의 기호를 상대에게 강요하면 그게 폭력이고, 인권침해야. 검사가 목숨처럼 지켜야 하는 게 인권이다. 그러니까 그런 말 하면서 죄책감 따위 안 가져도 돼.

그날 처음으로 회식이 불편하지 않았다. 누구에게 흑기사를 부탁해야 할지 안절부절못하느라 누구의 말도 귀에 들리지 않던 회식이 아니었다. 음료수 컵을 부딪치며 업무로 인한 고단함을 나누고, 서운함을 위로했다. 꼭 술이 아니어도 진짜 회식을 할 수 있었다. 부장님도 그 기관장이 그랬듯이 부원들의 잔을 모아 소맥을 만들었지만, 원하는 사람에게서만 잔을 받았다. 거나하게 술에 취해서도 음료수도 체할 수 있으니 한 모금씩 나누어 마시라고 할 뿐 술을 권하지 않았다.

지금은 어느 회식 자리든 자연스럽게 술을 마시지 않는다고 말한다. 그러면 어떤 이유로 술을 마시지 않느냐는 질문을 받곤 하는데 구구절절한 사연을 말하면 자칫 분위기가 처질까 봐 건강상 문제 때문이라고 얼버무린다. 그러면 '나도 아파! 어디 젊은 녀석이! 그런 건 알코올로 소독을 해야지!'라고 면박을 주는 선배보다 '건강 잘 챙겨, 검사 일은 마라톤과 똑같은 거야.'라고 다독여 주는 선배가 열에 열이었던 듯싶다.

술을 못 마신다고 하면 따돌림을 당하지는 않을까, 능력 없고 사회생활 못하는 사람으로 낙인찍히지는 않을까 하는 걱정은 지난 몇 년간의 검사생활 동안 사라졌다. 대학 시절에 생겨난 술 트라우

마가 말끔히 나았다고나 할까? 검찰에도 코가 비뚤어지게 마실 만큼 술을 좋아하는 사람이 있고, 짓궂은 사람도 없지는 않지만 나의 경험상 적어도 술을 강권하는 무식한 사람들은 없었다. 우리 사회의 음주 문화가 달라진 만큼, 검찰의 그것도 달라졌기 때문이리라.

그 부장님은 술이 코끝 정도까지 취하면 집에서 키우는 강아지 자랑을 늘어놓으셨다. 강아지가 간식을 안 주면 여기저기 오줌을 갈기고 다닌다거나 아침마다 쪼르르 달려와 머리맡에 배를 깔고 엎드린다는 이야기. 강아지 자랑이 나오면 곧 회식 자리가 끝난다는 뜻이었기에 언제쯤에나 강아지 이야기가 나올까 기다렸던 기억이다. 오늘은 하품만 나오던 부장님의 강아지 자랑이 듣고 싶은 날이다.

검사도
막내가 있습니다

큰이모가 잔뜩 풀이 죽은 목소리로 전화를 걸어 왔다. 아들 녀석의 자취방 냉장고에 한가득 밑반찬을 채워 넣고, 직접 만든 과채 주스까지 텀블러에 담아 두었더니 손 하나 건드리지 않아 죄다 쓰레기통에 버렸다고 하소연했다. 스물이 넘은 놈이 삼복더위에 뻘뻘 땀을 흘리며 음식을 장만한 정성을 몰라주느냐고, 무심하다고 쏘아붙이며 이모 편을 들어주었지만 마음이 편치만은 않았다.

아침은 토스트나 미숫가루로 때우다시피 하고, 나머지는 바깥에서 사 먹다 보니 어머니가 보내 주신 음식을 제때 먹지 못해 통째로 버렸던 경험이 많아서였을까. 어차피 먹지 못할 음식, 보내지 말라는 아들의 말이 어머니에게는 무척이나 서운했겠다는 생각에 이르자 큰이모에게 내뱉은 무심한 아들 녀석이란 말은 선로를 바꾸어 나를 마구 찔러댔다.

이렇듯 바깥에서 해결하는 끼니가 많다 보니 점심과 저녁이 소중하다. 특히나 잠시나마 일을 멈추고 맛난 음식으로 기분을 전환할 수 있는 점심시간은 그 의미가 꽤 각별하다. 책을 한 글자 더 읽겠다는 어쭙잖은 이유로 한 알만 먹으면 공복감이 사라지고, 영양 균형까지 맞춰 주는 알약이 개발되기를 간절히 바랐던 때도 있었다. 하지만 점심시간 입안에 한가득 욱여넣는 밥 한 숟갈과 온 혈관을 카페인으로 적실 듯 한 번에 쭉 들이켜는 시원한 아메리카노 한 잔을 이제는 포기할 수 없다. 직장인에게는 점심식사가 직장생활에 유일한 낙이 아니던가?

검사들은 부 단위로 점심식사를 한다. 다시 말해, 부장검사를 비롯한 부 소속 검사들이 다 함께 점심을 먹는다. 식사 시간에는 일상적인 대화를 주고받기도 하지만, 화제는 대개 사건이다. 점심시간까지 이어지는 일 이야기에 밥이 입으로 들어가는지, 코로 들어가는지 모를 만큼 명정 상태에 빠지기도 하지만, 모두가 모인 자리에서 사건 이야기를 나누다 보면 램프에서 지니가 튀어나오듯 묘안이 도출될 때가 많기 때문에 검사들로서는 미안함과 민망함을 무릅쓰고 말을 꺼낸다. 식사 중에 죄송하지만 고민스러운 사건이 있다고 말이다. 맛있는 음식과 휴식, 거기에 사건 해결이라는 부록까지 따라오는 점심시간이지만 초임검사에게는 그 시간이 고역이다. 초임검사는 아침 일찍부터 부 소속 검사들에게 쪽지를 보낸다.

> [뚝검] 부장님, 선배님. 오늘 점심은 ○○식당에서 동태찌개를 먹겠습니다. 참석 여부 말씀해 주십시오.

참석 인원을 확인하는 일부터 식당을 정해 예약을 하고, 이동편을 알아보는 일까지 모두 초임검사의 몫이다. 검사들은 이런 역할을 밥총무라고 부르는데, 최근 이 단어의 어감이 좋지 못하다는 이유로 여러 대안이 쏟아져 나오기도 했다. 경험치가 쌓이면 밥총무쯤이야 너끈히 해낼 수 있겠지만, 갓 검사생활을 시작한 초임검사에게는 버겁기만 하다. 잔뜩 긴장한 터라 선배들에게 말 한마디 붙이기가 어려운 데다 예약이나 주차가 어려운 식당도 많다. 게다가 갖은 난관을 뚫고 식당 예약에 성공해 한숨을 돌리고 있노라면 여기저기서 갑작스러운 연락이 쏟아진다.

> [선배 1] 뚝 프로! 조사가 조금 늦어진다. 나 못 가니까 인원 조정 부탁해.
>
> [선배 2] 뚝 프로! 속이 안 좋은데, 메뉴 좀 바꿔 줘. 얼큰한 음식이면 좋겠다.
>
> [선배 3] 뚝 프로! 오늘은 내가 살 테니까 다른 곳으로 가자!

또다시 인원을 바꾸고, 메뉴를 바꾸고, 식당 주인에게 너털웃음 지으며 죄송하다고 말하고. 여간 성가신 일이 아닐 수 없다. 밥총무 만 한다면야 수월하겠지만, 검사실은 아침부터 정신이 없다. 사건 당사자, 경찰, 변호사들의 전화가 쉴 새 없이 이어지고, 그날 처리할 사건에 대해 묻는 부장검사의 호출까지 불 난 호떡집이 따로 없다.

초임검사 시절 나는 흔히 말하는 꼬인 군번이었다. 후배 검사가 오지 않아 2년 가까이 밥총무를 했다. 덕분에 지역 맛집을 섭렵함 과 동시에 내가 먹고 싶은 음식을 선배들이 먹고 싶은 음식으로 둔갑시키는 경지에 오르기도 했지만, 밥총무를 시작하고서 처음 몇 개월은 도시락을 챙기는 어머니처럼 오늘은 뭘 먹어야 하나 하 는 생각으로 오전을 보내곤 했다. 그리고 간단히 샌드위치를 먹었 으면, 다들 불참해서 낮잠 한숨 늘어지게 잘 수 있었으면 하는 소 원을 빌어 보곤 했다. 언젠가 밥총무를 하기가 지독히도 싫어서 친 구들에게 볼멘소리를 한 적이 있었다. 친구들은 속 편한 소리를 한다며 위로는커녕 핀잔을 했다.

친구 1 난 부장님이 감자탕을 좋아하셔서 2주 동안 감자탕만
　　　　먹었어. 겨우 메뉴 바꾸자고 말씀드려서 바꿨거든? 그런
　　　　데 뼈해장국이었어. 또 2주를 먹었어, 그걸.
친구 2 나는 교수님이 술 드신 다음 날 돈가스를 주문했다가 선
　　　　배들한테 일주일을 혼났어. 내가 알았나. 돈가스집 가서

우동 드시면 안 되는 거야?

친구 3 나는 부장님이 물에 빠진 고기 안 드시는데 그거 모르고
돼지김치찌갯집을 갔다가 욕을 한 바가지 먹었다.

상사의 기호를 미리 파악해 최애 음식을 주문하거나 상사가 술
을 마신 다음 날에는 얼큰한 국물 요리를 예약하거나 복날에 보신
음식 맛집의 치열한 경쟁률을 뚫어 내는 일이 센스로 통용되는 우
리 사회에서 막내의 삶은 고단하기만 하다. 물론 검사도 마찬가지
다. 사람 먹고사는 거 다 똑같으니까. 오늘은 막내검사 대신 식당
을 예약하고, 고맙다는 말을 전해야겠다. 지금도 티는 나지 않지
만 없어선 안 될 우리네 막내들에게 위로를 전하고 싶다. 항상 고
맙습니다.

영감님,
우리 영감님

꽃샘추위가 한풀 꺾이고 산들에 봄바람이 불기 시작하면 그 꽃의 계절이 찾아온다. 자줏빛 꽃의 우아한 자태가 당나라 현종의 왕비를 닮았다고 하여 붙여진 이름, 양귀비. 꽃이 지기 전 꽃봉오리에 칼집을 내어 흘러나온 즙액을 끓이고 말리면 점액 덩어리가 남는다. 그게 바로 아편이다. 아편은 통증을 조절하는 효능이 있는 까닭에 아편을 가공해 만든 모르핀이 널리 진통제로 사용되고 있지만, 심각한 환각 증상과 중독을 일으키기에 우리 법은 양귀비와 아편을 마약으로 정하고 있다.

그 꽃이 피어날 즈음이면 경찰의 대대적인 단속이 시작된다. 양귀비는 번식력이 강해서 물 따라 바람 따라 흘러 다니다가 농가

앞마당에 자리를 잡곤 한다. 더러는 양귀비의 효능 탓에 이웃에서 씨앗을 얻어다가 상비약으로 양귀비를 키우는 이들도 있어 단속 건수는 의외로 많다. 그리하여 바야흐로 양귀비의 계절이 오면 시골 검찰청에는 양귀비 사건이 쏟아진다.

그 봄날에도 양귀비 사건이 수레 한가득 실려 왔다. 도대체 몇 명이야. 하나, 둘, 셋, 넷……. 15명. 마을 하나가 통째로 단속되었는지 죄다 같은 마을 주민들이었다. 대부분 70대 중반부터 90대 초반까지 어르신들. 이번 사건으로 단속되기 전까지 아무런 죄도 짓지 않고 선량하게 살아오신 분들이었기에, 별다른 조사 없이 기소유예 처분을 할까 했다. 하지만 혹여 양귀비에 대한 무지로 양귀비를 기르고 계시진 않을까, 그렇다면 내년 봄에 또다시 기르시진 않을까 하는 노파심이 들었다.

뚝 검 계장님, 어르신들 전부 조사해 주세요. 양귀비 키우면 절대 안 된다고 안내도 해 주시고요.

마약수사 20년의 베테랑, 최계장님은 놀란 표정으로 사건기록을 받아 들었다. 그런데 어르신들과 도통 연락이 되질 않았다. 최계장님은 하염없이 어르신들에게 전화를 돌렸다. 그러다 드디어 연락이 닿았다.

최계장 여보세예? 소끝막(가명) 할머니 되십니꺼?

끝막딸 누구세예? 저희 어매되시는데예.

최계장 지는 검찰청 마약수사관입니다. 얼마 전에 어머니께서 텃밭에 양귀비를 키운 일로 입건이 되셨어예. 그래서 조사를 해야 합니다. 아래께*부터 계속 전화를 드렸는데, 통화가 잘 안 되네예.

끝막딸 어매가 귀가 어두워가 몬 받으셨나 봐예. 지가 마침 본가 와 가꼬 전화받았심더.

최계장 다행이네예. 혹시 다음 주에 어머니하고 검찰청 나오실 수 있는가예?

끝막딸 이거 어쩌지예? 트럭으로 모시고 가면 되긴 하는데, 여서 검찰청까지 1시간 넘게 걸린다 아입니꺼. 저희 어매가 올해 아흔이 넘어가 멀미가 심합니더. 어떻게 꼭 나가야 합니꺼?

최계장 그래예? 잠시만예. 제가 나중에 전화드리겠습니더.

다른 어르신들도 마찬가지였다. 고령에 건강이 좋지 않아서, 거동이 불편해서, 멀미가 심해서, 버스가 하루 두 번밖에 오지를 않아서 출석이 어렵다고 했다.

• **아래께** 그제의 경상도 방언.

최계장 검사님, 어르신들 꼭 불러야 할까예?

뚝 검 그래도 재범 위험성이 커 보이는데, 계도는 해야 하지 않을까요?

최계장님은 고심이 깊은 눈치였다. 그도 그럴 것이 출석 요구에 불응하면 법원에서 체포영장을 발부받아 체포할 수 있기야 하지만, 이 사건에서는 그럴 이유도 필요도 없었다. 그렇다고 검사의 의견이 허무맹랑하지는 않았다. 조사를 해야 하는데, 조사를 할 수 없었다. 뾰족한 수가 보이지 않았다.

최계장 검사님, 저희가 가입시더!

최계장님은 어르신들을 직접 방문하자고 했다. 다들 한마을에 살고 계시니 마을 회관에서 한 번에 조사를 하고, 추가로 어르신들에게 양귀비에 대한 교육을 할 수 있다고도 덧붙였다. 그때까지만 해도 검사실에서 사건 당사자들에게 출석을 요구하고, 가만히 앉아서 기다리는 게 전부이자 당연하다는 생각에 빠져 있던 터라 최계장님의 제안은 의아함 반, 신선함 반이었다. 그리고 솔직한 속마음은 이랬다. '귀찮은데……'

*

검사들은 서로를 어떻게 부를까? 영화나 드라마에는 검사들이 성씨 뒤에 검이나 프로를 붙여서 서로를 부르는 장면이 나온다. 예를 들어, 박 검, 정 검, 김 프로, 이 프로 하는 식으로 말이다. 검은 직관적으로 검사의 약어임을 알 수 있다. 그런데 프로는 대체 무슨 뜻일까?

자칫 검사들이 '우리는 아마추어가 아닌 프로페셔널, 법의 마스터!'라고 으스대는 의미로 영단어 프로페셔널(professional)의 프로를 쓴다고 비춰질 수 있지만, 여기서 프로는 검사의 영어 표현인 프로시큐터(prosecutor)의 접두사이다. 참고로 검이나 프로는 선배가 후배를 부를 때 주로 사용하고, 후배가 선배를 부를 때는 선배님 또는 직함을 부른다. 최 선배님, 부장님 같은 식으로 말이다.

뚝 검 선배님, 검사가 무슨 힘이 있습니까? 검사 괜히 했어요.
선 배 뚝 프로, 무슨 일이야?

야근에 지쳐 박카스 하나를 들고 선배를 찾았다. 검사로 임관하기 전에는 검사가 화려한 삶을 산다고 생각했다. 법을 무기로 세상의 온갖 부정부패와 거대한 악의 무리에 맞서 싸우고, 수천 명의 병력을 동원해 화려한 무술로 악인을 때려잡는 영화 〈공공의

적 2〉 강철중 검사 같은 삶을 상상했다.

하지만 검사의 삶은 평범하고, 피곤했다. 오전에는 공소장과 불기소결정서 등의 서면을 작성하고, 오후에는 사건 당사자들을 조사하고, 일과시간이 끝나서야 사건기록들을 검토하면서 증거를 정리하고, 수사 방향을 정했다. 그러다 보면 자정을 넘겨 새벽 2시, 3시에나 집에 들어가기 일쑤였다. 가끔은 검사실에 들여놓은 간이침대에서 잠을 청하기도 했다. 이리 고생을 하는데 인터넷에서는 검사를 욕하는 기사와 댓글만 보였다. 꿈꿨던 검사의 모습과 마주한 검사의 모습이 너무도 달랐다. 선배에게 불만을 토로했다.

선 배 뚝 프로, 그런데 말이야…….

*

굽이굽이 산길이 이어졌다. 관용차에는 조사에 필요한 노트북과 프린터가 한 대씩 실려 있었다. 최계장님은 작은 종이상자를 무릎에 올린 채 어르신들께 나눠 줄 자료를 정리했다. 요즘 세상에 이런 산골 마을이 있다니. 멀미가 났다. 차에서 내려 몇 번의 헛구역질을 한 끝에야 마을 어귀에 도착했다. 사방이 온통 산으로 둘러싸여 있는 작은 산골 마을, 커다란 아름드리 버드나무 앞에서 이장님을 만났다. 마을 어르신들을 마을 회관으로 모셔 달라고 부탁드렸다.

이　장　아— 아— 이장입니더. 검찰청에서 검사 양반이 오셨습
　　　　니다. 김길례(가명) 할머니, 임말순(가명) 할머니……. 오
　　　　시고예. 지금 쉬고 계신 어르신들도 다 마을 회관으로
　　　　오이소. 그리고 소끝막 할머니도 오이소.

버드나무 아래 평상에 앉아 생수로 뒤집힌 속을 달래고 있으니
할아버지, 할머니들이 지팡이를 짚고, 보행기를 몰고 삼삼오오 마
을 회관으로 모이셨다. 한 분씩 이름을 불렀다.

뚝　검　소끝막 어르신! 소끝막 어르신! 안 오셨습니까?

안 오신 모양이었다. 할머니 댁이 마을 회관 바로 뒤, 파란 지붕
집이라는 이장님의 말씀에 최계장님과 함께 할머니를 모시러 갔다.

뚝　검　어르신, 계십니까? 전에 연락드린 적이 있는데요. 뚝 검
　　　　사라고 합니다.

쭈뼛쭈뼛 파란 지붕 집 앞마당에 들어섰다. 집 안은 조용했다.
그러다 드르륵 소리와 함께 문이 열렸다. 백발에 단아하게 비녀를
꽂은 할머니 한 분이 문가에 앉아계셨다. 머릿기름을 바르셨는지
머리에서는 윤기가 흘렀고, 하얀 한복이 단정했다. 할머니는 자리

에서 일어나 마루로 걸음을 옮기셨다. 걸음이 무척 무거워 보였다. 그리고…….

소끝막　영감님, 지 잡아가는 겁니꺼? 흑흑. 지 감옥소 가는 겁니꺼? 영감님. 흑흑

*

영감. 나이 많은 장년의 남성을 높여 부르는 말이다. 영감이라는 단어를 들으면, 길게 수염을 기르고 백발에 갓을 올려 쓴 딸깍발이 선비가 떠오른다. 그런데 영화나 드라마를 보면 간혹 의아한 장면이 나온다. 새파랗게 어린 검사를 영감이라고 부르는 장면. 검사가 초절정 동안도 아닐 텐데 나이 어린 사람에게 영감이라니.

영감이란 호칭은 조선 시대로 거슬러 올라간다. 우선 상감. 상감은 임금의 높임말이다. 사극에서 '상감께서 윤허하신 일이외다.'라고 말하는 사대부나 '조선의 왕, 상감을 잡아라!'라고 외치는 왜장의 대사를 들을 수 있다. 다음은 대감. 대감은 정2품 판서 이상의 고위 관료를 부르던 호칭이다. 흔히 하인이 정자관*을 쓰고서 서책을 읽고 있는 양반에게 달려가, '대감마님, 가마 대령했습니다

• **정자관**　사대부들이 쓰던 관. 오천 원권 지폐 속 율곡 이이가 쓰고 있는 관.

요.'라고 말하는 사극 장면에서 익숙하게 들을 수 있는 호칭이다.

그리고 정3품 이상 당상관의 지위에 있는 관료를 영감이라고 불렀다. 판검사의 직급이 이와 비슷하다 보니 조선 시대의 관습이 일제 강점기를 지나 1960년대까지 이어져, 판검사를 영감이라고 불렀다고 한다. 그러다 1962년, 대법원은 영감이라는 호칭이 비민주적이고 아첨 근성의 잔재라는 이유로 사용하지 않기로 했고, 오늘날에는 거의 사용되지 않는다. 하지만 그 시절을 경험한 이들은 종종 검사를 영감으로 부르곤 한다.

*

할머니는 손을 바들바들 떨고 계셨다.

뚝 검 아이고, 어르신 무슨 말씀이세요. 제가 왜 어르신을 잡아가요.

최계장 우리 검사님이 어르신들한테 말씀 쪼매 전하고 선물 드리러 온 거라예. 걱정 마이소.

할머니는 검찰청에서 전화가 왔다는 말을 듣고부터 끼니를 제대로 못 드셨다고 했다. 조사를 해야 한다고 하니 덜컥 겁이 났다고 하셨다. 돌아가신 어머니가 일제 시대 순사보다 무서운 놈들이 검사라고 했었다. 그런데 마을 방송을 듣자 하니 검사가 직접 우리 마을을 찾아왔다는 것 아닌가. 이제 마지막이구나 하는 마음에 온몸을 정갈히 씻고, 단정하게 옷을 갖춰 입고서 검사를 기다리고 있으셨단다. 할머니를 겨우 달래 마을 회관으로 모셨다. 어르신들께 간단히 양귀비에 대해 설명하고, 앞으로 양귀비를 키우지 않겠다는 약속을 받았다.

뚝 검 ……그러니까 어르신들, 옛날에는 댁에 양귀비 하나씩은 키우셨잖아요? 비상약으로? 사람도 먹고, 가축도 아프면 먹이려고요. 그런데 그게 큰 범죄에요. 감옥에도 갈 수 있습니다. 그리고 양귀비를 함부로 달여 먹거나 생으로 먹으면 큰일 날 수 있습니다. 양귀비는 통증을 없애 주는 게 아니라 못 느끼게 만드는 거에요. 그러니까 꼭 다른 약을 사 드셔야 합니다! 아셨죠?

설명을 들은 어르신들의 반응이 심드렁했다. 이해를 못 하셨나 싶어 똑같은 설명을 몇 번이고 반복했다. 하지만 반응은 똑같았다.

어르신 영감님, 이기는 병원도 없고, 약국도 없심더!
뚝 검 네?

당황스러웠다. 세상에 의료시설도 없는 오지가 있다고? 무슨 말을 해야 할지 몰랐다. 머리가 새카매졌다. 우는 얼굴로 최계장님만 바라봤다. 최계장님은 늘 그렇듯 익살스런 웃음을 짓더니 무릎 위에 고이 모셔온 종이 상자를 주섬주섬 열었다. 그 안에는 소화제, 해열제, 진통소염제, 파스가 한 묶음씩 포장되어 있었다.

최계장 어르신들, 이기 비상약이라예. 일단 이거 쓰시고 필요하면 자녀분들이나 이장님한테 말해서 미리 준비해 두이소. 나라에서 지원도 해 줄 낍니더.

검찰청으로 돌아가는 길. 최계장님은 머쓱한 웃음을 지었다.

최계장 검사님, 여그는 검사님 사시던 도시하고 달라가 아직도 오지가 많아예. 의사, 약사 보려면 한참을 차 타고 나가야 됩니더. 그래서 양귀비 씨앗을 얻어다가 마당에다 키우는 어르신들이 있는 낍니더. 혹시 몰라가, 약을 준비해 봤는데 다행이네예. 검사님 부담될까 봐 지 몰래 준비했어예. 이해해 주이소. 미안심더.

산길 위로 최계장님의 환한 미소가 찬란히 반짝였다.

*

선　배　뚝 프로, 그런데 말이야. 나도 초임 때는 뚝 프로처럼 생각했어. 검사도 샐러리맨이구나 하는 생각. 우리가 하는 결정에 모두가 만족하는 경우는 없더라. 누군가는 꼭 불만이 있어. 불기소하면 고소인이 부실수사, 불공정수사라고, 기소하면 피의자들이 과잉수사, 표적수사라고 말하지. 검사는 매번 욕만 들어. 그렇다고 공무원 월급 얼마나 되나? 대형 로펌 다니면서 값비싼 양복에 외제차 끌고 다니는 동기들 보면 대체 왜 검사를 하면서 욕을 듣고 있나 회의가 들기도 해. 검사가 무슨 힘이 있다고 사람들은 검사를 욕하는지.

그런데 누군가에게 출석을 요구할 수 있는 권한이 검사의 가장 큰 힘 아닐까? 자유 사회에서 누군가의 시간을 뺏고, 출석을 요구하는 권한. 불응하면 체포까지 하는 권한. 게다가 출석을 요구받은 사람은 내내 불안한 시간을 보내게 되잖아? 누군가의 자유를 제한하고, 겁먹게 만드는 힘이 큰 힘이 아니면 대체 어떤 힘이 큰 힘일까? 그 힘이 얼마나 무서운지 알고, 어떻게 하면 제대로 쓸 수 있을지, 어떻게 하면 잘못 사용하지 않을지를 고민해야 하더라, 검사들은.

지금도 사건 당사자들에게 출석을 요구하기 전이면, 검사를 기다리며 몇 날 며칠 두려움에 떠셨을 할머니가 떠올라 수화기를 만지작거리곤 한다. 나에게는 한 통의 업무 전화가 그이에게는 단순한 전화가 아닐 수도 있기에, 출석 요구가 꼭 필요한지 몇 번이고 고민한다. 검사가 가진 그 힘이, 우리 사회가 검사에게 부여해 준 그 힘이 얼마나 무서운가를 제대로 알고, 제대로 쓰기 위함이다.

*

그날 소끝막 할머니는 최계장님의 선물까지 받아들고 한껏 기분이 풀려 마을 회관을 나섰다. 신발을 신던 할머니는 내게 다가와 어깨를 두드리셨다.

소끝막 아휴, 영감님. 이렇게 좋은 세상이라서 손주들 두고 죽어도 맴이 놓입니더!

검사생활 석 달 차. 상해 사건을 다시 한번 검토하자며 수석님이 사건기록을 되돌려 주었다. 어설픈 초임검사의 지도를 맡고 있느라 꽤 얼굴이 상한 듯 보였다. 늦은 밤까지 몇 번이고 검토한 사건인데, 무슨 문제가 있는 걸까 싶은 마음에 서둘러 공소장을 읽어 내렸다. 죄명과 적용법조는 틀리지 않았다. 공소사실은 중의적인 표현 없이 깔끔했다. 오탈자도 없었고, 보강증거는 충분했다. 대체 뭐가 문제지?

수　석　피의자 최규성(가명), 특수상해죄로 형기를 살고 나온 지 세 달 만에 상해죄를 저질렀어. 누범이야. 피해자는 전치 4주 비골골절상을 입었고. 그러니 직구속[•]을 검토해 보는 건 어때?

직구속이라니. 앞으로 펼쳐질 고생길이 훤했다. 우선 구속이 필요한 이유를 정제된 언어로 다듬어, 법원에 제출할 구속영장청구서를 작성한다. 혐의를 소명하는 증거들 외에 구속사유에 대한 증거들, 다시 말해 피의자가 증거를 인멸하거나 도망칠 염려가 있는지에 대한 증거들도 수집한다. 게다가 직구속을 하려면 기관장의 결재까지 필요하니 내부결재용 사건검토보고서도 작성한다. 내 의견대로 불구속 구공판[•]으로 처리하면 하지 않아도 될 일들. 긁어 부스럼이라고 생각하니 수석님에게 묘한 반감이 생겼다.

뚝 검 수석님, 구속은 증거인멸이나 도주의 염려가 있는 때에 제한적으로 할 수 있다고 배웠습니다. 이 사건은 피해자의 진술이 명확하고, 상해진단서와 현장사진 같은 객관적인 증거들도 있습니다. 최규성이 증거를 인멸할 염려는 없다고 생각했습니다.

사실 한 뼘도 직구속을 고민해 본 적이 없었다. 하지만 마치 숙

- **직구속** 검사가 법원에 직접 구속영장을 청구하는 경우를 의미하는 검찰 용어.
- **구공판** 검사의 정식재판 청구를 말하는 검찰 용어. 약식명령을 청구하는 구약식과 대비됨.

고에 숙고를 거쳐 불구속 구공판을 결정한 것처럼 꾸며 말했다. 이미 산더미 같은 사건들로 숨 쉴 틈 없는 상황에서, 일이 늘어나는 불상사를 어떻게든지 막고 싶었다. 그리고 거기에는 3개월이나 무탈하게 검사생활을 하고 있는데 이만하면 되었지, 왜 딴지를 거나 하는 거만함도 섞여 있었다. 선무당이 무서운 줄 모르고.

뚝　검　그리고 최규성은 경찰에서 두 번 조사를 받았을 때 두 번 다 출석했습니다. 경찰에서 합의 여부를 확인하려고 전화했을 때도 문제없이 통화 연결이 되었고요. 도주 염려도 없습니다. 구속영장을 청구할 이유가 있을까요?

수석님은 이 녀석이 왜 이렇게 질색을 하는지 알겠다는 표정으로 껄껄 웃었다. 그리고는 커피를 한 잔 내려 주며 잠깐 소파에 앉아 보라고 손짓했다.

수　석　그럼 내가 구속이 왜 필요한지 하나씩 설명해 볼게. 뚝 프로가 내 의견에 수긍이 가면 직구속을 검토해 보고, 아니면 불구속 구공판으로 처리하자. 어쨌든 사건은 주임검사 의견대로 처리해야 하고, 누구도 거기에 왈가왈부할 수는 없으니까.

떨떠름했다. 직구속을 한다고 해서 월급을 더 받지도, 포상을 받지도 않는데 품을 들이고 싶지 않았다. 불구속 구공판으로 처리하면, 일 하나 줄어드는 나도 좋고 불구속 재판을 받는 최규성도 좋은 일이 아닌가?

수　석 뚝 프로 말마따나 구속 사유는 증거인멸 및 도주 염려, 두 가지야. 하지만 형사소송법 제70조 제2항은 구속 사유를 심사할 때 범죄의 중대성, 재범 가능성, 피해자와 중요참고인에 대한 위해 가능성도 살펴보도록 하고 있어. 그건 알고 있지?

뚝　검 네, 그건 알고 있습니다.

수　석 그래, 최규성의 범행이 얼마나 중대한지부터 볼까? 최규성은 피해자의 술집에서 술을 마시곤 술값도 안 내고 도망쳤어. 술값은 30만 원. 모텔에서 잠을 자다가, 겨우 최규성을 찾아서 술값을 받으러 온 피해자가 방문을 두드리니까 왜 잠을 깨우냐면서 다짜고짜 피해자의 얼굴을 머리로 들이받고, 온갖 군데를 발로 밟았지. 피해자가 범행의 원인을 제공하지도 않았는데, 이유 없이 피해자를 때린 거야. 난 범죄 동기부터 불량하다고 생각해.

그리고 피해자는 코뼈가 부러졌어. 전치 4주. 상해진단서에 있는 진단명이나 진단주수만 보면 어느 정도 다쳤

는지 감이 잘 안 올 때가 있는데, 그럴 때는 사진을 볼
필요가 있어. 피해자의 얼굴 사진을 보면 코가 잔뜩 부
어올라 있고, 인중과 옷 앞섶에 피가 흥건하잖아? 피해
자가 이렇게 심각한 부상을 입었는데, 이 범죄가 경미하
다고 할 수 있을까?

수석님은 사진들을 손가락으로 가리켰다. 분명 나도 그 사진들
을 몇 번이고 들춰 봤었다. 하지만 나에게 그 사진들은 최규성의
상해 범죄사실을 증명하는 보강증거였을 뿐, 피해자의 부상 정도
를 추측하게 하는 자료는 아니었다. 그 사진들 속에서 나는 피해
자를 읽어 내지 못했다.

뚝 검 하지만 수석님, 최규성은 이미 피해자와 합의를 했습니
다. 합의서를 보면 피해자가 최규성을 처벌하지 말아 달
라고 탄원하고 있고요. 법익을 침해당한 피해자가 처벌
을 원하지 않는데, 구속까지 할 필요가 있는지 모르겠습
니다.
수 석 맞아. 상해죄처럼 개인적 법익을 보호법익으로 하는 범
죄는 피해자의 의사가 중요하지. 그런데 꼭 피해자의 처
벌의사에 검사의 판단이 좌우될 이유는 없어. 친고죄나
반의사불벌죄가 아니면 더더욱 그렇고. 최규성의 범죄

전력을 볼까? 폭력 범죄전력만 29회, 교도소에 다녀온 실형 전력만 20회야. 최근 10년 동안 폭력 범죄전력은 하나, 둘, 셋……. 8번이네.

게다가 술에 취해 별다른 이유 없이 타인을 폭행하는 사람이라면 폭력 습벽이 있는 사람으로 봐도 무방할 거야. 언제든지 똑같은 범행을 저지를 가능성이 매우 높은 사람이지. 피해자가 처벌을 원하지 않는단 이유로 최규성을 구속하지 않는다면 검사가 범죄 피해자 양산을 눈감는 꼴 아닐까?

살면서 언쟁에서 딱히 져 본 적이 없었다. 말끝을 잡든지, 꼬투리를 잡든지 하는 치사한 방법으로라도 언쟁을 버텼다. 그런데 구속사유들을 하나하나 짚어 가는 수석님의 말에 대꾸를 할 수 없었다. 판단에 비약이 있다거나 사적인 감정이 들어가 있지 않았다. 오히려 일거리가 많아지니 싫다는 속뜻을 감추고 이 핑계, 저 핑계를 대며 불구속을 고집하는 나의 주장에 개인적인 감정이 섞여 있었다. '그래도 넘어가면 안 돼. 절대 안 돼.'

뚝 검 수석님, 최규성이 피해자에게 위해를 가할 가능성은 거의 없지 않습니까? 두 사람은 일면식도 없고, 최규성은 피해자의 주거지를 알지도 못하니까요.

수석님은 사건기록을 재빨리 넘기며 무언가를 찾았다. 사건기록 어디쯤에서 그의 파란색 엄지 골무가 멈췄다.

합의서

가해자 최규성 (○○시 ○○구 ○○모텔)

피해자 ○○○ (○○시 ○○구 ○○동)

수 석 두 사람, 이미 합의했다고 하지 않았었나?

뚝 겸 이 합의서는 최규성 어머니가 대신 받아다 준······.

수 석 그래도 합의서 제출은, 어디 보자······. 최규성이 직접 했네. 적어도 최규성은 피해자의 이름을 알고 있다는 거잖아. 그리고 최규성은 피해자 술집이 어딘지 알아. 마음만 먹으면 술집에 찾아가서 얼마든지 피해자에게 해코지를 할 가능성이 있지 않겠어?

나는 더 이상 말을 이을 수 없었다. 며칠 밤을 꼬박 새우며 구속영장청구서를 썼다. 경력검사들이야 후다닥할 수 있는 일이겠지만 초임검사에게는 하나부터 열까지 새로운 일투성이라서 쉽지 않았다. 이 검사실, 저 검사실 발품을 팔며 질문을 하느라 하루를 보내기도 했다. 그리고 얼마 뒤 최규성은 수석님의 예상대로 구속되었다.

*

〈뚝검님의 대화〉

[뚝검] 오늘 우리 방에서 치콜 가능? 수석님 퇴근!

[동기1] 콜! 나는 치즈 가루 듬뿍!

[동기2] 오케이!

파티에는 치킨이었다. 금초 검사들이 동그랗게 둘러앉아 치킨을 뜯기 시작했다. 첫 구속을 축하하며 콜라를 가득 채운 종이컵으로 건배를 하고 기분을 냈다. 한창 분위기가 무르익어 갈 때쯤 스르륵 문이 열렸다. 수석님이었다.

뚝 검 어? 수석님, 퇴근한 거 아니셨어요?

수석님은 바삐 눈을 움직이더니 무슨 상황인지 파악했다는 듯 엉거주춤했던 자세를 고쳐 잡았다. 수석님은 두고 온 물건이 있다며 책상 서랍에서 물건을 챙기더니 서둘러 검사실을 나섰다. 수석님이 나가자 다들 작은 숨을 길게 내쉬었다. 서로 눈을 맞추곤 대체 무슨 일이냐는 표정을 지으며 키득키득 웃었다. 그때 다시 문이 열렸다.

수 석 음, 너희가 꼰대라고 할 수 있겠지만 말해 줘야겠다. 구속은 속된 말로 내 손에 다른 사람의 피를 묻히는 일이야. 우리에게는 여러 사건 중 하나이고, 일상일 수도 있지만 구속된 사람한테는 일생일대 사건이고, 치명적인 사건이지. 다른 사람의 불행 앞에서 위로는 못하더라도 왁자지껄 축하는 하지 말자. 오늘은 집에 일찍 들어가서 쉬는 편이 좋겠다. 뚝 검사는 고생 많았고!

찬물을 끼얹은 듯 분위기가 얼어붙었다. 바늘이 닿기만 하면 쨍그랑 깨질 것만 같았다. 손에 들고 있는 닭 다리가 민망해졌다. 눈치 빠른 동기 검사들이 주섬주섬 자리를 정리했다. 관사로 향하는 발걸음에는 불만이 한가득이었다. 연달아 새벽까지 야근하느라 고생했고, 걸맞은 결과물이 나왔으니 충분히 자축할 수 있지 않은가. 더군다나 최규성이 자초한 불행인데 내가 그것까지 신경 써야 하나? 애초에 사람을 때리지 말든지! 밤하늘을 향해 소리를 지르며 분풀이를 했다. 주먹질을 해댔다. 그래도 기분이 나아지지는 않았다.

*

구속영장이 발부된 다음 날, 조사를 위해 최규성을 소환했다. 한창 문답을 주고받고 있는데 복도가 소란스러웠다. 무슨 영문인가 싶어 복도를 내다보니 허름한 점퍼를 걸친 노파가 종이 한 장을 손에 든 채 방호직원과 승강이를 벌이고 있었다.

노　파　이거 탄원서라예, 술집 사장이 우리 규성이 풀어 달라고
　　　써 줬어예! 뚝검 검사님한테 이거만 전해 주이소!
뚝　검　제가 뚝검인데 누구십니까?
노　파　검사님, 여기 탄원서 가지고 왔으예. 내 아들놈 좀 풀어
　　　주시라예, 지발예.

　노파는 고개를 돌리더니 나에게 달려 와, 바닥에 무릎을 꿇고 두 손을 모아 싹싹 빌었다. 깜짝 놀라 노파를 일으켜 세우고는 진정시켜 보았지만, 노파는 쉬이 진정되지 않았다. 바깥 상황을 고스란히 듣고 있던 최규성은 눈물을 터뜨렸다. 그 모습에 정의를 실현했다는 긍지나 무사히 첫 직구속을 해냈다는 성취감 따위는 이내 휘발해 버리고, 깊은 먹먹함만이 남았다. 구속의 정당성과는 별개로 한 인간이 무너지는 모습을, 그것도 나로 인하여 무너지는 모습을 바로 옆에서 지켜보는 일은 결코 유쾌하지 않았다.
　그제야 다른 사람의 불행 앞에서 축하하지 말라는 그 말의 의미가 가슴에 와닿았다. 그 말은 상대방에게 지켜야 할 예의에 대한 당부이기도 했고, 나를 위한 배려이기도 했다. 다른 사람의 불행 앞에 던진 축하 뒤에, 파도처럼 밀려올 자책감을 느끼지 않게 하려는.

*

세상에 똑같은 사건은 없다. 같은 죄명의 사건이어도 사람이, 시간이, 공간이 다르다. 내용도 천차만별이다. 그래서 검사 사회에서는 경험의 전달이 중요하다. 모든 검사가 법을 공부했지만, 경험의 차이가 실력의 차이로 나타난다. 계량화된 레시피대로 빵을 만들더라도 갓 자격증을 취득한 제빵사와 수십 년 경력 제빵사의 빵이 전혀 다른 맛을 내는 것과 마찬가지다.

문서화되지 않은 경험들은 말에서 말로 전달된다. 흔히 검사들의 교육 방식을 도제 교육이라고 표현한다. 도제란 직업에 필요한 지식이나 기능을 배우기 위해 스승 밑에서 일하는 직공을 말하는데, 선배들의 이야기를 들으며 간접경험을 쌓아가는 초임검사와 구두 장인의 어깨 너머로 구두를 만들어 가는 과정을 익히는 견습생이 다르지 않기 때문이다.

그 시절 나는 분명 내가 듣고 싶지 않은 말을 하는 상대를 꼰대로 치부하며 귀를 닫고 있었다. 분명 귀담아들으면 유익한 말들이었을 텐데도 잔소리쯤으로 여겼다. 요즘 후배 검사들에게 하나둘씩 경험을 말해 주는 입장이 되어 보니, 그날 수석님이 얼마나 커다란 결심을 하고 말을 꺼냈는지 알겠더라. 내가 구속을 하든지 말든지, 축하 파티를 하며 북을 치든지 장구를 치든지 수석님과는 상관이 없었다. 수석님이 득을 볼 일도, 해를 입을 일도 없었다. 하지만 수석님은 나를 위하는 진심으로 용기를 내었다.

경험을 나눈다는 건 결코 쉽지 않다. 후배에게 연장자로서 무슨 말을 꺼내려고만 하면 라떼는 말이야로 통용되는 꼰대 취급을 받기 십상인 요즘은 더욱 그렇다. 하지만 그 경험의 전달이 내가 왕년에로 시작하는 자기 자랑이 아니고, 타인을 깎아 내리면서 자신을 돋보이게 하려는 치사한 화법도 아니라면 귀를 열어도 되지 않을까. 상대방이 나를 위하는 진심 위에다가 경험을 실어 보낸다면, 그것은 진짜 조언일 테니 말이다.

사건이라 쓰고, 사연이라 읽는다

래브라도
레트리버

검사로서 내리는 결정은 늘 힘들다. 한 사람의 인생을 좌우하는 결정 앞에서는 몇 시간, 며칠의 시간도 부족하다. 더구나 두 가지 이상의 가치가 충돌하면 결정은 더욱 어려워진다. 황희 정승은 말다툼을 하던 하인들의 말을 듣고 둘의 말이 다 맞다고 이야기하였다. 이에 부인이 두 사람 모두 맞다고 하면 어찌하냐고 하자 '당신 말도 옳구려!'라고 답하여 익살스럽게 문제를 해결했다. 그런데 검사는 결코 그럴 수 없다. 검사의 결정은 간명해야 한다. 누구든지 그 결정을 동일하게 해석할 수 있어야만, 갈등을 종국적으로 해소할 수 있다. 이현령비현령, 나도 맞고 너도 맞다는 식의 다의적인 결정은 최악의 결정이다.

초임검사 시절의 나에게도 복수의 가치가 충돌하던 사건이 있었다. 바로 반려동물 사건. 최근 들어 개정 논의가 활발하기는 하지만, 전통적인 법의 관점에서 동물은 물건이다. 집이나 자동차와 같은 무생물처럼 자연인이나 법인이 소유하는 객체에 지나지 않는다. 그러나 반려동물 인구가 늘어나면서 동물권에 대한 개념이 발전했고, 동물은 일반 물건과는 다르므로 그 소유자라도 마음대로 할 수 없다는 주장이 힘을 얻기 시작했다. 지금은 동물에 대한 서로 다른 법률적인 해석이 빅뱅을 일으키는 과도기인 셈이다.

피의자 배용남(가명)_ 죄명 가. 재물손괴, 나. 동물보호법위반

배용남은 건강원 직원이었다. 동네 이곳저곳을 돌아다니면서 유기견들을 잡아다가 개소주를 만들어 팔았다. 그러던 어느 날, 배용남은 길거리를 떠도는 검정 래브라도레트리버 한 마리와 마주쳤다. 개는 어렸을 적부터 사람의 손길을 탔는지 배용남을 보고는 꼬리를 흔들었다. 배용남은 덩치 큰 개를 손쉽게 얻었다며 쾌재를 불렀다. 그리고는 개를 건강원으로 데려갔다. 명랑하기만 하던 개의 마지막 모습이었다.

수봉이(가명). 경찰로부터 사건을 송치받고 수봉이의 주인 김 씨에게서 탄원서를 받았다. 김 씨는 7년 전쯤 딸에게 수봉이를 선물받았다. 암에 걸리는 바람에 가세가 기울고, 삶의 의욕마저 사라

져 가던 시절이었다. 죽을 날만 기다리며 하루하루를 보내던 무의미한 때였다. 그런데 수봉이가 오고부터 간식 먹을까 하는 소리에 귀를 쫑긋거리는 모습, 수봉아 하고 부르면 어디서든 후다닥 달려와 주는 모습, 화장실만 가도 문 앞에서 하염없이 기다려 주는 모습을 보며 살고 싶다는 희망이 생겼다고 했다. 김 씨는 더위를 식히려고 현관문을 살짝 열어 두었던 그 날이 가슴에 사무친다고 했다. 제발 배용남을 엄벌해 달라고 했다.

하지만 배용남도 사정은 있었다. 그는 예닐곱 살 아이의 지능을 가진 지적장애인이었다. 갓난아이 시절에 부모에게 버려져 보육원에서 자라다가 어른이 되고는 부족한 지능 때문에 변변한 직장을 구하기는커녕 하루에 한 끼도 제대로 먹기 힘들었다. 정처 없이 전국을 떠돌다가 박 씨가 운영하는 건강원까지 흘러왔는데, 박 씨는 손자뻘 되는 배용남이 안쓰러워 허드렛일을 시키며 월급을 챙겨 주고, 건강원 안쪽 작은방도 내주었다. 그런데 박 씨의 건강이 나빠지면서 건강원이 문을 닫을 위기에 처했고, 배용남은 떠돌이 개들을 잡아다가 개소주를 만들어 팔면 돈을 벌 수 있겠다는 생각을 했다. 그래야 다시는 길 위의 삶을 살지 않을 수 있었다.

배용남의 혐의는 분명했다. 그런데 도무지 양형을 가늠할 수 없었다. 전통적인 법의 관점으로 보자면 래브라도레트리버 성견은 수십만 원에 지나지 않으니 벌금형이 적당했다. 수십만 원짜리 가구나 휴대전화를 부순 범죄와 크게 다르지 않았다. 하지만 동물

권의 관점으로 보자면 수봉이는 단순한 물건이 아니라 김 씨의 가족이었다. 잔인한 방법으로 생명을 취하였으니 징역형이 적당했다. 하지만 징역형을 구형하자니 배용남의 지능 수준과 범행동기가 마음에 걸렸다. 더욱이 그는 어렸을 적에 저지른 몇 건의 절도 전과 말고는 별다른 범죄전력이 없었다. 그리고 혹시나 내가 징역형을 구형하려는 이유가 나 또한 반려동물을 키우고 있어서 사적인 감정이 섞여 들어갔기 때문은 아닐까 하는 고민도 들었다.

몇 날 며칠을 고민했다. 사건기록을 들고 다른 검사실을 찾아가 선배들의 견해를 묻기도 하고, 판결문들을 샅샅이 뒤지기도 했다. 의견이 분분했다. 고민에 고민을 거듭하다가 징역형을 구형하기로 결정했다. 전통적인 법의 태도에 경도되어 생명을 가진 동물을 무생물과 동일하게 취급하는 건 불합리하다고 생각했다. 무생물인 물건을 잃어버리면 금전적인 배상으로 피해회복이 가능하겠지만, 가족 구성원인 수봉이를 잃은 김 씨는 그것이 불가능하다고도 판단했다. 대신 법원에는 배용남의 지적장애인 등록증과 참고인 박 씨의 진술을 양형자료로 제출했다.

법원은 배용남에게 벌금형을 선고했던 것으로 기억한다. 여전히 그때의 내 판단이 맞았는지 혼란스럽다. 쌓여가는 경력만큼 결정도 손쉬워지기를 바라지만, 쉬워지기는커녕 점점 복잡하고 어려워지기만 한다. 그럴 때마다 도망치고 싶지만, 어쩌겠는가. 이게 나의 일이고 나는 검사인 것을. 부디 지혜로워지기만을 기도할 뿐이다.

초대받지 못한,
유령들

    쇠와 쇠가 부딪치는 충격음이 공장 안을 가득 메웠지만, 다눈카(가명)는 아랑곳하지 않고 프레스 기계에 연신 철근을 밀어 넣었다. 일이 고되고 위험했지만, 스리랑카에서 아이들을 가르치며 받았던 월급보다 몇 배나 많은 돈을 손에 쥘 수 있었다. 앞으로 딱 5년만 이를 악다물고 참으면 고향에 온 가족이 옹기종기 지낼 수 있는 집 한 채를 지을 수 있다는 희망이 머나먼 이국에서의 삶을 버티게 해 주었다.

    일을 마치고 회사 숙소로 돌아온 다눈카는 방 한 쪽에 몸을 누였다. 일반 주택을 개조해서 여러 개의 방으로 쪼갠 이곳이 비좁고 불편하기는 했지만, 이마저도 감지덕지했다. 옆 마을 농장에서 일하는 태국 사람들은 제대로 된 욕실이나 화장실도 없는 농막에서 지낸다는 소문이 돌았다. 거기에 비하면 이곳은 궁궐이었다.

다눈카는 잘 버티고 있다고 스스로에게 주문을 걸어 가며 퇴근길에 시장에서 산 참외를 하나 깎았다. 참외는 한국에서만 난다는데, 후숙을 시키면 멜론 맛이 나기도 해서 고향 땅의 열대 과일이 떠오를 때면 즐겨 먹곤 했다. 과육이 말캉한 망고를 한입 가득 먹고 싶었지만, 하나에 만 원씩이나 하는 망고를 쉽사리 사 먹을 수 없었다. 스리랑카에서는 길거리에 망고가 널려 있었는데.

리 산 다눈카! (쿵쿵) 다눈카! (쿵쿵쿵)
다눈카 열쇠도 있으면서 직접 열고 들어오지, 왜 그래?

리산(가명)이었다. 리산은 같은 공장에서 일하는 고향 친구였다. 다눈카는 문을 열었다. 문 앞에 서 있는 리산은 숨을 가쁘게 내쉬고 덜덜 몸을 떨었다. 살갗이 벗겨진 주먹 위로 피가 방울방울 맺혀 있었고, 옷에는 흙이 잔뜩 묻어 있었다.

다눈카 무슨 일이야? 리산!
리 산 옆 공장 락산 새끼 있잖아! 양아치 새끼! 술 마시고 있는
데 괜히 시비를 거는 거야. 그 새끼 처음부터 마음에 안
들었는데 잘 됐지, 뭐. 지금 그 녀석 패 주고 오는 길이야.

다눈카는 손에 휴지를 둘둘 감아 리산에게 주고, 리산을 자기 방으로 들였다. 아직도 흥분이 가라앉지 않았는지 리산은 몸을 떨었다. 따뜻한 차 한 잔을 리산에게 내어 주고, 참외를 깎아 한 조각 건네주었다. 그제야 리산은 진정이 되는 듯 보였다.

다눈카 이제 제발 싸우고 다니지 마. 고향 버릇을 여기에서도 못 버리냐, 너는.

*

타랑가(가명)는 5년째 작은 자동차 부품 공장에서 일하고 있었다. 성실하게 일한 덕에 사장에게 예쁨을 받아 작업 반장까지 승진할 수 있었다. 작년에는 한국인 처자와 결혼해서 가정도 꾸렸고, 얼마 뒤면 가족이 셋으로 늘어난다. 한국 국적을 취득하기 위해서 한국어와 한국사 공부도 열심히 하고 있다. 스리랑카에서 노점을 할 때는 빚도, 희망도 없었던 인생이 이렇게까지 술술 풀릴 줄이야. 타랑가는 휘파람을 불며 작업 속도를 올렸다. 납품 기일을 맞추려면 시간이 촉박했다.

락　산 타랑가……. 타랑가…….
타랑가 락산! 이게 무슨 일이야!

락산의 눈두덩은 벌에 쏘인 듯 부풀어 있었고, 입술이 터졌는지 입가는 피에 젖어 있었다. 코 주변에 흐른 피는 벌써 딱딱하게 굳어 피딱지가 져 있었다.

락　산 리산한테 맞았어. 알지? 그 옆 공장에 있는 내 동창.

락산은 리산에게 맞았다고 했다. 포장마차에 앉아 소주를 마시는데 리산이 시비를 걸었고, 스리랑카에 두고 온 아내가 다른 남자와 바람이 난 이야기를 꺼내며 자신을 모욕했다고 했다. 크게 싸움이 벌어졌는데, 힘에서 밀려 흠씬 두들겨 맞기만 했다고 말했다. 타랑가는 고향 친구가 얻어터져 엉망이 된 모습을 보니 도저히 참을 수 없었다. 리산 녀석을 똑같이 때려 줘야 속이 후련할 것만 같았다. 기계들을 멈추고, 직원인 두민다(가명)를 불렀다. 타랑가와 락산 그리고 두민다는 중고 승용차에 몸을 싣고 리산이 사는 숙소로 향했다.

*

쾅— 쾅— 쾅— 쾅—. 누군가 부술 듯이 문을 두드리는 소리에 다눈카는 잠을 깼다. 무슨 일인가 하는 생각에 주섬주섬 옷을 걸치고는 현관문을 열었다. 문 앞에는 커다란 남자 세 명이 서 있었다. 그 남자들은 스리랑카말로 외쳤다.

남자들 리산, 이 새끼! 어딨어! 방이 어디야?

잔뜩 흥분한 남자들은 다눈카를 밀고 숙소 안으로 들어왔다. 그들이 하나씩 방문을 열어 보며 리산을 찾자 각자 방에서 단잠을 자고 있던 사람들이 하나 둘 졸린 눈을 비비며 밖을 내다보았다.

타랑가 여기 있다! 리산 새끼!

타랑가는 리산을 찾았다. 얼굴에 상처 하나 없이 태연히 자고 있는 리산을 보니 간신히 억누르던 화가 솟구쳤다. 내 친구는 얼굴이 저렇게 엉망이 됐는데 속편하게 잠이나 자고 있다니. 타랑가와 두민다는 리산에게 달려들어 그 위에 올라탔다. 두 주먹을 번갈아 가며 리산에게 휘둘렀다. 그때 무언가 둔탁한 물체가 타랑가의 뒤통수를 휘갈겼다. 순간 별이 번쩍였다. 뒤를 돌아보니 문을 열어 준 남자가 프라이팬을 들고 서 있었다. 체구도 작은 녀석이 겁도 없이 남의 싸움에 끼어들어? 타랑가는 곧장 그 남자에게 달려들었다.

*

켁— 케엑—. 도무지 역부족이었다. 다눈카는 덩치가 큰 남자에게 깔려 발버둥쳤다. 사력을 다 했지만 그 완력을 이겨 낼 수 없었다. 밀리고 밀려 자신의 방까지 들어갔다. 그 남자는 다눈카의 위에 올라 타 주먹을 휘둘렀다. 더 있다가는 죽을 것만 같았다. 살고 싶었다. 다눈카는 지푸라기를 잡는 심정으로 여기저기 손을 뻗었다. 턱, 무언가 손에 잡혔다. 참외를 깎고서 바닥에 놓아둔 과도, 이거다. 다눈카는 과도를 손에 쥐고 마구잡이로 휘둘렀다. 이윽고 칼끝이 쑤욱 박히는 느낌이 났다. 이내 다눈카의 위에 올라타 있던 남자가 힘을 잃고 풀썩 쓰러졌다. 다눈카는 힘이 빠진 그 남자를 옆으로 밀치고 숙소 밖으로 무작정 내달렸다. 잡히면 죽는다는 심정으로.

*

락　산 타랑가! 타랑가!

체구가 작은 남자가 도망치고 난 그곳에 타랑가는 쓰러져 있었다. 그리고 그의 허벅지 안쪽에서 피가 솟구치고 있었다. 락산은 옷을 가지고 와 상처를 꾹 눌렀지만 피가 멈추질 않았다.

락　산 두민다! 너 운전할 줄 알지? 병원에 가자!

락산은 타랑가를 둘러업고, 차에 태웠다. 한시라도 빨리 병원에 가야 했다.

✳

김 씨는 어두컴컴한 시골길을 달리고 있었다. 김장철이라 짐칸에는 절인 배추만 한가득 실려 있었다. 어서 배달을 마치고 잠자리에 눕고 싶었다. 하암, 입이 찢어져라 하품을 했다. 순간 쾅 하는 굉음과 함께 탑차가 양옆으로 휘청거렸다. 핸들에 얼굴을 파묻은 채로 놀란 마음을 쓸어내리곤 밖을 내다봤다. 낡은 승용차가 탑차 옆구리를 보기 좋게 파먹었다. 도대체 누가 시골길에서 이따위로 운전을 하는지, 하마터면 논두렁으로 굴러 떨어질 뻔했다. 시원하게 욕지거리를 쏘아 줘야 속이 후련할 듯했다.

김 씨 이 새끼야! 운전 똑바로 안 해! 이거 어떻게 할 거야!

아무런 대꾸가 없었다. 사과는커녕 얼굴도 내보이지 않으니 부아가 치밀었다. 부서져라 운전석 창문을 두드렸다. 갑자기 운전석과 조수석 문이 열렸다. 김 씨는 문에 떠밀려 땅바닥에 엉덩방아를 찧었다. 유난히 살갗이 검은 남자 둘이 서둘러 내리더니 길 끝을 향해 내달렸다. 뺑소니구나! 김 씨는 여기서 저들을 놓치면 땡전 한 푼 받지 못한다는 생각에 뒤를 쫓았다. 하지만 어찌나 몸이 날쌘지 따라잡을 수가 없었다. 씨익 씨익, 가쁜 날숨과 함께 화를 내뱉으며 다시 탑차로 돌아왔다.

으……. 으……. 승용차 안에서 신음이 들렸다. 강아지인가 하는 마음에 김 씨는 창문에 얼굴을 대고 안을 들여다보았다. 생겼다가 사라지기를 반복하는 습기 뒤로 사람의 형체가 보였다. 세상에! 그 자식들 납치범이었구나! 뒷문을 열어젖혔다. 외국인 남자가 뒷좌석에 구겨져 있었다. 바지는 새빨간 핏물에 흥건히 젖어 있었다. 김 씨는 부리나케 112와 119에 신고했다.

타랑가는 병원으로 후송되었다. 구급대원들은 커다란 거즈로 상처 부위를 누르고 칭칭 붕대를 감았다. 의료진은 병원을 뛰어다니며 바삐 수혈할 혈액을 찾았다. 하지만 타랑가는 병원에 옮겨진 지 얼마 지나지 않아 숨을 거두었다. 향년 34세, 사인 과다실혈에 의한 저혈량 쇼크사. 살인사건이 일어났다는 소식에 조용하던 시골 마을은 발칵 뒤집혔다. 경찰은 대대적인 수사를 벌였다. 낡아빠진 승용차의 동선을 되짚어 숙소에서 황급히 도망쳐 나오는 다눈카와 축 늘어진 타랑가를 둘러업고 나오는 두민다의 모습이 담긴 CCTV 영상을 찾았다. 맨손으로 도망친 다눈카가 멀리 도망치지는 못했으리라는 판단 아래 대규모 경찰병력이 검거 작전에 투입되었다. 며칠 뒤 다눈카는 버려진 농막에서 체포되었다.

피의자 다눈카(가명)_ 죄명 상해치사

수사는 간단했다. 그날의 참상이 담긴 CCTV 영상부터 다눈카의 과도와 옷가지에서 발견된 타랑가의 유전자, 수많은 목격자들의 진술까지 증거가 차고 또 넘쳤다. 몇 가지 보완수사를 마치고 망설임 없이 다눈카를 구속기소했다.

＊

연말을 맞아 검찰청 의료자문위원들과 간담회를 했다. 의료 지식이 부족한 검사들에게 바쁜 와중에도 의학적 조언을 아끼지 않는 위원 한 분 한 분께 감사 인사를 전했다. 그러다 우연히 응급의학과 교수님 한 분과 악수를 나눴다.

교　수　뚝 검사님이신가요? 얼마 전에 외국인 살인사건이 있었지요? 그 사건 피해자를 치료했던 사람입니다.

이유 모를 반가움에 한껏 미소를 지었고, 사건 이야기를 주제로 담소를 주고받았다.

교　수　저는 그 사건이 참 안타까웠어요. 조금이라도 빨리 병원에 왔으면 살았을 텐데. 피를 너무 흘렸어요. 대체 주변에 있던 사람들은 뭘 한 건지 모르겠더군요.

락산과 두민다에게 같은 질문을 했었다. 한국에서 지낸 시간이 얼마인데 119도 모르냐고, 타랑가를 살리고 싶었으면 그 자리에서 바로 119에 신고를 했어야 하지 않느냐고 다그쳤다. 두 사람 모두 고개를 푹 숙이고 땅을 보며 말했다

락산, 두민다 나 돈 모아야 해. 가족 돈 필요해. 119 나 잡아가. 경찰 나 잡아가.

불법체류자. 그 숙소에서 타랑가를 뺀 모두가 불법체류자였다. 관광비자, 단기 취업비자를 받아 입국한 뒤 체류기간이 끝나고도 고국에 돌아가지 않은 채 공장에서, 농장에서 악착같이 돈을 버는 사람들이었다. 만약 이들이 한국인이었다면, 적법한 체류자격이 있었다면, 타랑가는 전문가의 신속한 응급처치를 받아 목숨을 구하지 않았을까? 그랬더라면 다눈카는 조금이나마 법정형이 낮은 특수상해죄로 처벌받았을텐데, 자기 손으로 사람을 죽였다는 끔찍한 기억을 평생 가슴에 품고 살 필요는 없었을 텐데 하는 짙은 안타까움이 들었다.

엄격한 출입국관리는 분명 필요하다. 하지만 생명과 재산을 제대로 보호받지 못하는 외국인 노동자들을 볼 때면 생각이 많아진다. 검사로서 출입국정책에 관해 왈가왈부할 권한도 능력도 없지만, 바로 옆에서 지켜본 그들의 삶은 항상 고되기만 했다. 다눈카가 구속

기소가 된 날, 락산과 두민다 그리고 그 숙소에 있던 외국인 노동자들 모두가 강제출국되었다. 그날 검사실 전화에는 불이 났다.

공장주 검사님, 이렇게 갑자기 인부들을 쫓아 내면 저희는 어떻게 합니까. 당장 내일까지 납품을 해야 하는데!

농장주 검사님, 지금 딸기를 따야 합니다. 그런데 외국인이 아니면 일손이 없어요. 이거 다 썩어 버립니다. 저 죽어요, 정말!

외국인 노동자들 덕분에 돌아가던 공장과 농장의 업주들이 전화기를 붙잡고 애타게 하소연을 했다. 그러나 딱히 해결책은 없었다. 그들을 유령으로 취급하지만, 동시에 유령의 혜택을 보고 사는 우리는 그들을 어떻게 대해야 할까. 이제는 시골을 떠나와 외국인 노동자들을 접할 기회가 자주 없지만, 사건기록으로나마 외국인 노동자들을 만나면 여전히 풀지 못한 고민이 다시금 실타래처럼 이어진다.

풀꽃
할아버지

교편을 잡은 지도 벌써 40년, 혈기 왕성하던 김 선생은 온데간데없고, 헤싱헤싱한 백발에 주름진 얼굴이 볼품없는 고집불통 교장 선생만이 거울 앞에 우두커니 서 있었다. 풍금을 치며 아이들에게 노래를 가르치던 시절이 엊그제 같건만 며칠 뒤면 정년 퇴임이라니 믿고 싶지 않았다. 김종훈(가명)은 뒷짐을 진 채 교장실을 나섰다. 교정에 있는 풀 한 포기, 나무 한 그루도 잊지 않고 싶어 눈 속 깊이 담았다. 그러다가 운동장 벤치에서 다리를 벅벅 긁고 있는 아이를 만났다.

김종훈 애, 너는 몇 학년 몇 반이니?

강예빈 2학년 1반 강예빈(가명)이요!

아이의 다리는 발갛게 달아올라 있었다. 아토피를 앓고 있는 모양이었다. 흉이 질까 걱정되는 마음에 아이의 손을 떼어 내고, 주머니에 있던 연고를 옥수수 알갱이만큼 덜어 아이의 다리에 발라 주었다. 의사 가운 끝자락도 구경하기 힘들던 어린 시절, 어머니가 로열젤리와 풀꽃 추출물을 적당히 섞어 만들어 주시던 연고였다. 궁색한 민간요법이었지만, 김종훈에게는 어떤 연고보다 효능이 탁월했다. 며칠 뒤, 아이가 엄마의 손을 잡고 김종훈을 찾아왔다.

예빈모 교장 선생님! 우리 예빈이 다리가 깨끗이 나았어요, 감사합니다.

아이의 엄마는 김종훈이 아이에게 발라 준 연고 덕에 아이의 아토피가 나았다면서 몇 번이고 감사 인사를 했다. 김종훈은 다행이라며 주머니에 있던 연고를 건네주었다. 아토피뿐만 아니라 모기 물린 데에도 그만이라는 말도 잊지 않았다. 아이의 엄마는 극구 사양하다가 연고를 받아 들었다. 아이는 제 몸보다 커다란 가방을 메고 공손히 손을 모아 김종훈에게 인사했다.

강예빈 풀꽃 할아버지! 저 안 아프게 해 주셔서 감사합니다.

*

7년 후. 양승연(가명)은 요새 아들 녀석 때문에 도통 잠을 잘 수 없었다. 얼마 전부터 심해진 아토피 탓에 아이는 밤새 뒤척이다 동틀 무렵에야 잠들었고, 그 바람에 며칠째 유치원에 가지 못하고 있었다. 어찌나 박박 온몸을 긁는지 여기저기 생채기가 나지 않은 곳이 없었다. 병원에도 데려가고, 아토피에 좋다는 온갖 약들을 먹여 봤지만 소용없었다. 대신 아파 주고 싶었다. 아이가 괴로워하는 모습을 지켜보기란 애간장이 끊어질 만큼 힘들었다.

로열젤리와 풀꽃 추출물로 만든 천연연고 다나아연고(가칭)!
아토피 피부염 더 이상 고민하지 마세요!

인터넷 카페를 뒤지다 게시물 하나가 눈에 들어왔다. 효능 좋은 아토피 신약이 나온 모양이었다. 댓글마다 칭찬 일색이었다. 깨끗해진 환부 사진을 찍어 올린 사람도 있었다. 유아기에 스테로이드 연고를 바르면 성장 부진이나 면역체계 약화 따위의 부작용이 생길 수 있다는 소문에 일부러 스테로이드 연고를 사용하지 않았던 터라 양승연은 천연연고에 혹하는 마음이 들었다. 곧장 천연연고를 주문했다.

연고는 분홍색 플라스틱 연고 통에 담겨 있었다. 새끼손톱만큼

연고를 찍어 아이의 등과 허벅지에 듬뿍 발라 주었다. 제발 아프지 마라, 제발 아프지 마라. 얼마 뒤, 양승연은 깜짝 놀랐다. 아이의 몸이 말끔했다. 말끔하다 못해 보드라웠다. 기적이었다. 양승연은 천연연고를 만든 사람에게 억만금을 주어도 아깝지 않다고 생각했다. 그 뒤로도 아이를 씻기고 나면 어김없이 그 연고를 발라 주었다.

아　이　으아아아아아아아아아앙!

자지러지게 우는 아이의 울음소리에 양승연은 잠에서 깼다. 아이의 몸이 발갛게 부어올라 있었고, 오돌토돌하게 염증이 돋아난 자리마다 진물이 흘러나오고 있었다. 남편과 함께 아이를 둘러업고 응급실로 뛰어갔다. 의사는 아이의 이곳저곳을 살펴보더니 물었다.

의　사　어머니, 혹시 아이한테 무슨 약 발라 주셨어요?

양승연은 혹시 몰라 챙겨간 연고를 의사에게 내밀었다.

의　사　어머니! 이걸 의사 처방도 없이 6살짜리 애한테 발라 주셨어요? 이거 스테로이드 연고잖아요!

그럴 리 없었다. 분명 그것은 천연연고였다. 로열젤리에 풀꽃 추출물을 섞어 만든. 양승연은 망연자실했다. 아이에게 독을 먹인 사람이, 아이를 사지로 몰아넣은 사람이 바로 나라니. 양승연은 응급실 바닥에 주저앉아 한참을 울었다. 다행히 아이는 무사했지만, 양승연은 며칠 동안 넋이 나가 있었다. 정신이 들 무렵 스테로이드 연고를 천연연고라고 거짓말한 판매자를 용서할 수 없었다. 식약처에 그 몰지각한 작자를 신고했다.

＊

피의자 김종훈(가명)_ 죄명 약사법위반

김종훈 검사님, 제가 스테로이드 연고를 팔았다니 대체 무슨 말씀이십니까? 저는 로열젤리하고 풀꽃 추출물을 섞어서 천연연고를 만들었을 뿐입니다. 네? 제가 판 연고에서 스테로이드가 나왔다고요? 이럴 수가. 생각해 보니까 제가 개인적으로 쓰려고 소분했던 스테로이드 연고가 있었는데, 그게 잘못 배송됐나 봅니다. 아이고, 그 아이에게 미안해서 어떻게 합니까. 제가 여력이 되면 배상을 해 드리면 참 좋을 텐데…….

우리 형사법은 원칙적으로 범죄를 행할 의사를 가지고 범죄를 저지른 고의범을 처벌하고, 예외적으로 처벌조항이 있는 때에 한하여 실수로 범죄를 저지른 과실범을 처벌한다. 김종훈의 말마따나 실수로 스테로이드 연고를 판매했다면 김종훈을 고의범인 약사법위반죄로는 처벌할 수 없었다. 고의였을까 아니면 단순한 실수였을까?

김종훈이 민사적인 책임을 다하겠다고 호언장담했지만, 그에게 별반 재산이 없는 이상 민사재판은 무의미했다. 실수인데도 입건이 되었다면 김종훈이, 고의인데도 진실이 파묻혀 김종훈이 처벌을 받지 않는다면 양승연과 그녀의 아이가 억울할 터였다. 진실을 밝혀내야만 했다. 피해를 입은 아이만 있고 책임지는 어른은 없는 무기력한 상황이 생기게 할 수는 없었다.

최계장 검사님, 이거 간단한 사건 아닙니꺼? 얼른 장부부터 압수하입시더. 구매자들 연락처만 확보하면 끝나는 수사라예.

최계장님이 커피를 한 모금 마시며 익살스러운 표정으로 말했다. 최계장님의 말이 옳았다. 구매자들에게서 김종훈이 판매한 연고들을 확보하고, 대검찰청 NDFC*에 성분 검사를 의뢰하면 그만

• **NDFC**(National Digital Forensic Center) 검찰청 소속 과학수사기관으로 경찰 산하 국립과학수사연구원과 함께 우리나라 과학수사의 중추 역할 담당하는 곳.

이었다. 확보한 연고들 중 단 하나에서라도 스테로이드 성분이 검출되면, 실수로 양승연에게 스테로이드 연고를 보냈다는 김종훈의 진술은 신빙성을 잃을 수밖에 없었다.

뚝 검 좋습니다, 오늘 바로 영장 쳐 보죠. 계장님들은 압수 장소 답사부터 다녀와 주세요.

다음 날 오전, 법원에서 압수수색검증영장이 발부되었다. 영장 청구부터 발부까지 톱니바퀴가 맞물리듯 계획한 대로 맞아 들어갔다. 수사가 수월하게 풀릴 모양이었다. 관용 승합차 뒷좌석에 파란색 플라스틱 상자를 싣고, 어젯밤 답사를 다녀온 계장님들을 따라 김종훈의 공장으로 향했다. 비포장 산길을 따라 1시간 남짓을 달리고서야 승합차는 스러져 가는 건물 앞마당에 멈춰 섰다.

뚝 검 김종훈 씨, 스테로이드 연고를 무단 조제하고, 판매한 약사법위반 혐의로 법원에서 발부한 영장입니다. 지금부터 김종훈 씨의 공장과 주거지를 수색하겠습니다.

김종훈은 방금 잠자리에서 일어난 것마냥 잔뜩 눌려 있는 머리칼을 손으로 빗어 넘기며 눈만 껌뻑거렸다. 검찰에서 직접 압수수색을 나오리라곤 예상하지 못한 눈치였다. 김종훈의 공장은 공장이라기보다 공방에 가까웠다. 10평 남짓한 실내에는 추출기처럼 보이는 기계 몇 대와 사용법을 알 수 없는 기계들이 어지러이 놓여 있었는데, 흡사 건강원 같은 느낌이었다.

공장 한편에는 작은 쪽방이 있었다. 방 한가운데에는 정리가 안 된 이부자리가 펼쳐져 있었고, 한 귀퉁이에 앉은뱅이책상이 놓여 있었다. 책상에는 종이 상자가 잔뜩 쌓여 있었다. 손을 휘휘 저어 먼지를 털어 내고 상자를 열었다. 1985년 OO초등학교 3학년 1반 교사 김종훈. 상자 안에는 김종훈이 재직 당시부터 쓴 업무 일지와 수첩, 제자들에게 받은 편지, 졸업 앨범이 한가득 들어 있었다.

계장님들과 상자에 들어 있는 물건들을 샅샅이 뒤졌다. 물건을 들출 때마다 폴폴 먼지가 피어올랐다. 창문도 없는 골방인지라 환기가 쉽지 않아서 결국에는 바깥으로 자리를 옮겨 수색을 이어 나가야 했다. 도대체 장부는 어디 있는 거야! 구두 위에 하얀 먼지가 쌓여 갈 만큼 시간이 흘렀지만, 도통 장부를 찾을 수 없었다. 그때 김계장님이 소리쳤다.

김계장 검사님! 찾았습니다!

김계장님이 손에 든 A4용지 뭉치에는 이름, 휴대전화 번호, 주소 그리고 1개, 2개, 수량을 표시한 메모가 적혀 있었다. 맨 마지막 장을 들추어 보니 양승연이라는 이름도 있었다. 번듯한 하드 커버에 일목요연하게 정리된 장부를 기대하지는 않았지만, A4용지 몇 장이라니.

장부와 비슷한 서류라도 확보해서 다행이라는 안도의 한숨과 피부 건강과 직결되는 연고 제품을 이렇게 주먹구구식으로 판매하고 있던 건가 하는 허탈의 한숨이 뒤섞여 나왔다. 검사실로 돌아와 A4용지 뭉치에 적힌 이름들을 정리했다. 총 57명. 이제 구매자들에게 연락해 김종훈이 판매한 연고들을 받기만 하면 사건은 일사천리로 해결될 수 있었다.

*

최계장 하아, 검사님. 왜 이렇게들 전화를 안 받을까예.

최계장님은 수화기를 내려놓았다. 벌써 한 시간 넘게 전화를 돌렸지만, 누구와도 제대로 통화를 하지 못하니 답답한 모양이었다.

뚝 검 그러게요, 이게 무슨 일일까요.

나 또한 구매자들과 제대로 된 통화를 하지 못하고 있었다. 사람들은 휴대전화 화면에 일반전화 번호가 뜨는 순간 수신을 거절했다. 휴대전화 번호라도 모르는 번호로 걸려 온 전화는 잘 받지 않는 요즘 누가 일반전화 번호로 걸려 온 전화를 받겠는가. 나조차도 텔레마케팅이나 설문조사 전화로 넘겨짚곤 일반전화 번호로 걸려 오는 전화는 죄다 무시하지 않았던가.

뚝 검 네, ○○○ 씨 되시지요? ○○지검 뚝검 검사입…….

간혹 전화를 받더라도 사람들은 자기소개를 듣자마자 전화를 끊어버렸다. 검사와 검찰수사관을 사칭한 전화금융사기, 일명 보이스피싱이 활개를 치다 보니 일어나는 웃지 못할 현실이었다. 세상에는 법 없이도 사는 사람이 훨씬 많으니, '검사가 나한테 뭐하러 전화를 해!'라고 보이스피싱으로 생각하는 것이 어찌보면 당연했다. 몇 번째 전화였을까? 처음으로 상대방이 내 소개를 듣고도 전화를 끊지 않고 있었다. 드디어 연고를 가지고 있는지 물을 수 있겠다는 기대에 다음 대사를 이어 나가려는 순간 수화기 건너편에서 무지막지한 고함이 들려왔다.

남 자 야! 이 새끼야! 네가 검사라고? 그럼 나는 검투사다! 어린놈이 사지육신 멀쩡해서 일은 안 하고 사기를 치고 다녀? 너 이 새끼! 네 부모가 그렇게 가르쳤냐!

졸지에 부모님을 욕보인 패륜 아들이 되었다. 그에게 문자메시지를 남기고, 몇 차례 더 전화도 걸어 봤지만 응답은 없었다. 보이스 피싱범이 참으로 질기다고 생각했으려나? 수사가 녹록지 않았다.

*

기운을 내자는 의미에서 오랜만에 백숙집을 찾았지만, 검사실 분위기는 침울했다. 방심한 틈을 비집고 시야 밖에서 날아오는 주먹에 권투 선수가 쓰러지듯이 간단히 끝나겠구나, 기대를 품었던 터라 답답한 마음은 몇 배로 커져 검사실을 짓눌렀다. 그 뒤로 몇몇의 구매자들과 전화 연결이 되었지만, 시간이 오래되어 연고를 어디에 두었는지 모르겠으니 연고를 찾으면 연락하겠다는 대답을 끝으로 더 이상의 연락은 없었다. 실무관님은 축 처진 어깨로 백숙을 바라보고만 있는 세 사람이 측은하셨는지 앞 접시 한가득 음식을 담아 주시며 말씀하셨다.

실무관 수사하다가 보면 답답한 일도 있고, 안 풀릴 수도 있는
거지예. 힘내이소, 검사님! 계장님들!
뚝 검 에휴, 그래야죠.

뜨는 둥 마는 둥 국물을 휘휘 저으며 대답했다.

실무관 에이, 검사님! 팍팍 좀 드이소! 그래도 그 할아버지 대단
하네예. 스테로이드를 어떻게 만들어 가꼬. 그 미드 있
다 아입니까? 화학 선생님이 마약 만드는 그 미국 드라
마! 그기 생각나네예!

뚝 검 그러게요, 할아버지가 어디서 스테로이드를 구해…….
어? 정말로 어디서 구했을까요?

토끼 눈을 한 채 계장님들을 쳐다봤다. 계장님들도 토끼 눈이었
다. 판매된 연고를 확보해 혐의를 입증하겠다고 수사방향을 잡은
순간부터 우리는 피리 부는 사나이를 뒤따르는 아이들처럼 맹목
적으로, 한 방향으로만 걸음을 재촉하고 있던 것이었다. 김종훈이
스테로이드 연고를 조제했다면 스테로이드의 출처를 되짚어가는
방법으로도 혐의를 밝힐 수 있었다.

뚝 검 계장님들, 스테로이드가 처방전 없이는 구할 수 없는 약
물이거든요. 그러면 김종훈이 스테로이드 연고를 만들
수 있는 방법은 크게 세 가지겠죠? 하나, 기성 스테로이
드 연고를 소분한다. 둘, 스테로이드를 자기가 만든 천연
연고와 섞는다. 셋, 스테로이드까지 직접 만든 뒤 천연연
고와 섞는다. 이렇게 세 가지요.

김계장 그거야 첫 번째 아니겠습니까. 어차피 스테로이드 연고

를 만들어 팔 사람이 굳이 천연연고까지 만들진 않을 것 같거든요. 천연연고를 만들려면 돈도, 시간도, 노력도 들어갈 텐데 뭐하러 그러겠습니까.

최계장 김계장 말이 맞지예. 지도 그리 생각합니더.

뚝　검 하긴 그렇네요. 그래도 김종훈이 천연연고를 만든 적이 없다는 사실까지 입증을 해야 우리 가설에 힘이 실리는 거니까 최계장님께서는 구매자들 진술 최대한 확보해 주시고, 혹시나 김종훈이 로열젤리나 약초를 구입했던 자료가 있는지 검토해 주세요.

최계장 알겠습니더, 검사님. 그나저나 스테로이드 연고는 어디서 났을까예?

뚝　검 의사 처방을 받았거나 불법적인 루트로 구했거나, 둘 중 하나겠지요. 그런데 일흔 살 노인이 인터넷으로 구했을 것 같지는 않아요. 의사 처방을 받기는 했을 텐데…….

최계장 검사님도 그기 찝찝하시지예? 개인당 구매 수량이 정해져 있는 거예. 김종훈이 혼자 스테로이드 연고를 처방받아서는 장사 못 한다 아입니꺼.

김계장 공범이요. 공범까지는 아니어도 조력자가 있으면 충분히 스테로이드 연고를 확보할 수 있잖습니까?

뚝　검 저도 김계장님 말씀이 맞는 것 같아요. 일단 김종훈 건강보험 내역부터 확인해 보죠. 본인 처방전으로 기성 스테로이드 연고를 충분히 확보했을 수도 있으니까요.

김계장 검사님, 김종훈 통화 내역하고, 계좌 내역도 열어 볼까요? 공범이 있으면 분명 서로 연락을 했을 거고, 약값도 줬을 테니까요.

뚝 검 그래야겠네요. 이거 내역들 하나하나 다 들춰 보려면 며칠 동안 제대로 자긴 글렀네요.

최계장 오케이, 오케이. 검사님 영장 치시려면 고생 좀 하시겠네예. 저하고 김계장은 회신 오면 퍼뜩 분석할 수 있게 단디 준비하고 있을게예!

건강보험 내역, 통화 내역, 계좌 내역을 확인하기 위해 며칠 밤을 새우며 만든 영장들은 토씨 하나 빠지지 않고 그대로 발부되었다. 계장님들을 손수레 가득 실려 온 회신 자료를 책상 가득 쌓아 놓고 검토를 시작했다. 오랜만에 검사실이 활기를 띠었다. 그리고 보름 정도가 흘렀다.

김계장 검사님, 이것 좀 보세요. 미심쩍은 내용들이 있습니다.

최계장 오데오데, 같이 함 보자.

김계장 김종훈 건강보험 내역을 보면 김종훈이 스테로이드 연고를 처방을 받은 건 딱 한 번뿐이더라고요. 이것만 보면 김종훈 말이 얼추 맞는데, 이거 보세요.

김계장님에게 통화 내역과 계좌 내역을 건네받았다. 형광펜이 색깔별로 반듯반듯하게 칠해져 있었고, 종잇장을 얼마나 들춰 봤는지 가장자리가 반질반질했다.

김계장 제가 날짜별로 정리를 해 봤습니다. 그런데 장부에 손님한테 연고를 주문받았다고 적힌 날에는 김종훈이 꼭 여기 있는 두 번호로 전화를 해요. 그리고 그날에 박정원(가명), 이세화(가명) 명의 계좌로 송금을 하고요.

뚝 검 오! 정말 그렇네요!

김계장 그런데 송금액이 1만 원, 5만 원, 10만 원 이렇게 끊어지질 않습니다. 5만 4천 원, 10만 8천 원, 이런 식이에요. 박정원, 이세화라는 사람한테 돈을 빌려주는 게 아니라 물건값을 보내 주는 것 같달까요?

최계장 이기 약값 같네예! 그럼 여기 이 두 전화번호 명의자 확인해 보지예. 아, 맞다! 검사님! 제가 김종훈 장부에 있는 거래처에 싹 다 전화 돌려 봤는데 김종훈이 로열젤리, 약초 이런 거 사간 적 없답니다. 영수증, 장부도 다 뒤졌는데 아무것도 없고예.

김계장 아! 선배님. 거기 압수 나갔을 때, 촬영한 사진을 보니까 기계들도 다 녹슬어서 먼지만 쌓여 있더라고요. 얼마 전까지 뭘 만들었다고 보긴 어렵겠죠?

최계장 하모!

뚝　검 이제 다 와 가네요. 그럼 휴대전화 명의자 확인하고, 박
　　　　정원, 이세화가 맞으면 그 사람들 건강보험 내역도 열어
　　　　봅시다.

　과연 김종훈이 연고를 주문받은 날마다 어김없이 전화를 했던
상대방은 박정원, 이세화였다. 그리고 박정원, 이세화의 건강보험
내역에는 김종훈과 전화를 한 날이나 다음 날 스테로이드 연고를
처방받은 기록이 남아 있었다. 김종훈이 박정원, 이세화에게 부탁
해 스테로이드 연고를 구한 다음 그것을 소분하여 판매했다는 가
설이 점차 진실에 가까워지고 있었다. 박정원, 이세화를 조사하기
만 하면 되었다.

　박정원, 이세화에게 출석을 요구하기 위해 수화기를 들었다가
멈칫했다. 박정원, 이세화가 김종훈과 말을 맞추면 어쩌지? 스테
로이드 연고를 대신 처방받아 줄 정도라면 친분도 상당할 텐데,
검사에게 전화가 왔노라고 김종훈에게 쪼르르 알려 주기 십상이
었다. 계장님들과도 상의했지만 뾰족한 수가 나오지는 않았다. 한
참을 고민했다.

　뚝　검 직구속하겠습니다. 구속 사유가 충분해요.

*

형사소송법 제201조 제1항

　피의자가 죄를 범하였다고 의심할 만한 상당한 이유가 있고 제70조 제1항 각호의 1에 해당하는 사유가 있을 때에는 검사는 관할지방법원 판사에게 청구하여 구속영장을 받아 피의자를 구속할 수 있고……

　<구속영장청구(사전)>_ 청구한 검사 뚝검

　……이처럼 피의자 김종훈(이하 '피의자'라고 합니다)의 통화 내역, 계좌거래내역 등을 종합하면, 피의자는 박정원, 이세화를 통해 확보한 기성 스테로이드 연고를 소분하여 일명 다나아연고를 조제하여 판매했다고 봄이 상당합니다. 이에 검사는 박정원 등을 조사하고자 하나 박정원 등은 피의자를 대신해 여러 차례 의약품을 처방받아 줄 정도로 피의자와 친분이 있는 사이로 보이고, 그러하다면 출석요구 사실이 피의자에게 누설되어 피의자가 사전에 박정원 등과 진술을 짜 맞추는 방법으로 증거를 인멸할 우려가 있습니다.

　한편 스테로이드 연고 사용 시에는 의사의 적절한 처방과 설명이 있어야 하고, 소아환자가 이를 오용하는 경우에는 성장장애, 의인성 부신부전증 등 심각한 부작용이 발생할 수 있는 점, 다나아연고는 소아 아토피 환자를 둔 부모들이 주로 찾는 인터넷 카페에서 이목을 끌었던 만큼 주사용자가 아이들이어서 피의자의 범행은 그 위험성이 매우 높았던 점, 실제 양승연의 자녀는 피의자가 조제한 연고로 인해 자칫 목숨을 잃을 수도 있는 위험한 상황에 빠졌던 점 등을 더하여 보면 피의자의 범행은 중대하다고 하겠습니다.

그럼에도 피의자는 여전히 혐의를 부인하면서 아무런 반성도 없고, 최근까지도 다나아연고를 조제하였는 바 만일 피의자에 대하여 단호하고 엄정한 처벌이 이뤄지지 않는다면 피의자로서는 언제든지 재범할 가능성이 있습니다. 위와 같은 이유로 피의자를 구속 수사할 필요가 있으므로 피의자에 대하여 구속영장을 발부하여 주시기 바랍니다.

그 날 밤, 김종훈에 대한 구속영장이 발부되었다.

*

박정원은 김종훈이 부탁할 때마다 스테로이드 연고를 처방받아 택배로 보내 주었다고 했다. 국민학교 시절 도시락을 챙겨 오지 못해 굶고 있으면 친구들 몰래 빵 하나를 쥐여 주고 갈 만큼 인자했던 선생님의 부탁을 꼭 들어드리고 싶었다고 했다. 이세화도 마찬가지였다. 이세화는 공책과 연필이 없어 몽당연필로 일력 뒷장에

필기를 하던 자신에게 연필 한 다스, 공책 한 묶음을 선물해 주셨던 선생님께 아직도 감사하다고 했다. 계장님들과 세웠던 가설이 차츰 진실로 모양을 바꿔 갈 때쯤 김종훈을 소환했다. 갈색 수의로 갈아입은 김종훈의 눈동자가 멍했다.

김종훈 퇴직 무렵부터 아내가 많이 아팠습니다. 그동안 모은 재산을 병원비, 간병비로 쓰고 나니까 수중에 남는 돈이 없더군요. 평생 아이들 가르치는 일만 하다 보니 할 줄 아는 게 있어야지요. 늙은 몸으로 할 수 있는 일은, 정말이지 없었습니다. 사별하고서 이제 어찌 먹고사나 고민하는데 예전에 아이들에게 발라 주곤 하던 연고가 떠올랐습니다. 지인들에게 돈을 빌려 추출기, 약탕기 같은 기계들을 샀어요.

그런데 고기도 먹어본 놈이 먹는 겁다. 소량으로 만들 때야 내가 산으로 들로 구하러 다니면 됐는데, 그 많은 로열젤리며 풀꽃, 약초를 어디서 구해 옵니까. 입소문을 타서 주문은 제법 들어오는데 재료는 없고, 돈은 벌어야겠고. 어쩌다 언 발에 오줌 누는 심정으로 제 스테로이드 연고를 연고 통에 덜어서 팔았습니다. 그런데 그게 효과가 좋다고 소문이 나면서 주문이 몇 배씩 더 들어오기 시작하더군요.

그때 멈췄어야 했습니다. 돈 벌 욕심에 계속 그 짓을 했습니다. 제 이름으로 스테로이드 연고를 더는 못 구하니 가끔 저희 집에 와서 선생이 죽었는지, 살았는지 들여다봐 주는 제자들한테 쓸 일이 좀 있다면서 스테로이드 연고 하나 처방을 받아다 달라고 했습니다. 검사님, 정말 죄송합니다. 정말 죄송합니다.

아이들에게 언제나 정직하라고, 거짓말은 하지 말라고 가르쳤는데. 제자들은 선생 등짝을 보고서 인생길을 걷는다던데, 저는 아이들에게 아무것도 못 가르친 선생이었네요…….

풀꽃 할아버지는 눈물을 흘렸다. 그의 눈물에는 이번 범행에 대한 후회와 더불어 송두리째 부정당하는 지난 인생에 대한 회한이 담겨 있었다. 적정한 구속이었지만 구속의 반작용처럼 나타나는, 결코 반갑지 않은 먹먹한 감정이 내 안에서도 툭 불거졌다. 며칠 뒤, 김종훈에게 편지가 왔다.

검사님, 잘못은 다 제가 했으니 아무것도 모르는 제자들은 용서해 주시길 고개 숙여 부탁드립니다.

가만히 편지를 읽으며, 당신의 죄는 잘못이 있으나 그로 인하여

따뜻한 스승이었던 당신의 젊은 날까지 부정되지는 않기를 빌어
보았다.

지독한 ________________
굴레 ________________

첫 공판기일이 열리면 재판장은 피고인에게 진술거부권이 있음을 알리고, 피고인의 이름과 나이 등을 묻는다. 이어서 검사에게 피고인을 상대로 공소를 제기한 이유가 무엇인지 확인한다. 그러면 검사는 피고인이 이와 같은 범죄를 저질러 법정에 세웠다는 뜻으로 공소사실을 낭독한다.

재판장 검사님, 공소사실 요지를 말씀해 주시겠습니까.

재판장의 요청에 공소장에 적혀 있는 공소사실을 읽어 내렸다.

똑   검 피고인은 2020년 4월 5일 17시 35분경 ○○시 ○○구에
있는 피해자 ○○○ 운영의 장난감 가게에서 위 피해자
의 감시가 소홀한 틈을 이용하여 시가 3만 원 상당인 피
규어 1개를 절취했습니다.

의아했다. 피고인이 이미 경찰 수사단계에서 물건값에 위자료를
더한 33만 원을 주고 피해자와 합의를 마쳤기 때문이었다. 훔친 물
건이 그다지 비싸지 않고, 합의를 하였으니 기소유예 처분이 가능했
을 텐데도 주임검사가 피고인을 법정에 세운 이유는 무엇이었을까?

피고인의 범죄경력과 수사경력이 적힌 조회회보서를 열어 보았
다. 과연 피고인은 절도죄로만 네 차례나 입건된 전력이 있었다. 게
다가 모두 최근 3년 동안 저지른 범행들이었다. 기소유예 3번, 선
고유예 1번. 조회회보서를 보고 나니 오히려 피고인이 이례적인 선
처를 받았다는 느낌을 지울 수 없었다. 하지만 이런 느낌은 어눌하
고, 더듬거리는 말투로 운을 뗀 피고인의 말과 함께 사라졌다.

피고인 김동연(가명)은 평범한 학생이었다. 하지만 살집이 있는
덩치와 다르게 목소리가 얇고, 발음이 어눌하다 보니 주변의 놀림
감, 아니 먹잇감이 되기 일쑤였다. 짓궂은 녀석들은 선생님이 교
과서를 읽어 볼 사람을 찾으면 김동연을 지목하고는 김동연이 더
듬더듬 교과서를 읽을 때마다 키득키득 웃어댔다. 사물함에 상한
우유를 숨겨 두고서 김동연이 사물함에 책을 집어넣다가 우유를

터뜨리기라도 하면 악취가 난다며 면박을 주었다.

그중에 유독 김동연을 심하게 괴롭히는 녀석이 있었다. 그 녀석은 늘 점심을 먹는 김동연에게 다가와 밥에 침을 뱉고, 김동연의 뒤통수를 후려갈겼다. 갑작스러운 공격에 김동연의 눈가에 눈물이 핑 돌기라도 하면 녀석은 '돼지 새끼! 처 울기는!'이라고 욕까지 보탰다. 쉬는 시간이면 돈 한 푼 주지 않고 간식을 사 오라고 시켰다. 하지만 김동연은 단 한 번도 대들지 못했다. 어느 날, 녀석은 김동연을 학교 뒷산으로 끌고 갔다. 김동연을 나무에 묶고 몸통을 사정없이 때렸다. 김동연은 대체 무슨 잘못을 했는지 몰랐지만, 그 녀석에게 잘못했다고 빌었다.

녀석은 김동연의 사과에 우쭐함을 느꼈는지 더 세차게 김동연을 때렸다. 중천에 떠 있던 해가 뉘엇뉘엇 저물어 갈 때쯤에야 구타는 멈췄다. 그로부터 17년이 흘렀지만, 김동연의 시간은 절뚝절뚝 홀로 산길을 내려오던 그 날에 멈추어 있었다. 약을 먹지 않으면 잠을 잘 수가 없었다. 심장이 귓가에서 뛰었고, 심한 두통에 눈알이 터질 것만 같았다. 차라리 죽으면 평안해지겠구나 싶어 손목을 그어 보기도 목을 매달아 보기도 했지만, 목숨은 쇠심줄처럼 질겼다.

그런 김동연에게 만화영화는 별천지였다. 집 안에 갇힌 채로 TV만 보는 그에게 만화영화는 세상과 통하는 유일한 창구였다. 만화영화 속 캐릭터들은 언제나 꿈과 희망이 있었고, 주변인들은 항상 그들을 좋아했다. 그들처럼 되고 싶었다. 그들을 가지면 그들처럼 될 수 있을 것만 같았다. 우울증 약을 챙겨 먹지 못할 때면 그런 마음은 터지기 직전까지 부풀어 올랐다. 피규어를 손에 넣으면 평온해질 수 있을 것만 같은데 청소 일을 하는 어머니의 지갑은 빈털터리였다. 김동연은 그렇게 피규어 도둑질을 시작했다.

*

손민아(가명)는 내가 만난, 우울증이 도벽으로 번진 첫 번째 사람이었다. 그녀는 한 달에 두세 번 동네 마트에서 식료품을 훔치다가 덜미를 잡혔다. 경찰관들은 훔친 물건을 찾기 위해 그녀의 집을 수색했는데, 그녀가 훔친 음식들은 포장된 상태 그대로 냉장고에 쌓여 있었다. 하얗게 곰팡이가 피고, 까맣게 변한 음식에서는 냉장고 냉기마저 뚫고 악취가 뿜어져 나왔다

뚝 검 먹지도 않을 걸 뭐하러 훔칩니까? 통장을 보니까 돈이 없는 것도 아닌데요.

손민아에게 물었다. 그녀의 계좌에는 혼자 먹고살기에 부족하지 않은 돈이 있었다. 장발장처럼 생활고에 시달리다가 범죄를 저질렀다고 볼 수 없었다. 손민아는 고개를 숙이고 계속 울기만 했다. 냉수를 건네주고 눈물을 멈출 때까지 기다렸다. 30분여가 흘렀을까.

손민아 저기 검사님…….

손민아의 이야기를 듣기 위해 자세를 고쳐 앉았다. 구체적인 내용을 확인한답시고 중간에 말을 끊으면 어렵게 꺼냈을 말이 도로 목구멍 안으로 들어갈까 봐 가만히 손민아의 말에 귀를 기울였다.

손민아 철이 들고부터는 반팔, 반바지를 입어 본 기억이 없어요. 적당히 머리가 굵으니까 팔, 다리에 난 새파란 멍이 부끄러웠어요. 그래서 여름은 늘 고역이었어요. 여름 교복을 입어야 했으니까요. 푹푹 찌는 더위에도 친구들에게 나는 추위를 잘 타는 사람이라고 괜한 너스레를 떨면서 긴 팔을 걸치고 있었어요.

엄마는 왜 그렇게 저를 미워했을까요? 스무 살에 저를 낳아 꽃다운 시절을 잃어서일까요? 저희 집에는 남자들이 참 많이도 드나들었어요. 엄마는 술만 마시면 돈 많은 남자 하나 물어서 팔자를 고치겠다고 입버릇처럼 말했는데, 그러다가 일이 뜻대로 안 풀리면 꼭 제 탓을 했어요. 애 딸린 아줌마를 누가 데려가겠냐면서. 언제부터인가 엄마는 남자들이 집에 오는 날에는 저를 장롱 속에 숨겼어요.

아홉 살이었나? 그날도 장롱 속에 숨어 엄마가 어떤 아저씨와 식사하는 소리를 듣고 있었어요. 그런데 치익 하는 소리가 들리더니 삼겹살 굽는 냄새가 폴폴 풍겨 오더라고요. 딱 한 입만 먹어 봤으면, 딱 한 입만……. 위장이 뒤틀리는 느낌이었어요. 엄마의 매질이 무서워서 이러지도 저러지도 못하고 있는데, 엄마가 밖으로 나가는 소리가 들렸어요. 무작정 그 아저씨 앞으로 갔어요. 아저씨는 벌건 눈을 껌뻑이면서 가만히 저를 보더니 '너는 누구냐, 고기 좀 줄까?'라고 물었어요. 그리고는 널찍한 상추에 쌀밥을 올리고, 삼겹살을 두 점 올려 제 입에 넣어 줬어요. 그때 먹었던 고기 맛을 아직도 잊지 못해요. 한 번 더 얻어먹고 싶은 마음에 우걱우걱 쌈을 씹어 넘기는데 엄마가 들어왔어요. 엄마는 기겁을 하면서 작은 방으로 저를 밀어 넣었어요. 저 애는 누구냐고 묻는 아저씨의 물음에 옆집 애인데 잠깐 봐주고 있다고 답하면서……. 그날 저녁에 호되게 맞았네요. 엄마가 인생 좀 펴 보려는데 그걸 못 참냐고. 얼마나 맞았는지 고기쌈이 얹혀서 밤새 토를 했어요. 그런데 토를 하면서도 고기 맛이 나니까, 한 번 더 고기 맛을 볼 수 있으니까 좋았어요. 몇 번이고 더 토했으면 좋겠다는 생각이 들 만큼요. 그 뒤로 삼겹살을 보면 따뜻한 기분이 들어요. 누군가가 처음으로 오롯이 저만을 위해 호의를 베풀어 준 순간이었으니까요. 그런데 엄마한테 죽기 직전까지 얻어맞았던 기억도 같이 떠올라서 삼겹살을 목구멍으로 넘길 수는 없어요. 삼겹살을 먹고 싶은데, 먹으면 사랑을 느낄 수 있을 것만 같은데 삼키면 토를 하고, 온몸에 두드러기가 돋아요.

고등학생 때 집을 나왔어요. 엄마처럼 안 살겠다고 다짐을 하고 집을 나왔는데, 검사님도 아시다시피 저 술집에서 일해요. 엄마처럼 남자들한테 떨어지는 부스러기 주워 먹고 살아요. 결국 내 인생도 엄마하고 크게 다르지 않겠구나 싶어서 몇 번이고 죽으려고 했지만, 저는 죽을 용기도 없는 나약한 사람이었어요. 그럴 때마다 더 남자한테 매달렸어요. 남자들이야 제 몸뚱이를 원하겠지만, 어찌 됐든 그 순간만큼은 저를 필요로 해 주니까.

하지만 현실을 깨달으면 우울감이 몰려왔어요. 우울증이 심해지면 그렇게 삼겹살 한 쌈이 먹고 싶더라고요. 그래서 훔쳤어요. 어이가 없으시겠지만, 돈을 주고 사면 삼겹살이 생기는 만큼 돈이 없어지니까 내 것의 양은 그대로인데, 훔치면 훔친 삼겹살만큼 내 것의 양이 늘어나니까요. 내 것을 조금이라고 잃고 싶지 않았어요. 먹지도 못하고 냉장고에 처박아 놓을 삼겹살을 왜 그리 훔쳤을까요.

*

재판장 검사님부터 최종의견 말씀해 주시죠.

김동연에 대한 모든 공판절차가 끝나고, 재판장이 검사의 최종 의견을 물었다. 가만히 자리에서 일어나 구형을 시작했다.

똑 검 피고인 김동연은 수회 절도로 입건되었으나 기소유예 3회, 선고유예 1회의 선처를 받았습니다. 하지만 피고인은 아무런 반성도 없이 이와 같은 선처를 받은 지 얼마 되지 않아 또다시 이 사건 범행을 저질렀습니다. 비록 피고인이 피해자와 합의했다고는 하나 지속적으로 절도 범행을 저지르고 있는 이상 개전을 기대하기 어렵고, 피고인에 대한 처벌은 불가피합니다. 피고인에게 벌금 ○○만 원을 선고하여 주시기 바랍니다.

이어서 김동연이 최후진술을 했다.

김동연 다시는 안 그러겠습니다. 용서해 주세요.

그는 짤막한 말을 남기고, 고개를 숙이고만 있었다. 물끄러미 김동연을 지켜보던 재판장이 입을 열었다.

재판장 피고인, 제가 피고인께서 과거에 입은 아픔과 상처들, 그
리고 지금까지 느끼고 있을 고통에 대해서 감히 알 수
없고, 가늠할 수도 없습니다. 하지만 이제는 더이상 그
일이 피고인이 저지른 범행에 면죄부를 주지 않습니다.
이 법정에서 재판을 받게 된 이유를 그리고 피고인으로
인해 피해를 입고 상처를 받은 피해자들을 떠올려 보셨
으면 합니다. 앞으로는 그 굴레에서 벗어날 수 있기를 바
랍니다.

방청석에 앉아 있던 한 아주머니가 서럽게 눈물을 터뜨렸다. 김
동연의 어머니였다. 그녀는 방청석에서 무릎을 꿇고 아이처럼 빌
었다.

동연모 제가 청소 일을 다니느라 약을 제때 챙겨 주지 못했습니
다. 저 때문에 제 아들이 도둑질을 했습니다. 제 잘못입
니다, 저를 벌해 주세요.

지난 세월 동안 그녀도 폭력의 굴레 속에 갇혀 있었구나. 10년
을 훌쩍 넘어 20년 가까운 세월이 흘렀음에도 여전히 폭력의 굴

레를 벗어나지 못하고 있는 김동연과 손민아처럼. 가장 보호받아야 할 공간에서 얻은 상처는 흉터로 남아 그들의 영혼을 일그러뜨렸다. 물론 그 흉터들이 김동연과 손민아의 범행을 정당화할 수는 없겠지만, 안타까운 마음이 드는 건 어쩔 수 없었다.

김동연을 때렸던 그 녀석과 손민아의 어머니는 이 사실을 알고 있을까? 그들도 이들만큼이나 아플까? 아니면 이들의 아픔과 상관없이 행복할까? 불공평한 세상을 직시하기가 불편하고 부끄러웠다.

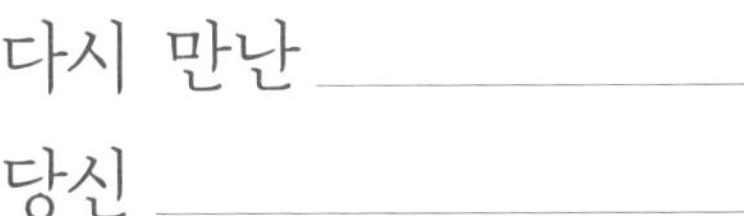

제대로 된 중고 거래는 판매자와 구매자 모두에게 이익이다. 파는 사람은 애물단지를 처분하고 용돈을 벌 수 있고, 사는 사람은 제값을 주고 사기에는 부담스러운 물건을 저렴한 가격에 얻을 수 있으니 유용하다. 하지만 애석하게도 국내 중고 거래 사이트는 판매자와 구매자를 연결하는 플랫폼 역할만 할 뿐 안전 거래까지 보증하지는 않는다. 중고 거래 대부분이 구매자가 선입금을 하면 판매자가 택배를 통해서 물건을 보내 주는 택배 거래 방식이다 보니 그야말로 중고 거래 사기가 빈번히 일어난다.

피의자 박해성(가명)_ 죄명 사기

박해성은 중고 거래 사이트에 낚싯대 세트를 20만 원에 판매한다는 게시물을 작성했다. 3명의 피해자가 돈을 보냈지만, 박해성은 낚싯대 세트는커녕 벽돌도 보내지 않았다. 애초에 낚싯대 세트는 없었다. 피해자들은 뻔한 거짓말에 왜 속았을까 하는 자책감과 내가 이렇게 바보 같을 수 있다니 하는 자괴감에 가위에 눌린 듯 가슴이 갑갑하다고 호소했다. 박해성은 앳된 얼굴이었다. 그의 나이 21살, 대학교 2학년에 재학 중인 학생이었다.

뚝   검 왜 사기를 치고 다닙니까?

박해성의 대답은 기가 막혔다. 박해성은 공무원 시험을 준비하면서 주유소에서 아르바이트를 했다. 그러다 휘발유 차에 경유를 집어넣는 실수를 했다. 하필 그 차는 값비싼 외제 차였다. 수리비를 물어 주느라 캐피탈 회사에서 돈을 빌렸는데, 학자금 대출에 캐피탈 대출까지 더해지니 도저히 빚을 감당할 수 없었다.

식당 허드렛일을 전전하는 어머니에게 손을 벌릴 수는 없었다. 다른 가족은 없었다. 대출을 받아 대출을 갚는 돌려막기를 했다. 아랫돌을 빼내어 윗돌에 고이다 보니 빚은 한순간에 눈덩이처럼 불어났다. 주유소에서 해고를 당한 뒤 낮에는 편의점에서 밤에는 PC방에서 아르바이트를 했지만, 이자를 갚기도 벅찼다. 생활비를 마련할 생각에 집에 있는 물건들을 하나둘 중고 거래 사이트에 내놓았다. 그러다 이미 판매가 끝난 낚싯대 세트를 살 수 있냐는 연락이 왔다. 박해성은 돈에 눈이 멀어 구매자에게 말했다.

박해성 네, 거래 가능합니다!

사기꾼의 말을 곧이곧대로 믿을 수 없어서 가족관계증명서, 채무상환확인서, 대출 내역을 전부 확인했다. 주유소 사장에게 물어보니 박해성이 포르쉐 승용차에다가 경유를 집어넣는 바람에 자신도 수리비를 물어주느라 피해가 막심하다며 언급하기도 싫다고 했다. 편의점, PC방 아르바이트도 사실이었다. 어쩌면 일이 이렇게까지 꼬일 수나 있나 싶었다.

*

뚝　검 합의할 수 있겠어요?
박해성 일주일만 시간 주시면, 편의점에서 가불하고 엄마에게
　　　　　 빌려서 돈을 마련하겠습니다, 검사님.

하지만 제아무리 사정이 있더라도 아닌 밤중에 사기 피해를 당한 피해자들만 하랴. 박해성에게 합의를 당부하며 일주일 뒤에 다시 출석하라고 했다. 박해성이 다시 검사실을 찾아왔다. 합의서

두 장을 내놓으면서 피해자 3명 중에 2명에게만 피해금을 변제했다고 했다. 나머지 피해자 1명은 10만 원이 모자라 합의를 하지 못했다는 말도 덧붙였다.

편취금액 합계 60만 원. 피해자 3명 중 2명에게는 피해금 변제. 형사처벌을 받은 적 없는 초범. 21살의 사회초년생. 기소유예 처분을 고민해 봤지만, 1명의 피해자가 여전히 피해금을 변제받지 못한 이상 그것은 부적절했다. 그러나 고작 10만 원이 부족해 전과가 생기고, 나중에 공무원 시험이나 취직에 문제가 생긴다면 과연 그것이 옳은 건지도 확신이 없었다. 검찰청을 나서는 박해성을 뒤따라갔다. 그리고 주머니에 있던 10만 원을 건네주었다.

뚝   검 이거 형으로서 주는 거니까 꼭 합의하는 데 써요. 나중에
　　　　성공해서 어려운 사람 만나면 그 사람한테 돈 갚고요.

박해성은 한참 동안 울었다. 며칠 뒤 나머지 피해자 1명에게서 합의서가 들어왔다.

*

계절이 한 바퀴를 돌았을까. 점심을 먹고 사무실에 돌아오니 실무관님이 구속사건이 배당되었다며 책상에 사건기록을 올려 주었

다. 간단한 조사를 하기 위해 구치감에 있을 피의자를 불렀다. 그리고 내 앞에는 갈색 수의를 입고, 손은 수갑에, 몸통은 포승줄에 묶여 있는 박해성이 앉았다. 기소유예 처분을 받고 반년 정도가 흘렀을 무렵부터 다시 중고 거래 사기에 발을 들여놓았다가 끝내 범죄에 중독되어 버린 그의 지난 시간이 고스란히 사건기록에 쓰여 있었다. 감화라거나 개과천선을 기대했던 내가 바보였을까? 박해성에게 물었다.

뚝　검　나 기억납니까?

박해성은 나를 빤히 들여다보다가 아! 하는 짤막한 탄성과 함께 고개를 떨구고 울기 시작했다. 세상 모든 일이 해피 엔딩이면 좋겠건만, 비극적이다 못해 처참한 새드 엔딩이었다. 나는 멍하니 우는 박해성을 바라보기만 할 뿐이었다.

남녘에 귤, 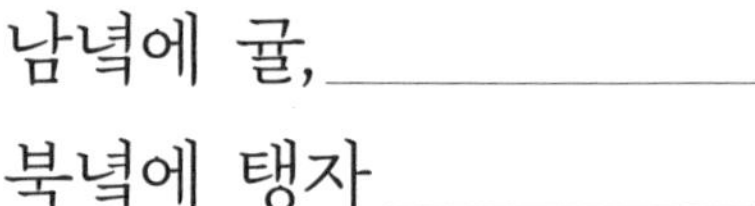
북녘에 탱자

　　중국 전국시대, 제나라의 안영이라는 재상이 초나라에
사신으로 가게 되었다. 초나라의 영왕은 안영을 크게 반기며 귤을
내왔다.

영　왕 우리나라의 보배이니 마음껏 즐기십시오.

　　귤의 껍질을 벗기니 상큼한 향기가 코끝을 간지럽혔다. 얇은 포
막에 싸인 과육을 베어 물자 달큼한 과즙이 입안에 퍼졌다. 안영
은 정신을 놓고 그 자리에서 귤을 몇 개나 더 집어먹었다. 안영은
일을 마치고 본국으로 돌아가면서 귤나무 묘목을 몇 그루 얻어다

가 자신의 집 마당에 심었다. 물과 거름을 듬뿍 주며 정성스레 귤나무를 키웠다. 마침내 가지마다 풍성하게 열매가 달렸다. 안영은 잔뜩 기대를 품고서 열매를 한입에 집어넣었다. 그런데 웬걸, 열매는 쓰고, 떫기만 했다.

안 영 에잇, 이놈의 탱자!

바닥에 열매를 퉤 뱉었다. 남귤북지. 남쪽에서는 귤이었으나 북쪽에서는 탱자라는 말로, 수질과 풍토에 따라 과실의 맛이 달라지는 것처럼 사람 역시 주위 환경에 따라 변한다는 사자성어이다.

피의자 유인성(가명)_ 죄명 특정범죄가중처벌등에관한법률위반(절도)

반복되는 지루한 일상이었다. 피의자를 책상 앞에 앉히고 조사를 이어갔다. 피의자는 일명 차털이 범행으로 구속된 사람이었다. 차털이는 주차 중인 차의 문을 열고 들어가 그 안에 있는 현금이나 귀중품을 훔치는 범행을 말한다. 휴대전화만 있으면 결제가 가능한 요즘 세상에 누가 차 안에 돈을 두고 다닐까 싶지만 주차요금이나 도로 통행료를 계산하기 위해 차 안에 잔돈을 보관하는 사람이 의외로 많다 보니 차털이 범행은 심심치 않게 일어난다. 피의자는 절도 범행으로 수년 동안 몇 번씩 옥살이를 하고, 얼마 전에 출소했음에도 또다시 범죄의 늪에서 허우적대고 있었다.

범행 장면이 CCTV에 그대로 찍혀 있었고, 피의자도 모든 혐의를 인정했다. 별다른 추가 수사 없이 피의자를 구속기소했다. 고백하자면, 말 그대로 일상다반사인 범죄였고, 간단한 사건이었기 때문에 기계적으로 사건을 처리했다. 유인성이라는 이름 석 자도 크게 기억에 남지 않았다. 나와 나이도 같은데 왜 이리 인생을 허비하며 살까, 한심하다는 생각을 스치듯 떠올린 정도였다.

몇 달 뒤 공판부로 부서 이동을 했다. 검사는 전담에 따라 크게 수사검사와 공판검사로 분류할 수 있다. 단어 그대로 수사검사는 수사를, 공판검사는 공판을 담당한다. 이처럼 검사를 나눈 이유는 효율적인 업무수행을 위해서다. 예를 들어 검사 1명이 수사부터 공판까지 전부 담당한다면 처리하는 개개의 사건마다 재판 일정이 각양각색일테니, 그 검사는 수사도, 공판도 제대로 할 수가 없다. 그래서 수사검사는 수사만, 공판검사는 공판만 담당하게끔 역할을 나눈 것이다. 물론 중요한 사건은 수사검사가 공판단계까지 담당하기도 하는데, 이를 직관이라고 한다. 공판검사는 공판 이외에 형의 집행 업무도 담당한다. 한창 재판 준비를 하고 있던 어느 날, 형 집행정지 담당인 박계장님이 찾아왔다.

박계장 검사님, 형 집행정지 신청 들어왔네예.

형 집행정지는 징역이나 금고와 같은 자유형을 선고받고 복역 중인 수형자가 중병에 걸리는 등의 사유로 수형생활이 어려운 경우에 일정 기간 동안 그 형의 집행을 멈추는 제도이다. 그리고 형사소송법상 검사가 형 집행정지 여부를 결정한다. 간혹 수형자들이 수형생활을 편하게 하기 위한 꼼수로 형 집행정지를 신청하기도 하기에, 이번에는 누가 꾀병을 부리나 하는 의심스러운 눈초리로 신청서를 넘겨보았다.

대상자 유인성_ 병명 위암 4기(췌장 및 간 전이)

낯선 이름이었다. 무슨 일로 수감 중인지 확인하기 위해 범죄전력 부분을 읽었다. 차털이 범행을 하여 특정범죄가중처벌등에관한법률위반(절도)죄로 징역 1년을 선고받은 사람이었다. 그런데 판결문에 적혀 있는 범죄사실을 읽어 보니 문체나 단어 선택이 익숙했다. 판결문 첫머리로 눈을 돌려 기소한 검사의 이름을 찾았다. 검사 뚝검(기소). 그제야 몇 달 전 일상처럼 처리했던 절도 사건의 주인공, 차털이범 유인성이라는 사실을 알았다. 내가 교도소에 넣은 사람을 내가 풀어 주게 되는 건가?

뚝검 계장님, 임검 준비해 주세요.

박계장님과 함께 유인성이 입원해 있는 대학병원으로 향했다. 임검이란 형 집행정지 여부를 결정하기 전에 검사가 직접 대상자의 상태를 확인하는 절차를 말한다. 유인성은 병실 침대에 혼자 누워 있었다. 배가 아픈지 손으로 배를 부여잡고 옆으로 돌아누워 있는 모습이 위태로워 보였다. 사복을 입은 교도관들이 병실과 복도, 층 출입문에 앉아 삼엄한 감시를 하고 있었고, 유인성의 손은 굵은 수갑이 채워진 채로 침대 난간에 묶여 있었다.

면담을 하기 위해 자고 있는 유인성을 깨웠다. 유인성은 땀으로 범벅이 되어 있는 얼굴을 살짝 돌리더니 어설피 눈을 떴다. 눈가와 양 뺨이 분화구처럼 움푹 파여 있었다. 몇 달 전 마주했을 때는 건장하다 싶은 체격은 아니었어도 단단한 느낌이었는데 허벅지 둘레가 내 팔뚝보다 얇아져 있었다. 손가락 마디마디가 보일 만큼 가늘어진 손에는 바늘이 잔뜩 꽂혀 있었다. 간호사는 영양제와 마약류 진통제를 투여하고 있다고 했다.

담당의사를 만났다. 담당의사는 유인성이 섭식한 음식의 90%를 게워 내고 있다고 했다. 영양실조가 심각해 영양제를 투여하고 있기는 하지만 효과가 없다고 했다. 위암이 췌장과 간까지 전이될 정도로 진행된 터라 항암 치료는 물론 수술 치료도 불가능하고, 기대 여명은 길어야 4개월이라고 했다. 진통제 처방을 하면서 기적이 일어나기를 바라는 수밖에 없는 암울한 상황이었다.

직접 확인한 유인성의 모습과 담당의사의 진단 내용, 거기에 의료자문위원들의 의견을 더해 유인성이 더 이상 수형생활을 하기는 어렵다고 판단했다. 형 집행정지신청을 허가한 날, 유인성의 누나와 어머니가 그를 데리러 왔다. 그의 누나와 어머니는 연신 허리를 숙였다. 자그마한 경차 뒷좌석에 누워 고향 집으로 향하는 유인성을 지켜보며 기적이 일어났으면 하는 바람이 들었다.

*

삐이— 지이이잉—. 괴상한 소리와 함께 팩스가 종이 한 장을 내뱉었다. 실무관님은 팩스에서 종이를 집어 들었다.

실무관 검사님, 다른 검찰청에서 통보서가 왔네요?

찰나 동안 대체 무슨 일일까, 내가 수사를 촉탁한 사건에 문제라도 있는 걸까 하는 오만 생각을 떠올리면서 부랴부랴 통보서를 건네받았다.

변사자 유인성_ 사인 자살(추락사)

유인성의 변사사건을 접수한 다른 검찰청에서 형 집행정지 중이라는 사실을 확인하고 나에게 보낸 통보서였다.

유인성은 누나와 병원에 갔다. 병원 복도에 잠시 앉아 있다가 화장실을 다녀오겠다며 자리에서 일어났다. 그리고는 병원 옆 건물로 올라갔다. 15층 계단 난간에 서서 누나에게 '나 너무 아프다.'라고 짤막한 문자메시지를 남기곤 가지런히 슬리퍼를 모아둔 채 그대로 몸을 던졌다.

누나는 유인성의 문자메시지를 보자마자 병원 밖으로 뛰어 나갔다. 주변을 뒤져 봤지만 동생은 없었다. 요란한 사이렌 소리를 울리며 정신없이 경광등을 깜빡이는 구급차가 보였다. 순간 쎄 한 느낌이 온몸을 휘감았다. 힘이 빠져나가는 다리를 간신히 부여잡고 그곳으로 걸어갔다. 웅성거리는 사람들 사이로 구급대원들이 분주히 움직이고 있었다. 자전거 보관대 지붕은 폭격이라도 당한 듯 와장창 깨져 있었다. 그리고 그 아래 동생이 누워 있었다.

자책이 몰려들었다, 괜히 형 집행정지를 허가했구나 하는. 수감생활을 계속하도록 놔두었다면 자살은 하지 않았을 텐데, 그 와중에 기적이 일어날 수도 있었을 텐데 하는 자책감은 날카로운 칼이 되어 가슴을 찔렀다. 한 사람의 무너져 내린 삶을 마주하기에 나는 여전히 단련이 덜 되어 있었다.

허탈한 마음을 애써 감추며 유족들의 진술을 찬찬히 읽었다. 수많은 변사사건 가운데 하나로 처리하기에는 나에게 다가오는 무게가 남달랐기 때문이다. 유인성은 중학생 때 아버지를 잃었다. 그때까지는 제법 공부를 잘하는 편이었지만, 갑자기 어려워진 가계는 그를 점점 소심하게 만들었다. 친구들은 어둡고 의기소침한 그를 멀리했다.

어느 날, 친구가 새로 나온 게임 CD를 학교에 가지고 와 자랑을 해댔다. 그 게임이 너무나 하고 싶었던 유인성은 교실에 아무도 없는 체육 시간을 노려 게임 CD를 훔쳤다가 친구들에게 들켜 망신을 당했다. 그 뒤로 다시는 학교에 나가지 않았다. 하지만 유인성을 잡아 주는 이는 없었다. 어머니도, 누나도 그럴 수 없었다. 목구멍이 포도청이었으니까.

그 뒤로 유인성은 소년원과 교도소를 전전했다. 유인성을 온전히 지켜 주고, 다잡아 주는 사람이 있었다면 그의 삶은 달라졌을까? 공부를 이어가고, 번듯한 직장을 얻고, 건강을 챙겼다면 이토록 허망하게 사라지지는 않았을 텐데 하는 생각이 꼬리에 꼬리를 물었다. 나와 같은 나이에 도둑질이나 밥 먹듯이 해 대는 유인성을 한심하다는 눈초리로 바라보던 나에게 자문했다. 유인성의 환경에 처했더라면 그와 다른 삶을 살 수 있었겠느냐고.

유인성과 같은 해, 같은 달에 태어났다. 그와 같은 아픔을 겪었지만, 나에게는 나를 지켜주는 사람들이 있었다. 아비 잃은 슬픔에 엇나갈까 매일 같이 찾아와 곁을 지켜 주시던 할아버지가 계셨다. 최연소 신춘문예에 당선되고 싶다는 맹랑한 제자의 말을 고깝게 듣지 않고 시집을 선물한 은사가 계셨다. 그러나 그 모든 것들은 나의 노력으로 얻은 것이 아닌, 단지 운 좋게 주어진 것이었다.

나와 유인성 모두 귤 씨앗이었지만, 그저 부는 바람에 실려 그는 차가운 북녘에, 나는 따뜻한 남녘에 뿌리를 내렸을 뿐 아닐까?

버려진 연탄이 누군가에게 따뜻했었는지 따위에는 관심 없이 함부로 연탄재를 발로 차 갈겼던 나의 행동을, 누군가가 살아온 삶의 궤적은 고려하지 않은 채 타인을 무시하고, 그것을 통해 스스로의 가치를 드높이려던 그 행동을 되돌아보며 유인성의 마지막 삶의 조각이 적힌 변사사건 기록을 덮었다. 부디 영면하기를.

인연에서 ────────────
악연으로 ────────────

<현재>

[유서] 이년 죽이고 나도 지옥 가련다…….

섬뜩한 문구의 유서가 변사사건 기록 중간에 묶여 있었다. 검정 사인펜으로 쓴 큼지막한 글씨들이 삐뚤빼뚤 적혀 있었다. 누군가 피 묻은 손으로 종이를 힘주어 구겼었는지, 구깃구깃한 주름 위에 핏자국이 스며들어 있었다. 변사자의 이름을 확인하고는 등골을 따라 올라오는 소름에 머리털이 곤두서고, 식은땀이 흘렀다. 변사자 윤정애(가명).

*

<지금으로부터 5년 전>

배복자 저는 정말 안 훔쳤어요. 500만 원을 훔치다니요!

배복자(가명)는 억울하다고 호소했지만, 절도죄로 징역형을 선고받았다. 결국에는 도둑이 되고 말았다. 국가는 진실을 밝혀 주겠지 믿었다. 그런데 국가도 나를 도둑이라고 했다. 집에 돌아오는 버스 안에서 서러움이 폭발했다. 와락 눈물이 쏟아졌다. 친언니처럼 따랐던 윤정애에게 배신당한 심정은 참담했다.

윤정애가 500만 원을 도둑맞았다며 경찰에 신고했다. 윤정애의 지인들은 앞다투어 증인을 섰다. 그날은 윤정애가 곗돈을 탄 날이어서 분명 윤정애의 가방에 현금 500만 원이 들어 있었다거나 배복자가 범행현장에서 손가락에 침을 묻혀 가며 몰래 현금을 세고 있었다는 증언들. 증언들은 톱니바퀴 맞물리듯 들어맞았다. 누군가 짜놓은 각본처럼. 하지만 배복자는 맹세코 500만 원을 훔치지 않았다.

그래도 법원에서 집행유예라고 했다. 어려운 한자 말이 무슨 뜻인지 몰랐지만, 교도소에 끌려가지 않았고 벌금도 안 내도 된다고 했다. 앞으로 조심히만 지내면 아무 일도 없다고 했다. 불행 중 다행일까. 빌딩 청소 일을 계속할 수 있었고, 푼돈이지만 모아 놓은 돈을 허공에 날리지 않아도 되었다. 험한 세상을 홀로 버텨 내려면 일자리가 있어야 했고, 돈을 벌어야만 했다.

하지만 배복자가 절도죄로 유죄를 받았다는 소문은 삽시간에 퍼졌다. 이웃집 수저 개수에, 어제 저녁밥 반찬까지 다 알고 지내는 작은 마을에서 소문은 두 발에, 날개까지 달고 있었다. 직장에서도 도둑 딱지가 따라다녔다. 동료들은 배복자의 뒤에서 수군댔다. 배복자가 인스턴트 커피라도 집어 들면 커피가 부쩍 빨리 없어진다고 눈치를 주거나 배복자의 짐을 휴게실 저만치에 밀어 놓고 자기네들 짐만 한곳에 뭉쳐 놓았다. 도시락을 까먹다가도 배복자가 휴게실에 들어서면 대화를 멈췄다. 그러다가 한 명이 침묵을 깼다.

동 료 아무리 먹고살기 어려워도 그렇지, 어떻게 다른 사람 돈에 손을 대. 재수 없게.

동료들의 등쌀에 이곳저곳 직장을 알아봤지만, 돌아오는 대답은 같았다. 도둑 주제에 어딜 감히! 이를 악물고 빌딩 청소 일을 계속했다. 스트레스 탓이었을까? 잇몸이 주저앉았다. 피가 고여 물을 마실 때마다 피비린내가 났다. 속이 답답하고 메슥거렸다. 머리가 어지러웠다. 진통제 몇 알로 하루하루를 버텼다. 한 알이 두 알로,

두 알이 네 알로 늘어났다. 사실 병원에 갈 돈도, 시간도 없었다. 아까웠다.

의 사 유방암입니다.

왜 나한테만 이래? 내가 뭘 그렇게 잘못했다고. 세상이 원망스러웠다. 도둑으로 몰리고, 남은 것이라곤 월세 20만 원짜리 반지하 단칸방 하나와 암 덩어리에 고장 난 몸뚱이였다. 죽일 수만 있다면 윤정애를 죽이고 싶었다.

*

<지금으로부터 2년 전>

배복자 네가 무슨 낯짝으로 여길 와! 당장 나가!

배복자는 홀로 단칸방에 누워 있었다. 깊어지는 병마에 더는 일을 할 수 없었다. 그간 모아 놓은 돈으로 하루하루를 버티고 있었다. 그런데 정선주(가명)가 찾아왔다. 3년 전, 눈 하나 깜짝 않고 위증하던 정선주의 모습이 생생했다.

정선주　윤정애가 운영하는 노래방에 배복자가 혼자 남아 있었고, 현금을 세고 있는 모습을 보았습니다.

정선주는 그때는 어쩔 수 없었다는 말을 꺼내며 옆에 앉았다. 배복자는 당장이라도 그녀를 쫓아내고 싶었지만, 그럴 기운이 없었다. 얼른 하고 싶은 말을 하고 눈앞에서 사라지라고 앙칼지게 쏘아붙였다. 같은 공간에 있으니 물속에서 숨을 쉬는 기분이었다.

배복자　왜! 윤정애가 왜 나를!

배복자는 기가 막혔다. 정선주가 털어놓은 말에 한동안 말문이 턱 막혔다. 배복자는 윤정애와 노래방을 동업하기로 했었다. 사실 말이 동업이지, 윤정애의 부탁으로 사업자 명의를 빌려준 것이었다. 명의만 빌려줘도 월 100만 원씩이나 준다니 배복자로서는 거절할 이유가 없었다. 카드 매출이 명의자 앞으로 나오니 돈을 떼일 일도 없었다. 청소 일도 하면서 매달 100만 원이라니, 횡재였다.

모든 일이 그렇듯 처음은 순조로웠다. 손님들이 제법 많이 찾았다. 정선주가 부쳐 내는 계란말이도 한몫을 톡톡히 했다. 손님들이 계속 들이닥치는 통에 서비스 시간도 넉넉히 넣어 주지 못할 정도였다. 그러다가 노래방에서 판매한 술이 화근이 되었다. 결국 영업정지를 받았다. 술 없이는 장사가 되질 않아 몇 번 더 술을 팔았

다. 어김없이 영업정지 기간이 더 늘어났다. 그 뒤로 손님들의 발
길이 뚝 끊겼다.

윤정애 복자야! 100만 원을 다 가져가면 어떡해! 나도 좀 살자!

윤정애는 노래방이 망하기 직전인데 100만 원을 꼬박꼬박 다 가
져가면 어쩌냐고 했다. 그간 따박따박 챙겨 간 돈도 조금만 돌려
달라고 했다. 일단 노래방이 살아야 하지 않겠냐고……. 하지만 배
복자도 윤정애의 사정을 봐줄 여유가 없었다. 이미 100만 원을 염
두에 두고 곗돈을, 적금을, 보험금을 붓는 중이었다. 그간 받은 돈
들도 죄다 대출금을 갚는 데 썼다. 윤정애는 하루가 멀다 하고 전
화를 해 왔다. 심지어 집에도 찾아왔다. 배복자는 윤정애의 부탁
을 단칼에 거절했다. 매몰차다고 해도, 모질다고 해도 어쩔 수 없
었다. 연락을 끊고, 직장을 옮겼다. 이사도 했다.

*

배복자 그렇다고 경찰에 거짓말을 해! 거짓말로 신고를 하냐고!

이기적으로 굴었던 내 잘못인가? 배복자는 자문했다. 모질게 군
탓에 이런 수모를 겪었나 자책했다.

정선주 언니가 잠적하니까 윤정애가 언니 잡겠다고 경찰에 신고
한 거야. 언니 재판에서 증언할 때, 윤정애가 나한테 떨
지 말라고 우황청심환까지 줬었어.

배복자는 허망한 마음을 꾹 억누르고, 정선주에게 진술서를 받
아 곧장 경찰서로 달려갔다. 윤정애와 그 지인들을 고소했다. 물
론 정선주까지.

*

<지금으로부터 2년 전>

정선주 나한테 빌려 간 돈 내놔! 벌써 몇 년째야!

정선주는 윤정애에게 소리를 질렀다. 화장품 외판을 하면서 모
은 1,000만 원이었다. 밤잠을 아끼며 노래방 주방에서 일한 임금은
포기한 지 오래였다. 금방 갚겠다면서 돈을 빌려 간 지 벌써 1년.
윤정애는 미안하다는 말만 했다. 조금만 더 시간을 달라고 했다.
하지만 정선주는 기다릴 수 없었다. 당장 요양 병원에 있는 엄마
의 병원비를 내야 했다. 쫓겨날 판이었다. 병원에서는 시도 때도 없
이 독촉 전화가 왔다. 결국 윤정애는 돈을 갚지 않았다. 정선주의

엄마는 요양 병원에서 쫓겨나다시피 퇴원했다. 일을 해야 하는데 엄마를 돌봐 줄 수 있는 사람이 없었다. 제대로 된 간호를 받지 못하니 엄마의 건강은 나빠져만 갔다. 삶이 팍팍했다. 모두 윤정애 탓이었다. 정선주는 윤정애가 미웠다. 그날로 배복자를 찾아갔다.

*

배복자의 고소 사건을 맡은 담당형사는 의아했다. 배복자는 윤정애가 무고라는 고소장 하나만 내고 함흥차사였다. 배복자가 절도 피의자로 조사를 받았던 사건기록을 살펴보니, 그때도 배복자는 경찰의 출석요구에 제대로 응한 적이 없었다. 매번 출석하기로 해 놓고, 아무 연락 없이 안 나오기 일쑤였다.

윤정애는 모든 혐의를 부인했다. 고작 100만 원 때문에 친한 동생에게 도둑 누명을 씌웠겠냐고 되물었다. 배복자는 윤정애로 인해 절도죄로 처벌받았고, 중요참고인 정선주는 윤정애를 사기죄로 고소한 상황이었다. 두 사람 모두 윤정애에게 앙심을 품기에 충분했다. 둘의 말을 온전히 믿기 어려웠다. 더구나 법원도 배복자가 절도죄를 저질렀다고 인정했다. 배복자는 유죄 판결에 항소하지도 않았다. 결국 담당형사는 혐의없음(증거불충분) 의견으로 사건을 검찰에 송치했다.

김계장은 이 사건의 참여수사관이었다. 처음 사건을 검토했을 때는 담당형사의 의견과 다르지 않았다. 딱 하나, 목에 걸린 생선 가시처럼 마음에 걸리는 진술이 있었다. 윤정애의 한 마디.

윤정애 제가 분명 가방에 곗돈 500만 원을 넣어 놨어요. 오전에 노래방에 갔는데 배복자가 청소를 하고 있었고요. 그날 저녁에 보니까, 500만 원이 감쪽같이 없어졌더라고요.

'가방에 들어 있던 현금 500만 원······.' 김계장은 생각했다. 한 번쯤은 가방에서 지갑이든, 휴대전화든 꺼냈을 텐데, 그럼 그때 바로 돈이 없어진 걸 알 수 있지 않았을까? 그 두꺼운 돈뭉치가 없어진 걸 저녁에서야 알았다니. 선뜻 이해가 가지 않았다.

김계장은 배복자에게 전화했다. 그날 대체 무얼 했는지 듣고 싶었다. 배복자는 전화를 받지 않았다. 그렇다고 눈을 질끈 감을 수도 없었다. 그래서 배복자의 휴대전화 기지국 위치를 조회했다. 통신사에서 회신자료가 도착했다. 자료를 주르륵 훑어봤다. 500만 원이 사라졌다는 그날, 배복자는 윤정애의 노래방에서 2시간이나 떨어진 외딴 도시에 있었다.

*

김계장 대체 왜 전화를 안 받으셨어요. 배복자 씨도 본인한테 유리한 진술을 하셔야죠.

배복자 죄송합니다. 제가 항암 치료를 받고 있어서요. 이제야 조금 나아졌습니다.

김계장 다행이네요. 배복자 씨가 500만 원 훔쳤다던 그날, 배복자 씨 휴대전화 기지국 위치를 확인했습니다. 그런데 전혀 엉뚱한 곳에 계셨더라고요. 어떻게 된 일입니까?

배복자 그게 사실은 제가 그날 보이스피싱을 당했어요. 경찰인데 제 계좌가 범죄에 연루됐다고, 계좌에 있는 돈을 찾아서 다른 도시에 있는 사복경찰에게 넘겨줘야 처벌을 안 받는다고. 그래서 거기까지 가서 전해 줬어요, 800만 원.

김계장 그랬으면 전에 경찰이 절도죄로 조사를 한다고 했을 때, 말했어야죠. 출석도 제대로 안 하고, 왜 그러셨어요?

배복자 처음에는 경찰이라고 전화가 오니까 보이스피싱인 줄 알았어요. 전 재산을 잃었는데 어떻게 믿겠어요. 그 다음은 때를 놓쳤고요. 주변에서 보이스피싱하면 저벌받는다고 해서, 저도 처벌받을까 봐 쉽게 말을 못 했어요.

김계장 아니……. 피해자가 왜 처벌을 받습니까. 그리고 항소는 왜 안 하신 거에요, 억울하셨으면 항소를 하셨어야죠!

배복자 ……재판하려면 돈을 더 내야 하는 거 아닌가요?

김계장은 말을 이을 수 없었다. 우연에 우연이 기가 막히게 겹쳐 있었다. 그날 배복자의 카드 내역을 확인하니 외딴 도시행 버스표를 끊은 내역이 있었다. 통화 내역에는 종일 누군가와 통화를 했던 기록이 남아 있었다. 속속들이 누명의 증거가 나왔다. 담당검사와 김계장은 윤정애를 무고죄와 모해위증죄로 구속기소했다. 정선주를 포함한 나머지 지인들은 불구속기소했다. 법원은 이들에게 전부 유죄를 선고했다. 드디어 배복자의 누명이 벗겨지는 듯했다.

*

〈6개월 전〉

배복자   저 정말 도둑 아니라니까요!

배복자는 발을 동동 굴렀다. 몸을 조금 움직일 수 있을 만큼은 건강이 나아져, 돈이라도 벌어야지 싶은 마음에 직장을 구하러 다녔다. 그런데 사람들이 여전히 도둑 이야기를 들먹였다. 도둑이 아니라고 하니 전과기록을 떼어 오라고 했다. 경찰서에 가서 전과 조회를 했다. 그런데 이게 웬걸, 여전히 전과기록이 남아 있었다. 분명 윤정애가 처벌을 받았는데…….

*

김계장님이 케케묵은 사건기록을 내 책상에 올리며 말을 꺼냈
다. 돌이켜보면 김계장님은 맑갛다는 표현이 정확하게 어울리는
사람이었다. 성품이 샘처럼 맑다고 할까?

김계장 검사님, 배복자 씨라고 도둑 누명을 썼던 분 사건기록입
니다. 무고사범들은 다 처벌받았습니다.

뚝 검 수고 많으셨네요. 제가 전입 오기 전에 사건인가 봐요?

김계장 네, 그런데 배복자 씨가 얼마 전에 전화해서는 아직도 절
도 전과가 남아 있는데, 무슨 일이냐고 묻더라고요.

뚝 검 그거야 확정판결이 있으니까 재심을 해야죠. 재심청구
하시라고 안내는 해 주셨어요?

김계장 안내를 해 드리긴 했는데……. 항암 치료 중이라 법원까
지 나오기가 힘들다고 하시더라고요. 그분 사는 곳에서
법원까지 오려면 버스를 세 번 갈아타고, 편도만 2시간
이 걸리거든요. 몸에 무리가 많이 가나 봐요. 그래도 재
심을 해야 절도 전과가 없어진다고 하니까, 그냥 이대로
살겠다고 하시는데……. 무슨 방법이 없을까요?

확정판결의 효력을 없애려면 재심절차를 통해야만 한다. 법원

의 판단을 함부로 바꿀 수 있다면, 법치주의의 근간인 법적 안정성이 흔들리기 때문에 엄격한 절차가 요구되는 것이다. 형사소송법 제420조 제3호에 따르면, 무고로 인하여 유죄를 선고받은 경우 그 무고의 죄가 확정판결에 의하여 증명된 때에는 재심을 청구할 수 있으니, 배복자는 충분히 재심을 청구할 수 있었다. 그런데 건강 때문에 재심청구를 하지 못한다니. 사실 나는 무슨 방법이 없겠냐는 김계장님의 말씀 속에 숨은 속뜻을 알고 있었다.

형사소송법 제424조

다음 각호의 1에 해당하는 자는 재심을 청구할 수 있다.

1. 검사

2. 유죄의 선고를 받은 자

3. 유죄의 선고를 받은 자의 법정대리인

4. 유죄의 선고를 받은 자가 사망하거나 심신장애가 있는 경우
   에는 그 배우자, 직계친족, 형제자매

검사도 재심을 청구할 수 있다. 오히려 유죄 선고를 받은 사람이나 그 친족들보다 앞 순위에 쓰여 있다. 우리 법이 공익의 대변자로서 검사에게 거는 기대의 표현일까. 김계장님의 말씀은, 내가 직접 재심청구를 하면 어떻겠냐는 의미였다.

난감했다. 우선 일반 형사사건에서 검사의 직접 재심청구는 극

히 이례적이었다. 가만있으면 중간이라도 갈 텐데 괜히 튀지는 않을까 하는 걱정이 들었다. 김계장님 뒤편, 캐비닛에 잔뜩 쌓인 사건기록들이 보였다. 업무현황표 칠판에 빼곡히 적혀 있는 조사 일정도 보였다. 그리고 예전 사건을 처리했던 이들의 결정에 과오가 있음을 지적하는 것이 맞는지 고민스러웠다. 나에게 그럴 만한 깜냥이나 있는지 싶었다. 당시 사건기록만 두고 보면, 그때 확보할 수 있었던 증거들에 비추어 보면, 나도 그들과 같은 판단을 했을 터였다. 검사의 직접 재심청구는 과거의 잘못들을 인정하고, 자신의 결정을 스스로 깨부숴야 한다는 점에서 유죄를 선고받은 사람의 그것과 완벽히 결이 달랐다. 고민을 거듭하다가 혼자서는 도무지 해결하지 못하겠다 싶어 부장님과 함께 청장실을 찾아갔다.

청장님은 늘 그렇듯 깍듯한 인사로 우리를 맞아 주셨다. 항상 검사들을 인자한 미소로 대해 주시는 따뜻한 분이었다. 청장님의 한 마디에 길어지기만 했던 고민은 끝이 났다.

청 장 실수가 있으면 인정을 해야 합니다. 스스로를 바꿀 수 있는 용기도 검사에게 필요합니다.

재심을 청구했다. 재심절차가 개시되었고, 배복자의 절도 범죄사실에 대한 재판이 다시 열렸다. 그리고 선고기일. 피고인석에 배복자가 섰고, 방청석에는 다음 선고를 기다리는 사람들이 자리를 메웠다. 그

틈바구니 속에 김계장님도 있었다. 재판장은 판결문을 읽었다.

재판장 ……이상과 같은 이유로 주문과 같이 선고합니다. 피고
인 배복자 무죄. 그동안 고생 많으셨습니다.

재판장은 법대에서 일어나 배복자에게 허리를 숙였다. 배복자
는 담담했다. 아무 말 없이 피고인석을 나섰다. 나와 김계장님은
배복자와 눈이 마주쳤다. 배복자에게 허리를 숙였다. 배복자는 배
시시 웃으며 말했다.

배복자 괜찮습니다. 오히려 감사합니다. 고생하셨습니다.

*

<다시, 현재>

일상은 계속됐다. 사건은 물밀듯 밀려들었다. 마약수사 베테랑 최
계장님은 오늘도 마약사범들 조사에 열을 올렸고, 김계장님은 책상
에 키만큼 쌓인 사건기록을 펼치곤 자를 대고 한 줄 한 줄 꼼꼼히 검
토했다. 쉴 새 없이 울리는 전화벨과 타자 소리가 검사실을 메웠다.

실무관 검사님, 변사사건이 있네예!

실무관님이 변사 사건기록을 건네줬다. 변사자 윤정애. 피 묻은 유서. 무슨 일인가 싶어 서둘러 기록을 넘겼다.

윤정애는 정선주가 원망스러웠다. 타지로 이사 와 화장품 외판을 하던 정선주가 안쓰러워, 여기저기 소개를 해 주고 물건을 팔아 줬다. 돈이 부족하다고 하면 아낌없이 빌려줬다. 그런데 돈을 안 갚는다고 구속을 시키다니. 출소 뒤에도 괴롭힘은 계속됐다. 이것저것 긁어모아 툭하면 사기죄로 고소했다. 식당을 운영하려고 하면 민원을 집어넣었다. 도저히 살 수가 없었다. 그러다 정선주는 윤정애의 며느리가 될 아가씨에게까지 찾아갔다.

정선주 아가씨, 이게 다 아가씨 생각해서 하는 말이야. 사기꾼에, 교도소 들락날락하는 여자를 아가씨 새끼들한테 할머니라고 보여 주고 싶어?

참을 수 없었다. 칼을 집어 들고 정선주를 찾아갔다.

[유서] 이년 죽이고 나도 지옥 가련다. 다만 이년을 아직 살려 두는 이유는 병신으로 살면서 지옥을 살게 하려 함이다. 평생 지옥 속에서 살다가 지옥에서 만나자.

윤정애는 정선주의 눈두덩과 목을 찔렀다. 그리고 근처 야산에서 스스로 목을 매었다. 정선주는 평생 한쪽 눈과 팔을 못 쓰게 되었다. 도대체 어디서부터 잘못된 걸까. 어느 순간에 어떤 선택을 했다면 이들의 결말이 달라졌을까. 배복자의 진술이 떠올랐다.

배복자　……그때 참 좋았었는데, 정애 언니가 노래방 카운터 보고, 저는 청소 도와주고. 그러고 있으면 선주가 와서 음식을 해요. 선주가 음식 솜씨가 좋았거든요. 그렇게 장사를 하다가 손님 좀 잦아드는 때 끓여 먹는 라면이 그렇게 맛있었어요. 참 자매 같았는데. 나도, 선주도, 정애 언니도 형제가 없어서 서로 의지를 많이 했거든요. 그때 참 좋았었는데, 좋았었는데…….

세 사람이 라면을 먹으며 터뜨리는 웃음소리가 들리는 것만 같아 얼른 변사 사건기록을 덮었다. 그들의 모든 순간과 모든 결정이 안타까웠다.

진실과 거짓 사이에서

어긋난
사랑

　정 씨는 아내와 아이들에게 줄 통닭 한 마리를 조수석에 올려 두고 길을 재촉하고 있었다. 교차로에서 녹색 신호를 기다리며 라디오에서 흘러나오는 노래에 맞춰 콧노래를 흥얼거렸다. 퇴근 후에 아이들 입에 닭 다리를 물리고, 아내와 함께 마시는 맥주가 삶의 낙이었다. 뒤에서 승용차 한 대가 다가왔다. 전조등 불빛이 점점 밝아지고 커지더니 정 씨가 타고 있는 SUV의 뒤 범퍼를 그대로 들이받았다. 쿵 하는 충격음이 차가운 겨울 공기를 갈랐다.
　정 씨는 깜짝 놀라 숨을 몰아쉬었다. 등에서 식은땀이 흘렀다. 손발을 움직여 봤다. 다행히 다치지는 않은 모양이었다. 승용차로 다가가 운전석 창문을 두드렸다. 지잉 하는 소리와 함께 창문이 내

려갔다. 운전석에는 모자를 푹 눌러쓴 남자가 앉아 있었고, 그 옆
에는 긴 머리의 여자가 앉아 있었다. 휴대전화 불빛을 비춰 보니
남자의 얼굴이 붉었다. 그리고 차 안에서는 술 냄새가 진동했다.
음주운전이었다.

*

피의자 최치훈(가명)_ 죄명 가. 도로교통법위반(음주운전), 나. 교
통사고처리특례법위반

최치훈은 이미 음주운전으로 두 차례 형사처벌을 받은 전력이
있었다. 그것도 얼마 되지 않은 따끈따끈한 범죄전력이었다.

뚝 검 지금 제정신입니까? 얼마 전에 집행유예를 받은 사람이
또 음주운전을 해요?

최치훈은 왜 그랬는지 모르겠다는 말만 반복하다가 그날은 여자
친구 황은혜(가명)와 오랜만에 만난 날이었다며 운을 뗐다. 최치훈
은 거의 몇 주 만에 황은혜를 만나 기분이 무척 좋았다. 황은혜가
공무원 시험을 준비하고 있어서 자주 보기가 어려웠다. 한우 전문
점에 가서 값비싼 부위를 주문했다. 최치훈은 맥주 2병을 마셨고,

술을 못 마시는 황은혜는 음료수를 마셨다. 식사를 마치고 황은혜를 집에 데려다주기 위해 대리기사를 불렀지만, 연말이어서 그런지 대리기사가 통 잡히지 않았다. 칼바람에 동동 발을 구르는 황은혜를 보고 있자니 해서는 안 될 생각이 들었다. 맥주 2병이면 괜찮지 않을까? 그렇게 시작한 음주운전의 끝은 교통사고였다.

모두가 퇴근한 검사실에 혼자 남아 공소장을 썼다. 증거목록을 정리하면서 마지막으로 하나씩 하나씩 증거들을 확인했다. 그런데 차적조회와 보험가입증명서에서 이유 모를 이질감이 느껴졌다. 의아했다. 최치훈이 운전했다는 승용차는 황은혜의 차였고, 보험도 황은혜의 이름으로 가입되어 있었다. 술도 안 마셨다는 황은혜가 왜 자신의 차를 최치훈에게 운전하게 했는지 도통 이해가 가지 않았다. 황은혜의 진술조서를 다시 읽었다.

황은혜는 최치훈이 운전을 대신해 주겠다고 해서 자동차 열쇠를 넘겨주었다고 했다. 초보운전이라 야간에 운전하기가 무서웠기 때문이었단다. 최치훈과 함께 식사를 했지만 맥주를 2병이나 마셨는지 전혀 몰랐고, 최치훈이 스스로 취하지 않았다고 장담해서 그 말만 믿었다고 했다. 분명히 테이블 위에 술병이 있었을 텐데 최치훈이 얼마나 술을 마셨는지 몰랐다는 진술을 믿어야 하는 걸까?

한우 전문점에 전화를 했다. 주차 관리원에게 석 달 전쯤 남녀가 탔던 흰색 구형 아반떼 승용차를 누가 운전했는지 기억나시냐고 물었다. 주차 관리원은 어제 먹은 점심도 가물가물한데, 어떻게 석 달 전 일을 기억하겠느냐고 반문했다. 하긴 나도 어제 먹은 점심이 기억나지 않는구나. 교통사고 장면을 담은 CCTV 영상이 있기는 했지만, 워낙 멀리서 찍은 화면인지라 승용차의 운전자까지 확인할 수는 없었다.

어차피 최치훈이 운전을 했다고 자백하는데, 눈 딱 감고 이대로 처리할까 하는 유혹이 들었다. 한 달에 200건이 훌쩍 넘는 사건을 처리해야 하는 현실에서 고작 자백하고 있는 음주운전 사건에 더는 품을 들이고 싶지는 않았다. 하지만 문득 독립하던 첫날, 검사실 앞에 명패를 붙이며 곱씹었던 다짐이 떠올랐다. 그 누구도 억울한 사람을 만들지 말자는 다짐. 교통사고 피해자인 정 씨에게 전화했다. 혹시 차에 후방 블랙박스가 설치되어 있었는지 물었다.

정 씨 그게 벌써 한 세 달 지났잖아요. 벌써 지워졌습니다. 조금만 일찍 전화 주시지 그랬어요, 검사님.

그 말에 상반된 두 종류의 감정이 마음속에 섞였다. 하나는 아쉬운 마음이었고, 다른 하나는 할 만큼 했지만 나로선 어쩔 수 없었다는 핑계로 마음 편히 사건을 털어버릴 수 있어 다행이라는 마음이었다. 그런데 잠시 뒤, 검사실 전화가 울렸다. 정 씨였다.

정 씨 검사님! 블랙박스요. 보험사 직원한테 보내 준 적 있는데요! 거기 연락해 보세요!

순간 모른 척할까 하는 유혹이 들었다. 행여나 황은혜가 운전을 했다면 최치훈의 기존 혐의에 대해서는 불기소결정서를 작성해야 하고, 최치훈은 범인도피죄로, 황은혜는 범인도피교사죄, 교통사고처리특례법위반죄로 인지해야 했다. 두 사람을 다시 조사하고, 범죄인지서와 인지보고서를 작성하는 그 지난한 과정을 거칠 생각을 하니 벌써부터 온몸이 욱신거리는 기분이었다.

뚝　검　정 선생님 보험 담당자 되시나요? 블랙박스 때문에 연락 드렸습니다.
담당자　네! 그거 보험금 지급 때문에 아직 가지고 있습니다. 어디로 보내면 되겠습니까?

보험 담당자는 이메일로 정 씨의 블랙박스 영상을 보내 주었다. 영상에는 교통사고 장면이 고스란히 담겨 있었다. 정 씨의 SUV를 향해 달려오던 승용차는 속도를 줄이지 않고 그대로 SUV의 꽁무니를 들이받았다. 전조등 불빛이 번져 운전석과 조수석에 앉아 있는 사람이 누구인지 명확히 보이지는 않았지만, 짧은 머리에 모자를 푹 눌러쓰고 있는 사람이 조수석에 앉아 있었다.

뚝 검 최치훈 씨, 정말 운전했습니까?

다시 물었지만, 최치훈은 끝까지 자신이 운전을 했다고 말했다. 최치훈에게 또다시 음주운전으로 처벌받으면 실형을 살 수밖에 없고, 지난 집행유예 판결도 실효되어 그 형까지 살아야 한다고 했지만 최치훈은 단호했다. 블랙박스 영상까지 보여 주었지만 술에 취해 모자를 바꿔 쓴 모양이라고, 자신은 전혀 모르는 일이라고 끝까지 황은혜를 감싸고 돌았다. 최치훈에게 황은혜의 진술조서를 보여 주었다. 최치훈은 조서를 읽다가 헛웃음을 터뜨렸다.

[문] 최치훈과는 무슨 사이인가요?
[답] 그냥 아는 오빠 동생 사이입니다. 아무 사이도 아닙니다.
[문] 남자친구가 아닌가요?
[답] 아닙니다.

최치훈은 한참을 허공만 응시하다가 황은혜가 공무원 시험을 준비하고 있어서 음주운전으로 처벌을 받으면 안 된다고 걱정하기에 자리를 바꾸었다고 말했다. 자신은 어차피 두 번의 음주운전 전과가 있는 망한 인생이니 아무렴 괜찮았다고 했다. 몇 년 전

부터 황은혜를 마음에 두었고, 가끔 자신을 찾으면 달려갔다고 했
다. 당연히 연인 사이로 생각했고, 시험이 끝나면 결혼을 하려고
돈도 열심히 모았다고 했다.

뚝 검 최치훈 씨, 그게 사랑입니까? 벌을 받으면 그때만 아프
지만 비겁하면 평생 아픕니다. 그런 짐을 황은혜한테 지
우려는 게 사랑이에요?

사랑한다면 어떻게든 죗값을 치르게 해 주는 게 맞지 않았을까.
사랑이란 일방이 모든 걸 감내하고 희생하고, 숨기려는 것이 아니
라 쌍방이 고난에 부닥쳐도 함께 이겨 내고, 서로 용기를 북돋아
주는 것이 아닐는지. 몇 달 뒤, 최치훈과 황은혜는 함께 법정에 섰
다. 최치훈은 그곳에서 모든 사실을 다 털어놓았지만, 끝까지 황
은혜를 감쌌다.

최치훈 제가 황은혜를 좋아하는 마음에 거짓말을 했습니다. 죄
송합니다. 황은혜가 시키지는 않았습니다. 거짓말한 잘
못은 저에게 물어 주셨으면 합니다.

최치훈은 실형을 선고받았고, 황은혜는 벌금형을 선고받았다.
어긋난 사랑의 끝이었다.

농부는 눈보라가 휘몰아치는 들판을 걷고 있었다. 무릎까지 푹푹 빠질 만큼 쌓인 눈 때문에 한 걸음 옮기는 일조차 쉽지 않았다. 농부는 가지만 앙상한 나무 밑에서 얼어 죽어 가는 뱀을 발견했다. 뱀은 끝이 갈라진 혀를 드문드문 날름거릴 뿐이었다. 진작 땅을 파고 들어가 겨울잠에 들었어야 했다. 농부는 뱀을 가슴 옷자락에 넣고 발갛게 곱은 두 손을 호호 불어 가며 구덩이를 팠다. 뱀을 묻어 주고 길을 떠나야 마음이 편할 것 같았다. 뱀은 따뜻한 농부의 품에서 정신을 차렸다. 그리고는 허기를 참지 못하고 농부의 가슴을 콱 물었다. 농부는 이내 온몸에 독이 퍼져 그 자리에서 숨을 거두었다. 뱀은 차갑게 식은 농부의 옆에서 가만히 따리를 틀고 있다가 얼마 지나지 않아 죽고 말았다. 배은망덕, 남의 은혜를 잊고 배반함. 나의 첫 살인 사건을 이보다 간명히 표현할 수 있는 단어가 있을까?

*

피의자 박용훈(가명)_ 죄명 살인

박용훈은 어느 여름날 물난리에 집을 잃었다. 근처에서 식당을 운영하던 김영순(가명)은 단골손님이었던 박용훈에게 식당 쪽방을 내어 주고, 식당 일을 도우며 돈벌이를 할 수 있게 해 주었다. 일찍이 남편과 사별하고 홀로 두 자녀를 키우던 김영순과 혈혈단신 세상을 버텨 내던 박용훈은 자연스레 가까워졌다. 그런데 박용훈은 차츰 변했다. 정확히 말하자면 조금씩 본성을 드러냈다. 술에 잔뜩 취해 폭언을 하고, 물건을 부수었다. 김영순에게 손찌검을 하기도 했다. 식당 일을 돕기는커녕 김영순의 돈으로 오토바이를 사고 값비싼 낚시 장비를 마련해 매일 빈둥거렸다. 김영순은 박용훈에게서 벗어나려 했지만, 인연은 징그러울 정도로 질겼다.

김영순을 늪에서 꺼내 준 이들은 김영순의 딸과 아들이었다. 자녀들은 성년이 되어 어느 정도 자리를 잡자마자 박용훈에게 어머니에게서 떨어져 줄 것을 이야기했다. 박용훈은 자녀들의 단호한 요구에 더 이상은 빈대 생활을 할 수 없겠다고 생각을 했는지 위 자료 5,000만 원을 주면 깨끗하게 떠나 주겠다고 엄포를 놓았다. 그 말에 자녀들은 박용훈이 술에 취해 행패를 부리는 동영상을 꺼내 놓으며 베풀 수 있는 자비는 1,000만 원까지이니 당장 각서를 쓰라고 말했다. 박용훈은 1,000만 원을 받고 앞으로 김영순을 괴롭히지 않겠다는 각서를 적었다.

이 대목에서 대체 왜 돈을 줬는지 이해가 가지 않았다. 나중에 자녀들의 말을 들어 보니, 무일푼 박용훈을 그냥 내치면 돈이 없다는 핑계로 계속 연락을 해 올 것 같아서 돈을 주었다고 했다. 그리고 그간 식당 일을 도와주고, 가족처럼 지냈던 박용훈을 마지막까지 걱정하면서 꼭 돈을 쥐여 주고 보내라는 어머니 김영순의 당부도 있었다고 했다. 김영순은 바보처럼 끝까지 박용훈을 챙겼다.

그렇게 1,000만 원을 받고 집에 돌아온 박용훈은 부아가 치밀었다. 지기 딴에는 한 가정의 가장으로 10년 넘게 식당 일을 도왔고, 식당을 이전할 때에는 적으나마 돈도 보탰는데 배신을 당했다는 생각에 화가 났다. 박용훈은 김영순에게 전화를 했다. 연락을 받지 않자 무작정 김영순의 집에 찾아가 문을 두드리고 고함을 질렀다. 다행히 김영순은 자녀들과 새 출발을 축하하는 여행을 떠났던 터라 불상사는 일어나지 않았다. 심사가 꼬일 대로 꼬인 박용훈은 자기를 버리고 희희낙락하는 김영순을 도저히 용서할 수 없었다.

며칠 뒤 박용훈은 김영순의 식당에 찾아갔다. 그리고 도망가는 김영순을 뒤쫓아가 칼로 목, 가슴, 배를 무자비하게 찔렀다. 김영순은 아스팔트 바닥 위에 쓰러져 눈빛을 잃어 갔다. 박용훈은 한 말의 피를 흘리며 죽어 가는 김영순을 끝까지 지켜보았다. 김영순의 숨이 멎자 공터 풀밭에 칼을 버리고, 수돗가에서 한가로이 손을 씻었다. 그리곤 돼지국밥집에 들어가 순대와 내장이 잔뜩 들어간 국밥을 안주 삼아 소주를 달게 마셨다. 거나하게 취한 몸으로 택시를 타고 지방에 있는 후배의 집에 가서 속 편히 잠을 자다가 그를 추적해 온 경찰에 체포되어 내 앞으로 왔다.

박용훈은 덤덤했다. 제 손으로 사람을 죽였다는 공포감에 휩싸여 있다거나 화가 치밀어 두 눈에 살기가 돋은 모습이 아니었다. 평안했고, 주변에서 흔히 볼 수 있는 얼굴을 하고 있었다. 그래서 섬뜩했다. 박용훈은 10년 넘게 머슴처럼 식당 일을 도왔는데 김영순이 자신을 버렸다고 목에 핏대를 세웠다. 각서를 쓸 때라도 김영순과 이야기를 나누고 오해를 풀고 싶었는데, 건방진 김영순의 딸과 아들이 방해를 했다고 말했다. 아무런 방해를 받지 않고 그저 대화를 나누고 싶어서 김영순의 식당에 찾아갔을 뿐, 김영순을 죽일 생각은 털끝만큼도 없었다고 했다.

박용훈 그 여편네가 욕을 했다 아입니꺼! 빈대라꼬, 딴 놈 생긴 거라예! 눈까리가 확 마 돌아삐서 주방에 가 가꼬 칼 가지고 나왔다 아입니꺼!

박용훈은 김영순이 칼을 보더니 소리를 지르며 식당 밖으로 뛰쳐나갔다고 말했다. 비명에 흥분한 나머지 일단 김영순을 잡아야 겠다는 생각에 김영순을 뒤쫓았고, 정신을 차려보니 김영순이 피를 흘리며 길바닥에 드러누워 있었다고 했다. 양손에 흥건한 선혈을 보니 머릿속에는 멀리 도망쳐야겠다는 생각만 메아리쳤다고 했다. 그 뒤에 후배의 집에 숨어 있다가 경찰에 체포되었고, 그게 전부라면서 말을 마쳤다. 박용훈의 말을 법률적인 문장으로 바꾸면 이랬다.

저는 김영순과 대화하던 중 화가 나 우발적으로 범행을 저질렀을 뿐이고, 김영순을 살해할 의도는 전혀 없었습니다.

범행도구는 날이 두꺼운 장어칼이었다. 김영순의 식당에는 생선요리도 있었기 때문에 주방에서 칼을 가지고 나왔다는 박용훈의 진술이 얼토당토않은 주장은 아니었다. 하지만 무언가 찜찜한 마음이 들었다. 작게나마 그 칼이 박용훈의 칼일 가능성이 있었다. 박용훈이 빈둥거리며 고가의 장비로 낚시를 다녔다는 유족의 진술이 귀에 맴돌았다. 칼의 주인은 누구일까? 처음에는 지문검사나 유전자검사를 고민했다. 박용훈이 칼의 주인이라면 김영순이 찔린 칼날 부분이 아닌 칼 손잡이 부분에서는 김영순의 지문이나 유전자가 발견되지 않을 테니까 말이다. 그러나 압수된 칼을 보고 그것은 해답이 아님을 깨달았다. 얼마나 여러 번 찔렀던 건지 칼 손잡이 부분까지 김영순의 피가 잔뜩 묻어 있었기 때문이었다.

뚝　검　계장님, 우리 김영순 씨 식당에 한번 가 볼까요?

지푸라기라도 잡는 심정으로 계장님과 식당을 찾았다. 주방에 들어가 이곳저곳을 둘러보았다. 계장님은 주방에 있는 칼들을 죄다 한곳으로 모으셨다. 주방에 있는 칼들은 같은 브랜드로 모두 플라스틱 손잡이에 미끄럼 방지 고무가 달려 있었다.

계　장　검사님! 이것 보세요! 장어칼만 모양이 다릅니다!

계장님의 말마따나 범행도구인 장어칼만 유독 이곳 주방에서 겉돌았다. 사건기록 속에서 보았던 참고인 아주머니에게도 연락해 보았다. 가끔 김영순의 식당에서 설거지를 도와주었으니 주방 사정을 잘 알지 않을까 하는 기대였다. 아주머니에게 범행도구를 보여주면서 식당에서 쓰던 칼인지 물었다. 아주머니는 칼을 보자마자 말했다.

참고인　이거는 생선 손질할 때 쓰는 칼 아잉교! 영순이는 혼자 식당 일하니까는, 시장에서 손질한 거 받아 썼으예!

거래처에 전화를 해 보니 아주머니의 말과 같았다. 장어칼의 주인이 박용훈이라는 것에 확신이 생겼다. 하지만 곧 난관에 부딪혔다. 박용훈은 어떻게 식당까지 칼을 가지고 갔을까? 겨울이라면 점퍼 안에 칼을 넣어갈 수 있겠지만, 사건이 일어난 때는 한여름이었다. 박용훈은 반팔에 청바지 차림이었다. 식당의 출입문을 비추는 CCTV 영상을 봤지만, 박용훈의 양손에는 아무것도 들려 있지 않았다. 바지 주머니에도 칼로 보이는 물건은 없었다. 설령 장어칼이 박용훈의 칼이어도, 박용훈이 식당 일을 돕기 위해 주방에 가져다 놓은 것이라고 변명하면 그의 범행이 칼을 준비해 갈 만큼 계획적이라는 나의 가정은 모래성처럼 무너질 수밖에 없었다. 그리고 무너진 만큼 박용훈의 주장에는 힘이 실릴 수밖에 없었다. 첩첩산중, 산 넘어 산이었다.

*

죽은 이는 말이 없었고, 산 이는 입을 다물었다. 식당 출입문을 비추는 CCTV 영상에만 그날이 남아 있었다. 크래커를 입에 잔뜩 욱여넣고, 손부채질해 가며 CCTV 영상을 계속 돌려 보았다. 명도, 채도를 조절해 보기도 하고, 확대를 해 보기도 했다. 박용훈이 식당에 들어가는 장면, 김영순이 식당 출입문을 열고 다급히 뛰쳐나오는 장면, 박용훈이 김영순을 뒤쫓는 장면.

선　　배 뚝 프로! 뭐 하냐. 이 시간까지.

뚝　　검 아, 선배님. 구속사건이 하나 있는데, 답이 없네요.

충혈된 눈으로 머리카락을 쥐어뜯으며 모니터를 들입다 쳐다보고 있는 내가 불쌍했는지 퇴근을 하던 옆방 선배는 가방에서 캐러멜 하나를 꺼내 주었다. 뭐가 문제냐는 선배에게 자초지종을 설명했다. 내 설명을 들은 선배는 가만히 CCTV 영상을 보기 시작했다. 일곱 번째 캐러멜을 막 입에 넣으려는 찰나, 선배가 한 마디를 내뱉었다.

선　　배 무슨 식당 주방이 출입문 바로 옆에 있어?

뚝　　검 에이, 선배님. 주방은 당연히 식당 맨 안쪽에 있…….

하나, 둘, 셋. 박용훈이 김영순을 뒤쫓아 나오는 데 걸린 시간은 단 3초였다. 식당 안쪽에 있는 주방까지 들어가 칼을 꺼내 오기에는 턱없이 부족한 시간이었다. 그제야 도망치는 김영순이 열어젖힌 문 틈새로 계산대를 향해 몸을 돌리는 박용훈이 보였다. 주방에서 칼을 가져왔다는 박용훈의 말에 매몰되어 있다 보니 전혀 그릴 수가 없었던 그의 동선이 마침내 머리에 그려졌다. 박용훈은 주방이 아니라 계산대에서 칼을 꺼냈던 것이다, 자신이 숨겨 놓은 그 칼을.

언제일까, 대체 언제 계산대에 칼을 숨겼을까? 내가 박용훈이라면 언제 살의가 들었을지 곰곰이 생각을 모았다. 1,000만 원에 각서를 썼을 때? 김영순이 도통 전화를 받지 않았을 때? 아니면 김영순의 집에 찾아갔지만, 아무도 만나지 못했을 때? 곧바로 담당 형사님에게 전화를 걸었다. 날짜별로 CCTV 영상을 확보할 수 있는지 물었다.

형　사 검사님! 방금 인편으로 CD 보냈습니다! 박용훈, 그 주거침입을 한 날에 식당에 갔었네요!

박용훈이 김영순의 집에 무작정 찾아갔던 그 날 그러니까 살인을 저지르기 이틀 전, 식당에 들르는 박용훈의 모습이 CCTV에 찍혀 있었다. 박용훈은 그날 김영순이 문을 열어 주지 않는다면서 소란을 피우다가 경비원과 경찰관에게 쫓겨나다시피 했는데, 그러고는 곧장 식당으로 찾아간 모양이었다. 박용훈의 손에는 길쭉한 물건이 들려 있었다. 가로등 불빛에 비칠 때마다 섬뜩하게 반짝이는 그것은 장어칼이었다.

*

뚝　검 CCTV 영상 보이죠? 피해자가 도망가니까 박용훈 씨는 주방이 아니라 계산대로 가네요?

박용훈 아, 맞네예! 기억이 아리까리 했는데 칼이 계산대에 있
었던 거 같네예.

뚝　검 경찰조사부터 바로 전 조사까지는 주방에서 칼 가져왔
다면서요. 그런데 왜 말이 바뀝니까?

박용훈 그때 술도 한잔 걸쳤고, 너무 흥분해서 기억이 잘 안 난
다 아입니꺼.

잠깐 숨을 고르고 아무 말 없이 박용훈을 보았다. 길어지는 침
묵만큼 박용훈의 손끝이 쉼 없이 떨렸다.

뚝　검 그런데 왜 숨겼어요?

박용훈 검사님, 뭘 숨겼단 말입니꺼?

뚝　검 뭐긴 뭡니까. 칼이요. 피해자를 찔렀던 그 장어칼.

박용훈 그기 와 숨긴 겁니꺼! 바쁠 때는 가끔씩 계산대서 나물
을 다듬어예. 그때 쓰는 긴데 보기 숭해서 기왓장 밑에
두는 거라예.

뚝　검 아, 기왓장 밑에 숨겼었어요? 그 장식용 기왓장? 그건
모를 뻔했네요.

박용훈의 눈썹이 살짝 일그러졌다. 그리고 박용훈에게 새로 확
보한 CCTV 영상을 보여 주었다. 식당에 들어갈 때는 손에 들고

있던 칼이, 나올 때는 사라지는 그 영상을.

뚝 검 기왓장 밑에 칼을 숨기고 나오는 건가요?
박용훈 밴호사 불러 주이소. 밴호사하고 같이 조사 받을랍니더.

*

장어칼이 박용훈의 소유인 점, 범행 이틀 전 범행장소인 식당에 들러 계산대 옆 장식용 기왓장 밑에 장어칼을 숨겨 놓은 점, 식당에 들어간 지 얼마 되지 않아 숨겨 둔 장어칼로 김영순을 공격한 점을 근거로 박용훈의 범행을 계획살인으로 판단했고, 구속기소했다. 우화 속 뱀처럼 순간적인 욕망을 이기지 못하고 은인을 물어 뜯은 박용훈은 몰락했다. 은혜를 원수로 갚은 이에게 꼭 맞는 결과였지만 10년이 넘는 시간 동안 그를 가족으로 맞아 주었던 이들에게는 너무나 가혹한 결과였다. 그해 여름은 유난히 장마가 길었다.

죽은 이는
말이 없다

방경자(가명) 여사는 소금에 절인 알타리무를 바알간 김 칫소에 버무렸다. 도통 입맛이 없다는 딸에게 줄 요량이었다. 찬밥을 냉수에 말아 한 입 욱여넣은 다음 알타리무 김치를 베어 먹으면 없던 입맛도 살아나겠지 하는 기대에 입가에는 미소가 돌았다. 김치통 두 개에 가득 김치를 채워 넣고 시내버스에 올랐다. 사람들이 김치 냄새에 인상을 찌푸려 살짝 눈치가 보이긴 했지만, 아무렴 상관없었다. 딸이 맛있게만, 먹어 준다면.

11시 12분경, 방경자 여사는 버스정류장에서 내려 딸 홍유민(가명)에게 전화를 걸었다. 딸에게 금방 도착한다고 말했지만, 딸은 '응, 그래.'라는 짤막한 대답뿐이었다. 11시 13분경, 전화 벨 소리가 울렸다. 딸이었다. 방경자 여사는 양손에 든 김치통을 내려놓고 휴대전화를 꺼내느라 전화를 받지 못했다. 11시 14분경, 곧장 전화를 다시 걸었다. 딸은 '으흐……. 으…….'라고 앓는 소리만 낼뿐 아무 말도 없었다. 덜컥 겁이 났다. 서둘러 딸의 집으로 걸음을 옮겼다. 현관문을 열어젖히며 딸의 이름을 외쳤다. 하지만 집은 텅 비어 있었다.

12시 4분경, 홍유민은 구급차에 실려 병원으로 향하고 있었다. 그녀는 동거남인 곽호연(가명)의 집에서 의식을 잃은 채 누워 있었고, 심각한 상황이라고 판단한 구급대원들이 대학 병원으로 그녀를 옮기는 중이었다. 병원으로 후송된 홍유민은 응급 처치를 받았지만, 나흘 동안 사경을 헤매다 결국 숨줄을 놓았다.

*

피의자 곽호연_ 죄명 상해치사

곽호연 저와 홍유민은 1년 가까이 교제한 사이입니다. 저희는
둘 다 이혼의 아픔이 있었는데 흉금을 터놓고 대화를
나누다 보니 서로 호감을 느꼈고, 교제를 시작한 지 얼
마 안 되어 제집에서 동거하기로 했습니다. 하지만 행복
하기만 할 것 같았던 동거 생활은 금방 망가졌습니다.

홍유민은 언제부터인가 제 휴대전화를 몰래 확인했고, 아침부터 저녁까지 계속 연락하면서 저를 감시했습니다. 제가 택배 일을 하기 때문에 연락을 못 받을 때도 있는데 그때마다 홍유민은 수십 통씩 전화를 해댔습니다. 도저히 일을 못 할 정도로요.

더구나 홍유민은 알코올 중독이었습니다. 술을 안 마시면 잠을 못 잤어요. 저와 처음 만날 때는 술을 끊었었는데, 저에게 집착하기 시작한 그때부터 다시 술을 마셨습니다. 간 질환도 있어서 여기저기 넘어지고 부딪치고. 얼마나 꼴보기 싫던지. 그날도 새벽에 겨우 일을 마치고 집에 돌아오니까 거실 식탁에서 소주를 마시고 있더라고요. 대뜸 저에게 어떤 년을 만나고 왔냐며 소리치면서 달려드는데, 무슨 여자 힘이 그렇게 센지.

옥신각신 몸싸움을 하다가 겨우 홍유민을 떨어뜨려 놓고 근처 모텔에서 하룻밤 잤습니다. 그리고 아침 11시던가? 그때 집에 들어갔습니다. 그런데 안방에서 자고 있던 홍유민이 또 시비를 걸었습니다. 술 냄새가 어찌나 나는지 토악질이 쏠렸습니다. 제 팔과 멱살을 잡아 흔들고 발로 차고. 생각하기도 싫네요. 그때는 저도 흥분을 했나 봐요. 홍유민을 때릴 수는 없으니 홍유민이 마신 소주병을 창밖으로 집어 던지고, 식탁 위에 있던 안주들을 싹 다 엎어 버렸습니다. 그리곤 집을 나가려고 신발을 신고 있는데, 뒤에서 갑자기 쿵 하는 소리와 함께 아악 하는 소리가 들렸습니다.

홍유민이 바닥에 널브러져 있더라고요. 깜짝 놀라 홍유민의 뺨을 치며 정신을 차리라고 했습니다. 다행히 의식이 있었고, 저에게 괜찮다고 했습니다. 쉬면 나아질 거라고. 그래서 홍유민을 끌어서 안방 이부자리로 옮겼습니다. 선풍기 바람이라도 쐬면 나아질까 해서 선풍기도 틀어 줬고요.

그런데 정오가 다 되어서인가? 홍유민이 막 토를 했습니다. 사람이 눈이 뒤집혀서 흰자 언저리가 보이는데 얼마나 놀라요. 그래서 119에 신고했고, 그 사람들이 시키는 대로 응급조치도 했습니다. 그런데 누가 이렇게 허망하게 갈 줄 알았나요? 그러게, 술 좀 줄이라고 했는데. 결국에는 술 때문에 넘어져서 죽은 거 아니겠습니까?

*

새 임지로 전입한 첫날, 사건이 일어난 지 1년이 훌쩍 지난 이 사건을 재배당 받았다. 그 시간 동안 경찰과 검찰이 수사를 벌였지만 곽호연에게 뚜렷한 혐의점을 찾아내지는 못했다. 전임검사도 쉽게 결정 내리지 못한 이 사건을 대체 어디서부터 풀어 가야 하는 걸까. 오직 두 사람만 있던 공간에서 벌어진 사건, 진실을 아는 두 사람 중 하나는 입을 닫았고, 다른 하나는 입을 열 수 없는 사건. 이미 현장과 시신은 사라졌고, 오롯이 기존의 수사기록에만 의지해서 답을 찾아야 하는 사건을 만난 나는 혼란스러웠다.

*

재판장 지금부터 ○○지방법원 2019고합○○호 상해치사 사건의 재판을 시작하겠습니다. 피고인 곽호연.

곽호연은 꽤 긴장한 얼굴로 피고인석에 앉았다. 그의 옆에는 단정히 머리를 빗어 넘긴 변호인이 앉아 있었다. 변호인은 곽호연과 간단히 묵례를 주고받고는 다시 앞에 놓여 있는 사건기록으로 눈을 돌렸다.

재판장 검사님, 공소사실 낭독해 주시지요.
뚝 검 피고인은 2018년 6월 30일 11시 14분경 자신의 집에서 피고인의 여자관계를 의심하는 피해자 홍유민과 언쟁하던 중 손으로 피해자의 머리카락을 잡아 흔들고, 머리카락을 움켜쥔 채 피해자의 오른쪽 뒤통수 부위를 벽면에 수회 찔러 피해자로 하여금 2018년 7월 3일 20시 17분경 외상성뇌출혈로 사망에 이르게 하였습니다.

방청석에 앉아 있던 방경자 여사는 공소사실을 듣고는 눈물을 터뜨렸다. 법정경위가 화장지와 시원한 물을 가져다주며 방경자 여사를 진정시켰지만, 한번 터진 눈물이 쉽사리 가라앉지 않는 모양이었다. 유족들은 벼락을 맞은 놈, 짐승만도 못한 놈이라고 욕설을 내뱉었다.

변호인 피고인은 공소사실을 모두 인정할 수 없습니다. 피고인은 그날 피해자를 폭행한 사실이 없습니다. 피해자는 알코올성 간 질환이 있을 만큼 심각한 알코올 중독자로, 그날도 술에 취한 상태에서 비틀거리다가 스스로 넘어져 바닥에 머리를 부딪쳤고 이로 인해 사망했을 뿐입니다.

곽호연은 경찰, 검찰에서와 마찬가지로 법정에서도 기존 주장을 이어나갔다. 홍유민을 손찌검한 사실이 전혀 없고, 혼자서 넘어진 홍유민이 방바닥에 머리를 부딪쳐 목숨을 잃었다는 주장이었다. 변호인의 말에 방청객들은 웅성거렸고, 기자들은 바삐 노트북 자판을 두드렸다.

재판장 증거조사하겠습니다. 검사님, 증거를 신청해 주시지요.

뚝 검 먼저 부검감정서, 법의학전문가의 소견서를 증거로 신청합니다. 피고인은 이 사건 범행 당시 피해자를 폭행한 사실이 없다고 주장합니다. 그렇지만 피해자의 손등과 팔뚝 안쪽에서는 최근에 생긴 멍이 발견되었습니다. 법의학전문가는 손등에 생긴 멍이 방어흔, 방어손상으로 추정된다는 소견을 밝혔습니다. 누군가의 공격을 막다가 손등에 멍이 생겼다는 말입니다. 그리고 팔뚝 안쪽 부위는 주로 타인에게 팔을 강하게 잡히는 경우에 멍이 생기는 부위로, 혼자 넘어진다거나 일상생활을 하다가 무엇인가에 부딪쳐 생겼을 확률은 낮다는 소견도 밝혔습니다.

재판장 네, 계속 말씀하세요.

뚝 검 그리고 유전자감정서를 보시겠습니다. 피해자의 손톱 아래에서 피고인의 유전자가 발견되었습니다. 피해자가 손가락 끝에 힘을 주어 피고인의 신체 부위를 강하게 부여잡았다는 뜻이지요. 즉, 이 유전자감정서에 비춰 보면 피해자와 피고인 사이에 분명 신체 접촉이 있었고, 그 신체 접촉이란 피해자가 완력이 강한 피고인에게 저항하는 과정이었다고 봄이 합리적인 추론입니다.

현장사진도 증거로 신청합니다. 증거기록 순번 10번 하단

사진입니다. 피고인의 집 거실을 찍은 사진인데, 피해자의 머리카락이 한 움큼 빠져 있습니다. 여기 이 사진, 입원해 있는 피해자의 옆머리에 머리카락이 뜯겨 나간 상처가 보이십니까? 생긴 지 얼마 되지 않은 상처입니다. 유전자감정서에 이 사진들을 더해 보면 피해자가 이 사건 범행현장에서 피고인에게 머리카락이 뜯겨 나갈 정도의 폭행을 당했다는 사실을 넉넉히 인정할 수 있습니다.

더구나 피해자가 입고 있던 옷은 왼쪽 어깨 부분이 찢어져 있고, 전체적으로 심각하게 늘어나 있습니다. 누군가가 피해자를 세차게 잡아 흔들었던 흔적으로 보아야 합니다. 그것 말고는 옷이 왜 이 지경이 되었는지 설명할 수 없습니다. 지금까지 말씀드린 증거들을 종합하면, 피고인과 피해자는 이 사건 범행 당시 분명 몸싸움을 하였고, 피해자가 일방적으로 폭행당하는 모습이었다고 봄이 상당합니다.

변호인 재판장님! 검사님이 제시한 증거는 정황들에 지나지 않습니다. 피고인이 피해자를 폭행했다는 직접증거는 없습니다.

뚝 검 형사사건에서 유죄의 인정은 직접증거만으로 하는 것이 아닙니다. 경험칙, 논리법칙에 위반되지 않는 한 간접증거, 정황증거에 의해서도 충분히 입증이 가능합니다. 그

러니 변호인께서는 제가 제시하는 증거들 중에서 상식
에 부합하지 않는 부분을 말씀해 주시면 되는 것이지,
정황증거 제시 자체를 문제 삼으실 이유는 없습니다.

재판장 인정합니다. 계속 진행하시지요.

뚝 검 의학감정서입니다. 국내 외상전문가의 소견이지요. 재판
장님께서도 아시겠지만, 우리 뇌는 뇌수 속에 있습니다.
뇌수라는 액체 속에 둥둥 떠 있다고 생각하시면 됩니
다. 그래서 머리에 충격이 가해지면 뇌가 흔들리고, 뇌
진탕이 발생하곤 합니다. 전문가의 소견에 의하면, 흔히
서 있는 상태에서 넘어지는 바람에 지면에 부딪혀 뇌경
막하출혈*이 발생하는 경우 일명 뇌맞충격타박상을 동
반한다고 합니다.

예를 들어 서 있던 사람이 혼자 전도되어 바닥에 오른
쪽 머리를 부딪치면 외상은 오른쪽 머리에 발생하지만,
머리 안쪽을 들여다보면 뇌는 오른쪽에서 발생한 충격
때문에 왼쪽으로 움직이고, 그로 인해 뇌의 왼쪽 부위
가 두개골에 부딪혀 오히려 뇌의 왼쪽 부위에 출혈이 발
생하는 것입니다. 이를 뇌맞충격타박상이라고 합니다.
피해자의 부검사진을 보시겠습니다.

• **뇌경막하출혈** 뇌의 경막과 지주막하 사이에서 발생하는 출혈.

피해자에게는 뇌맞충격타박상이 발견되지 않았습니다. 오른쪽 뒤통수 부위에 외상이 있었고, 그 부위에 뇌경막하출혈이 발생했을 뿐입니다. 혼자 전도되어 지면에 머리를 부딪쳤을 확률은 낮다는 것이지요. 그런데 전문가는 피해자의 외상 형태를 볼 때, 피해자는 평평한 면에 머리를 세게 부딪쳤고, 이는 외력 때문이라는 의견을 제시했습니다. 앞서 말씀드린 이유로 피해자가 스스로 넘어졌을 가능성을 제외한다면, 피해자가 피고인에게 일방적으로 폭행을 당했을 가능성만 남습니다. 매우 높은 확률로 말이지요. 즉, 전문가가 말하는 외력이란 피고인이 피해자에게 가한 물리력으로 해석함이 상당합니다.

변호인 검사님 말씀은 잘 들었습니다만, 납득하기는 어렵습니다. 하나하나 반박과 탄핵이 가능합니다.

변호인은 가만히 자리에서 일어나더니 준비해 온 자료를 실물화상기에 올려놨다. 법정에 있는 모두의 시선이 실물화상기 화면이 나오는 스크린으로 향했다.

변호인 검사님은, 피고인이 이 사건 범행 당시 피해자를 폭행했다고 주장합니다. 하지만 피고인은 수사기관에서부터 이 법정에 이르기까지 일관되게 이 사건 당일 새벽에 피해자의 시비로 피해자와 몸싸움을 벌였다고 진술하고 있습니다. 피해자의 손등과 팔뚝 안쪽에 생긴 멍, 피해자의 손톱에서 발견된 피고인의 유전자 모두 새벽에 있었던 몸싸움 때문일 가능성이 잔존합니다. 그것들이 이 사건 당일 새벽에 발생했는지, 아니면 범행 당시에 발생했는지 구별할 수 있는 증거는 대체 무엇입니까?

재판장 변호인, 계속 말씀하시지요.

변호인 네, 재판장님. 이날 긴급 출동했던 구급대원은 "집 안이 꽤 어질러져 있었지만, 두 사람이 치고받은 흔적은 없었다."라고 진술했습니다. 온갖 현장에 출동한 경험이 있는 구급대원의 눈에도 두 사람이 몸싸움을 벌였다고 볼 만한 흔적은 없었다는 뜻이지요. 피고인의 옆집에 살고 있는 이웃 주민의 진술도 볼까요? "오전 11시 무렵에 누군가 다투는 소리를 듣지 못했습니다. 평소처럼 조용했습니다."라고 이웃 주민 배 씨는 진술합니다.

뚝 검 구급대원의 진술은 의견에 불과합니다. 저희는 피해자의 찢어진 옷가지나 빠진 머리카락처럼 객관적인 증거에 집중해야 합니다. 그리고 이 사건 범행시각은 오전 11시경입니다. 바로 앞에 2차선 도로가 있는 피고인의 집에서, 그것도 심야가 아닌 낮에 다툼이 있었다면 옆집 사람이 그 소리를 듣기는 매우 어렵습니다. 이웃 주민 배

씨는 이 사건 당일 새벽에도 아무런 소리를 듣지 못했다고 진술했습니다. 변호인의 주장대로 새벽에 몸싸움이 있었다면 배 씨는 주변이 고요한 심야에는 다투는 소리를 들었어야 하지 않을까요?

변호인 재판장님, 검사님은 서 있는 자세에서 전도되어 바닥에 머리를 부딪치는 방법으로 뇌경막하출혈이 발생하면 뇌맞충격타박상이 동반된다는 견해가 담긴 의학감정서를 증거로 신청했습니다. 과연 그럴까요? 피고인 측도 국내 뇌 외상 전문가의 소견을 증거로 제출합니다. 열 번에 아홉 번, 뇌경막하출혈과 뇌맞춤타박상이 동반된다고 하더라도 나머지 한 번은 그렇지 않을 가능성이 있다는 소견입니다. 피고인의 경우가 나머지 경우가 아니라고는 결코 장담할 수 없습니다.

재판장 김사님, 추가로 제출할 증거가 있으신가요.

뚝　검 네, 재판장님. 이번에는 피해자의 휴대전화 통화 내역을 토대로 이 사건을 시간순으로 정리해 보겠습니다.

[11:12] 피해자는 피해자의 어머니 방경자 씨와 통화를 했습니다. 방경자 씨는 피해자가 별말 없이 전화를 끊었고, 주변에서 소란스러운 소리가 들렸다고 진술했습니다.

[11:13] 피해자가 방경자 씨에게 전화를 했지만 방경자 씨는 전화를 받지 못했습니다.

[11:14] 방경자 씨가 피해자에게 다시 전화했지만 피해자는 신음만 낼 뿐 제대로 말을 하지 못했습니다. 그렇다면 피해자는 적어도 11시 14분경에 제대로 의사소통을 할 수 없을 정도로 심각한 부상을 입었다고 봐야 합니다.

재판장 계속 말씀하시지요.

뚝　검 [11:56] 그런데 피고인은 11시 56분에서야 119에 신고를 했습니다. 갑자기 의사소통을 하지 못할 정도의 상태로 신음만 내는 가족이 있는데, 과연 40분이 넘는 시간 동안 아무것도 하지 않을 사람이 있을까요? 그 시간 동안 피고인은 무엇을 했을까요?

이것은 피고인의 집 욕실에서 발견된 수건 사진입니다. 이 수건에서 피해자의 혈흔이 발견되었습니다. 그리고 이 수건은 누군가 일부러 숨겨 놓은 듯이 세탁기 뒤쪽에 놓여 있었습니다. 피해자가 정신을 잃고 난 이후 40분 동안 피고인이 피해자의 혈흔을 닦는 등 현장을 정리하고, 주요증거들을 훼손했다고 볼 여지가 상당한 정황입니다.

변호인 잠시만요, 검사님. 그건 억측입니다. 검사님 말씀대로라면 11시 13분까지는 멀쩡하던 피해자가 11시 14분에 갑자기 의식을 잃었다는 뜻입니다. 단 1분 만에 사람이 의식을 잃게 할 정도의 공격을 하기란 불가능에 가깝습니다. 피고인은 쓰러진 피해자가 괜찮다고 해서 안방으로 옮긴 뒤 피해자의 상태를 지켜보다가 피해자가 구토를 하면서 사경을 헤매기 시작하자 그제야 119에 신고를 했을 뿐입니다.

뚝　검 변호사님, 치명적인 공격은 단 몇 초만으로도 가능합니다. 이 사건은 술로 인해서 방어 능력을 상실한 여성과 택배 배달을 주업으로 하는 완력이 강한 남성의 몸싸움이라는 점을 기억하셔야 합니다. 그리고 피고인이 피해자를 주시하다가 구조를 위해서 119에 신고를 했다면, 구급대원의 지시를 철저히 따랐어야 합니다. 피해자를 살려야겠다는 생각만 들 테니까요. 당시 119 신고 녹음 파일을 들어 보시죠.

[곽호연] 유민아! 정신 차려라. 아니 지금 정신이 없다니까요?

[상황실] 선생님! 선생님! 함부로 인공호흡 하지 마시고.

[곽호연] 후-욱, 후-욱.

[상황실] 아니, 선생님, 인공호흡 하지 마시라니까요. 가슴 압박 해 주세요. 군대에서 배우셨죠?

[곽호연] 툭- 쨍그랑- 툭-.

[상황실] 선생님! 뭐 하세요! 가슴 압박하고 계세요? 선생님?

뚝　검 피고인은 구급대원의 지시를 전혀 따르고 있지 않습니다.

인공호흡을 하지 말라는 지시에도 계속해서 피해자에게 바람을 불어 넣고, 가슴도 제대로 압박하지 않고 있습니다. 무언가 물건을 치우는 소리가 섞여서 들리기도 합니다. 이런 피고인에게 구조 의지가 있었다고 볼 수 있을까요? 피고인은 약 40분 동안 본인의 범행을 은폐한 뒤 119에 신고하여 구호 조치를 가장했을 가능성이 높습니다.

변호인 검사님, 제가 말씀드리는 부분은, 피고인과 피해자가 심각한 몸싸움 중이었다면 어떻게 피해자가 11시 12분에 전화를 받을 수 있었고, 11시 13분에 전화를 걸 수 있었냐 하는 부분입니다. 이런 사실은 오히려 피고인과 피해자가 별 다툼이 없었다는 방증 아니겠습니까?

그리고 검사님 말씀대로 피고인이 40분 동안 범행현장을 정리했다면 의심을 피하기 위해 어질러진 집을 치우고, 피해자의 옷을 갈아입히고, 머리카락 뭉치도 가져다 버렸을 겁니다. 하지만 피고인은 그런 행동을 전혀 하지 않았습니다. 그럴 시간이 충분했는데도 말이지요. 피고인이 현장을 정리하고, 주요증거들을 인멸했다는 증거가 도대체 무엇인지 궁금합니다.

검사는 담담한 표정으로 스크린에 비치는 프리젠테이션 화면을 한 장 넘기곤 설명을 이어갔다.

누나, 민이 죽었어. 동생 살인자 되겠다. 전화 좀 받아.

뚝　검　피고인이 이 사건 당일 15시 23분에 피고인의 누나에게 전송한 문자메시지입니다. 그 시각 피해자는 병원에서 사경을 헤매고 있었지만, 사망한 상태는 아니었고 의사도 사망 가능성을 언급한 적은 없었습니다. 그런데 피고인은 자신의 누나에게 이런 내용의 문자메시지를 보냈습니다. 피해자의 죽음으로 애통하다거나 슬프다는 내용이 아니라 자신의 처벌을 두려워하는 내용으로 말이지요. 만약 피고인이 피해자에게 사망의 원인을 제공하지 않았다면, 즉 피해자에게 상해를 가하여 사망에 이르게 하지 않았다면 굳이 이와 같은 문자메시지를 전송할 이유가 없습니다. 이 문자메시지는 그날의 진실이 밝혀지면 형사책임을 묻게 될 수 있다는 불안감의 표출이라고 보아야 합니다.

변호인　검사님의 주관적인 해석입니다. 살인범이 되겠다는 문자메시지는 피고인과 피해자 사이에 다툼이 있었고, 그 현장에 두 사람밖에 없었으니 억울한 누명을 쓸 수도 있겠다는 불안감 때문에 보냈을 뿐입니다. 같은 공간에 있던 두 사람 중 한 사람이 죽으면 다른 한 사람이 의심을 받을 수밖에 없습니다. 검사님께서도 그런 의심을 토대로 수사를 진행하셨고, 결국 피고인을 기소한 것 아니십니까?

뚝 검 피고인에 대한 폴리그래프 검사, 소위 거짓말탐지기 검사 결과입니다. 검사관의 질문에 대해서 피고인은 모두 아니라고 대답했지만, 전부 거짓 반응이 나왔습니다. 물론 거짓말탐지기 검사 결과에 증거능력을 부여하기 위해선 여러 조건을 충족해야 하지만, 지금까지 말씀드린 증거들에 이번 검사 결과까지 더하면 이 사건 공소사실은 넉넉히 유죄로 인정된다고 하겠습니다.

[검사관] 그날 본인이 그 여자와 몸싸움을 한 사실이 있습니까?

[곽호연] 아니오. (거짓 반응)

[검사관] 그날 본인이 그 여자의 머리를 다치게 했습니까?

[곽호연] 아니오. (거짓 반응)

[검사관] 그날 그 여자를 때려 사망하게 한 사람이 본인입니까?

[곽호연] 아니오. (거짓 반응)

변호인 거짓말탐지기 검사 결과에 증거능력을 부여하려면, 즉 증거로 사용할 수 있으려면, 첫째 거짓말을 하면 반드시 일정한 심리상태 변동이 일어날 것, 둘째 심리상태 변동은 일정한 생리적 반응을 일으킬 것, 셋째 생리적 반응에 의하여 피검사자의 말이 진실인지를 정확히 판정할 수 있을 것이라는 전제조건이 반드시 성립해야 합니다.

하지만 아직까지 거짓말탐지기 기술은 이러한 전제조건을 충족시키지 못하고 있습니다. 그래서 대법원은 거짓말탐지기 검사 결과에 대해 형사소송법상 증거능력을 부여할 수 없다는 일관된 입장을 취하고 있습니다. 변호인은 이 검사 결과를 증거로 사용할 수 없다는 의견을 말씀드립니다.

재판장 양측 추가로 제출할 증거가 있습니까? 없으시면 검사님부터 최종의견을 말씀해 주시기 바랍니다.

뚝 검 지금까지 이 법정에 제출된 증거들 모두가 피고인이 피해자에게 상해를 가하여 사망에 이르게 하였음을 여실히 보여 주고 있습니다. 하지만 피고인은 잔혹한 방법으로 피해자를 사망에 이르게 하였음에도 수사기관에서부터 이 법정에 이르기까지 혐의를 부인하고 있습니다. 피고인이 자신의 잘못을 반성하고 있는지 심히 의심스럽습니다. 생명에 대한 침해는 결코 되돌릴 수 없는 중대한 침해이고, 피해자의 유족이 피고인에 대한 엄벌을 탄원하고 있는 점 등을 고려하시어 피고인에게 징역 ○○년을 선고하여 주시기 바랍니다.

변호인 이 법정에 제출된 증거는 모두 정황증거 내지 간접증거에 불과하고, 피고인이 피해자에게 상해를 가하여 사망

에 이르게 하였다는 사실을 입증하는 직접증거는 없습
니다. 형사재판에서 범죄사실의 인정은 법관으로 하여
금 합리적인 의심의 여지가 없을 정도의 증명력을 가진
증거에 의하여야 합니다.

하지만 변호인은 여러 가지 경우의 수를 말씀드렸습니다.
과연 검사의 증명이 합리적인 의심의 여지가 없을 정도에
이르렀는지 의문입니다. 부디 피고인에게 무죄를 선고하
여 주시고, 설령 견해를 달리 하시더라도 피고인이 초범
인 점, 119 신고를 하여 피해자를 병원으로 후송하는 등
성실히 구호 조치를 취한 점, 피고인도 폐암 초기 증상으
로 치료받고 있고, 여전히 사랑한 연인을 떠나보낸 슬픔
에 잠겨 있는 점 등을 고려하시어 최대한 선처하여 주시
기 바랍니다.

곽호연　죄송합니다. 형사적인 책임은 모르겠으나 도의적으로
깊은 책임감을 느낍니다. 정말 죄송합니다.

재판장　그럼 종결하도록 하겠습니다. 선고는 2주 뒤 이 법정에
서 하겠습니다.

*

방청석은 가득 차 있었다. 벌써부터 가슴을 부여잡은 채 두 손

을 맞잡고 기도를 하고 있는 방경자 여사부터 잔혹한 강력사건에 분노한 시민 단체 회원들, 노트북을 무릎에 두고 누군가와 통화를 나누고 있는 기자들까지. 법정에 들어서는 재판부를 맞아 모두가 자리에서 일어섰다.

재판장 지금부터 ○○지방법원 2019고합○○호 피고인 곽호연의 상해치사 사건에 대한 선고를 시작하겠습니다.

재판장은 준비해 온 판결문을 꺼내어 읽어 내려가기 시작했다. 공소사실을 읽고, 공판에서 오갔던 검사와 변호인의 주장을 정리했다. 다들 숨을 죽이곤 법정을 가득 채우는 재판장의 목소리에 귀를 기울였다.

재판장 먼저 피해자가 신음을 냈다고 하는 11시 14분경보다 불과 2분 전의 통화에서 당시 피고인과 피해자가 심한 싸움을 하고 있었다는 정황을 발견하기 어렵습니다. 또 피고인이 이 사건 범행 당시 피해자를 폭행했다는 직접적인 증거가 없으며 피해자의 몸에서 상당한 멍이 발견되었지만, 알코올성 간 질환을 앓고 있어 쉽게 멍이 생기는 피해자에게 이 사건 당일 새벽이나 응급 처치 중 멍이 발생했을 가능성이 남아 있습니다.

한편, 피고인은 수사기관에서부터 이 법정에 이르기까지 피해자가 스스로 넘어졌다고 일관된 진술을 하고 있고, 스스로 119에 전화를 걸고 심폐소생술을 시도하는 등 피해자를 살리기 위한 노력을 했다고 볼 여지가 있습니다. 아울러 피고인이 범행을 은폐하려고 사건현장을 정리하거나 치우려는 시도를 했다고 볼 만한 증거는 없습니다.

여기에 뇌경막하출혈은 외상이 가해지는 모든 상황에서 발생할 수 있거니와 서 있는 상태에서 전도되어 땅바닥에 머리를 부딪친다고 해서 반드시 뇌경막하출혈과 뇌맞충격타박상이 동반된다고 볼 수는 없는 점, 피고인이 피고인의 누나에게 보낸 살인범이 되겠다는 문자메시지는 피고인의 입장에서는 그와 같이 오해를 받을 수 있다는 의미일 여지가 있는 점, 판례의 태도에 비추어 거짓말탐지기 결과는 증거능력이 없는 점을 더하여 다음과 같이 판단하였습니다. 이상과 같은 이유로 주문과 같이 선고합니다. 피고인은 무죄.

유족들은 울음을 터뜨렸다. 어느 정도 예상했건만 막상 무죄를 선고받으니 혼란스러웠다. 나의 첫 무죄 사건이었다. 마음이 착잡했다. 이날 집에 들어가 불도 켜지 않은 채 멍하니 방바닥에 앉아 있었다. 검사생활을 하면서 처음으로 느껴 보는 감정들이었다.

'무죄라…… 무죄라…….'

*

애먼 사람을 기소해서 고생시킨 걸까. 아집이 만들어 낸 확증편향이었을까. 내가 중요한 단서를 놓치는 바람에 무죄가 선고됐을까. 다른 검사였다면 결과는 달라졌을까. 나로 인해 피해자는 세상에서 의미 없이 지워진 걸까. 죄책감, 자책감, 후회 따위의 온갖 부정적인 감정들이 가슴 속에서 뿜어져 나왔다.

선배들이 가끔 사건은 이미 운명이 정해져 있다는 우스갯소리를 하고는 한다. 제아무리 간단해 보이는 사건도 무죄가 날 사건은 무죄가 나니 행여 무죄를 선고받더라도 마음 쓰지 말라는 말이다. 운명론에 빠져 사건을 대충 처리하라는 의미가 아니라 최선을 다했음에도 무죄가 선고되었다면 겸허히 인정하고, 결코 자책하지 말라는 의미일 테다. 부정적인 감정이 쌓이고 쌓이면 결국은 스스로를 좀먹을 테니까.

하지만 사건 당사자를 끝의 끝까지 신경 써 주는 사람이 한 사람 정도는 있어야 하지 않을까 하는 마음이 들면 생각은 다시 꼬리에 꼬리를 물고 만다. 사건 속에 푹 빠져 사건 당사자들이 느끼는 감정을 온전히 내가 느끼는 과정이 지루하게 반복된다. 검사경력이 늘어 갈수록 나와 사건 사이에 아름다운 거리를 두는 방법을 배워야 할 텐데, 언제쯤에나 그 거리를 찾아낼 수 있을지 아직도 이정표를 찾고 있는 중이다.

그녀를 ________
믿지 마세요 ________

전국이 미세먼지로 몸살을 앓던 시절이었다. 뉴스에서는 연일 미세먼지 농도를 보도했고, 연예인들의 전유물로 인식되던 마스크가 외출 필수품이 되었다. 당시 근무했던 곳은 인근에 공단이 밀집해 있고, 커다란 화물선이 오가는 항구까지 있던 터라 다른 곳보다 유독 미세먼지가 심했다. 환기를 하려고 잠깐이라도 창문을 열어 놓으면 금세 집 안 곳곳 소복이 먼지가 쌓였다. 창문을 열지 못해 텁텁해진 실내공기 탓에 마른기침을 달고 지냈다.

어차피 조금 있으면 임지를 옮길 테니 이삿짐을 만들지 않겠노라 결심하며 살림살이를 사지 않으려고 했건만, 이어지는 기침에 도저히 버틸 수가 없었다. 군사훈련을 받을 때, 기관지에 잔뜩 들어찬 먼지 탓에 멈출 기미가 없던 기침병 이후 처음 느끼는 고통이었다.

뚝 검 여보세요? 공기청정기 렌탈을 하려고 하는데요.

친절한 상담부터 신속한 설치까지. 공기청정기는 방 한구석에서 쉴 새 없이 먼지를 빨아들이고, 한껏 신선한 공기를 내뿜었다. 그제야 기침이 사그라들었다. 몇 달 뒤 이사를 하면서 다른 세간은 5톤 트럭 짐칸에 마구잡이로 실었지만, 삶의 질을 높여준 공기청정기만큼은 직접 포장을 하고 내 차 뒷좌석에 태워 고이 옮겼다.

*

최경자 아니, 글쎄. 그 여자가 나 몰래 자기 집에다 공기청정기를 설치하고 렌탈료를 야금야금 빼먹었다니까요!

최경자(가명)가 언성을 높였다. 자신은 코디네이터 인미순(가명)에게 공기청정기를 예약했을 뿐인데, 인미순이 인센티브 욕심에 몰래 공기청정기를 설치까지 했다고 주장했다. 매달 렌탈료가 빠져나가는 계좌를 자세히 확인하지 않았더라면 몇 년 동안 생돈을 물 뻔했다고 잔뜩 흥분했다.

최경자 여기 본사에서 받아온 계약서에요! 이 글씨가 그 여자 글씨라니까요!

최경자가 공기청정기 렌탈계약서와 필적감정서를 내밀었다. 필적감정서에는 계약서에 최경자의 이름, 주소, 생년월일, 휴대전화번호를 적은 글씨가 인미순의 글씨로 보인다는 감정결과가 쓰여 있었다. 최경자는 인미순의 집에 설치되어 있는 공기청정기 사진도 제출했다. 매달 실적을 올려야 하는 코디네이터였기에 인미순에게는 실적 압박이나 인센티브 욕심이라는 그럴싸한 범행동기도 있었다. 담당경찰관도 수사 결과 인미순의 사기, 사문서위조, 위조사문서행사 혐의가 명백하니 기소함이 상당하다는 의견이었다.

인미순 무슨 말씀이세요? 저는 정말 아니에요. 제가 뭐 하러 그런 짓을 하겠어요.

인미순은 분통을 터뜨렸다. 뒤로 넘어갈 듯이 펄쩍펄쩍 뛰었다. 실적 압박이야 어느 직업이든 다 있는 문제이고, 공기청정기 1대를 더 계약한다고 해서 수중에 떨어지는 인센티브라야 만 원도 되지 않는데 고작 그 돈을 벌자고 해고는 물론 감옥까지도 갈 수 있는 모험을 하겠느냐고 반문했다. 게다가 매달 고객의 통장에 렌탈료 인출내역이 그대로 찍히는데, 어느 바보가 발각은 시간문제인 짓을 하겠느냐고도 물었다.

뚝 검 그럼 공기청정기가 왜 인미순 씨 집에 있습니까?

인미순에게 물었다. 인미순은 한숨을 내쉬며 말을 꺼냈다. 최경자와는 9월 말에 계약서를 작성했는데 공기청정기는 설치까지 마쳐야 실적에 포함되기 때문에, 9월 실적을 늘릴 욕심에 최경자에게 설치 일자를 앞당겨 줄 수 있는지 물었다고 했다. 하지만 최경자는 아직 렌탈 기간이 2달가량 남은 공기청정기가 있어 새 공기청정기를 둘 만한 공간이 없다는 이유로 난색을 보였다고 했다.

그래서 인미순이 고안한 묘안은 바로 이것. 인미순의 집에 공기청정기를 설치했다가 나중에 최경자의 집으로 옮기는 것. 그 기간 동안 발생하는 렌탈료는 인미순이 모두 책임지기로 약속했다고 했다.

뚝 검 그럼 이 계약서에 적힌 인미순 씨 필적은 뭡니까?
인미순 검사님, 최경자 씨가 바쁘다면서 저한테 빨리빨리 적어
　　　　 달라고 했어요 그래서 제가 대신 적은 거예요. 이게 제
　　　　 발목을 잡을지 어떻게 알았겠어요.

두 사람의 주장이 모두 그럴듯했다. 하지만 둘 중 하나는 분명한 거짓말이었다. 또다시 답이 없는 고민을 시작했다. 그날 밤, 집에 돌아와 습관처럼 텔레비전을 켜고, 뉴스에 채널을 맞췄다. 전국 방송이 나오다가 정겨운 음악과 함께 지역 뉴스로 화면이 바뀌었다. 단정하게 차려입은 앵커가 멘트를 시작했다.

앵　커　최근 공기청정기 코디네이터가 고객의 인적사항을 무단

　　　　사용해 자신의 집에 공기청정기를 설치하고, 렌탈료 등

　　　　을 빼돌린 일이 있어 수사 중입니다.

최경자　저는 정말 몰랐죠, 그렇게 친절한 얼굴을 하고 속여 먹

　　　　을 수 있는지. 너무 억울해요.

뿌옇게 블러 처리가 되어 있었지만, 최경자가 분명했다. 진실이 밝혀지기도 전에 인미순은 거짓말쟁이에, 사기꾼이 되어 가고 있었다. 신속한 수사가 필요했다.

*

스마트폰이 보급되기 전에는 한 건당 10원씩 하는 휴대전화 문자메시지로 사람들과 소통했다. 그리고 좋아하는 여학생이 보낸 달달한 문자메시지나 친구가 잔뜩 술에 취해 괴발개발 적어 보낸, 흑역사로 길이 남을 만한 문자메시지를 보관함에 저장해 두고 가끔 꺼내 읽었다. 그런데 얄궂게도 보관함에 저장할 수 있는 문자메시지 건수가 정해져 있어서 저장 공간이 가득 차면 간직 중이던 문자메시지 하나를 기억에만 남겨야 했다.

그때 보관함 속 문자메시지들을 읽어 보던 습관이 남아서인지 지금도 무료할 때면 메신저 채팅창이나 문자메시지함을 쓱 읽어

보곤 한다. 가족이나 친구들과 주고받았던 대화들, 나중에 보려고 책갈피 해 둔 자료들을 읽다 보면 그 무렵의 감정들이 다시금 몽글몽글 피어난다고나 할까. 무료함과 피곤함의 중간 정도에서 하품을 하며 휴대전화를 만지작거렸다. 예전에 주고받았던 대화들을 다시 읽고, 광고 문자를 하나씩 지웠다. 그러다 문자메시지 하나가 눈에 들어왔다.

공기청정기 설치를 위해 023593 설치인증번호를 설치기사님께 전달해 주세요.

공기청정기 설치할 때 받았던 거구나. 별생각 없이 엄지손가락으로 화면을 밀어 삭제했다. 마른기침으로 고생하던 그때의 기억이 떠올랐다. 설치기사님에게 이 번호를 알려 주니 설치기사님은 작은 기계에 이걸 입력했었더랬지. 어? 설마…….

*

뚝 검 최경자 씨, 정말 인미순 씨가 최경자 씨 몰래 공기청정기 설치했습니까?
최경자 검사님, 제가 바쁜 시간 들여서 뭐하러 거짓말을 해요. 제 말이 무조건 맞아요, 글쎄!

본사 고객센터에서 받은 설치인증번호 전송내역을 내밀었다.

뚝　검　최경자 씨 휴대전화로 설치인증번호가 전송됐어요. 공
　　　　기청정기를 설치한다는 내용인데 어떻습니까?

최경자　제가 실은 문자메시지를 잘 안 읽어요. 그런 게 왔는지
　　　　도 몰랐네요.

뚝　검　그렇습니까? 그런데 설치기사가 설치인증번호를 알아야
　　　　만 공기청정기를 설치할 수가 있습니다.

최경자　그런데요?

뚝　검　인미순 씨 집에 설치된 공기청정기는 제대로 설치되었으
　　　　니까 누군가 최경자 씨 휴대전화로 전송된 설치인증번
　　　　호를 설치기사에게 알려 줬다는 거 아니겠습니까?

최경자는 잠시 뜸을 들였다.

최경자　이제 기억나네요! 갑자기 인미순 씨가 인증번호 하나 갈
　　　　거니까 보내 달라고 해서 보내 줬어요. 그게 설치인증번
　　　　호였구나. 생각도 못 했네. 정말 못된 여자다!

뚝　검　인미순 씨가 왜 인증번호를 보내 달라고 했습니까?

최경자　기억이 안 나요. 어떻게 일일이 다 기억을 하겠어요!

뚝　검　그럼 이것도 보세요. 최경자 씨 계좌 내역입니다.

최경자는 손가락으로 하나씩 짚어 가며 계좌 내역을 읽어내렸다.

뚝　검 고소장에는 렌탈료가 빠져나가는지 모르고 있다가 우
　　　연히 발견했고, 그 사실을 알자마자 곧바로 고소했다고
　　　적으셨습니다.

최경자 그게 사실이니까요!

뚝　검 그런데 여기, 렌탈료가 빠져나가면 인미순 씨에게서 렌
　　　탈료와 동일한 액수의 금액이 입금됩니다. 그럴 때마다
　　　통장정리를 하고, 인미순 씨가 입금한 돈도 찾으셨네요?

최경자 기억이 잘 안 나네요.

뚝　검 지금부터 최경자 씨를 무고 혐의로 조사하겠습니다. 개
　　　개의 질문에 대해서 대답을 거절할 수 있고, 변호인과
　　　함께 조사받을 수 있습니다.

최경자는 화들짝 놀라는 기색을 보이며 자세를 고쳐 앉았다. 그
리곤 변호사와 함께 조사를 받고 싶다면서 어디론가 급히 전화를 했
다. 얼마 뒤 헐레벌떡 변호사가 달려왔고, 밖에 나가 변호사와 한참
동안 대화를 나누고 검사실로 들어온 최경자는 슬며시 운을 뗐다.

최경자 저기 검사님……, 사실은요.

*

최경자는 인미순의 그 묘안을 받아들였다. 인미순의 집에 공기청정기를 들여놓았다가 기존에 가지고 있던 공기청정기의 렌탈기간이 끝날 때를 맞춰 옮기기만 하면 그만이었다. 손해 볼 일이 전혀 없었다. 오히려 할인 혜택을 받을 수 있었다. 몇 달 뒤, 기존 공기청정기의 렌탈기간이 끝나갈 무렵 최경자는 남편에게 공기청정기를 바꾸면 어떻겠냐고 물었다. 그러자 남편은 시답잖은 소리를 들었다는 표정을 지으며 고함을 쳤다.

남 편 야, 이 여편네야. 지금 공기청정기도 겨우 렌탈비 갚았는데 무슨 새 거야! 제정신이야?

남편이 무서웠다. 최경자는 어떻게든 인미순과 맺은 렌탈계약을 취소하고 싶었다. 위약금을 물어서도 안 됐다. 남편에게 들켰다가는 끝장이었다. 위약금과 렌탈비에 백 원 한 푼도 써서는 안 됐다. 경찰서로 달려가 인미순에게 속았다면서 고소장을 적었다. 평소 알고 지내던 언니에게 부탁해 방송에 제보도 했다. 거짓말이 어찌나 그럴싸했는지 기자는 곧바로 취재를 나왔다.

최경자를 무고죄로 인지하고, 불구속기소했다. 경찰 단계에서부터 검찰 단계까지 거짓말로 일관하다가 속속 증거들이 나오기 시

작하자 그제야 자백하는 모습을 진정성 있는 반성으로 평가하기
는 어려웠다. 게다가 최경자는 한마디도 하지 않았다, 인미순에게
미안하다는 그 말을.

*

최경자를 기소하기 전 인미순을 조사했었다. 그때 인미순이 했
던 말들이 여전히 기억 속에 남아 있다. 세 치 혀로 사람을 죽인다
는 말은 물리적 살인뿐만이 아니라 사회적 살인까지도 의미하는
것이었다. 세 치 혀가 세 척 칼로 바뀔 수 있다는 사실을 우리는
잘 알면서도 잘 모르고 지낸다.

인미순 검사님. 제가 공기청정기, 정수기, 비데 외판을 15년 했
어요. 사람들한테 늘 웃어야 잘 팔 수 있으니까 괄시를
받아도 웃고, 무시를 받아도 웃었어요. 그래도 저요, 실
적왕도 했었고요, 우리 자식 새끼들한테 부끄러운 엄마
는 아니었어요.
그렇게 15년을 꾹 참고하다 보니까 사람이 참 웃긴 게
저 같은 사람도 꿈이라는 게 생기더라고요? 예쁘게 옷
차려입고, 코디네이터 강사 하는 꿈이요. 사람들 앞에서
제 경험을 들려주고 싶다는 꿈이요. 그런데요, 이 고소

한 번에 저 회사 잘렸어요. 그 뉴스 한 번에 사기꾼으로 소문나서 이제 이쪽 일은 하지도 못해요. 검사님께서 잘 수사해 주셔서 제 억울함은 밝혀 주시고, 최경자는 무고로 재판에 넘기신 거 정말 감사해요.

그런데 사람들은 그것까지는 알지도 못하고, 알려고 하지도 않더라고요. 제 15년 세월, 제 꿈은 누가 보상해 줄 수 있는 걸까요…….

벼룩의 간

　　백동만(가명)은 전신주에 매달려 전기공사를 하고 있었다. 얼마 전 아내가 암 진단을 받았지만, 초기에 발견한 터라 항암 치료만 잘 견디면 건강을 회복할 수 있다는 의사의 말은 더운 날씨에도 고된 노동을 이겨 낼 수 있게 하는 원동력이었다. 백동만은 집으로 돌아가는 길에 아내가 좋아하는 따끈한 두부 한 모를 사다가 지난 겨우내 담근 김장김치를 곁들여 막걸리를 한잔해야겠다는 생각에 입맛을 다시며 다시 작업 속도를 올렸다.

　　지지직— 퍼엉—. 백동만의 시야가 뿌옇게 흐려졌다. 갑작스러운 굉음에 놀란 사람들이 길거리로 뛰어나왔다. 백동만이 아스팔트 바닥 위에 널브러져 있었고, 몸 위로 연기가 피어오르고 있었다. 주인을 잃은 안전모는 저만치에서 나뒹굴고 있었다. 그리고 백동만의 양팔이 주인을 잃은 채 사방에 튀어 있었다. 팔이 잘렸다는 표현보다는 몸에서 뜯겨 나갔다는 표현이 정확할 만큼 그 광경은 처참했다.

백동만은 양팔을 잃었다. 어깨 관절 부위만 겨우 남아 밥을 먹기조차 힘겨웠다. 양팔 없는 장애인에게 일감을 주는 곳은 없었고, 암 환자에게도 그런 곳 따위는 없었다. 하나뿐인 딸에게 의지하자니 부부는 마음 한구석이 아리기만 했다. 아무런 소득도 없이 산업재해보상금으로 받은 1억 원으로만, 평생을 살 수는 없는 노릇이었다. 어떻게든 일을 해야만 했다.

*

이성철 아따, 행님! 몸은 쪼까 괜찮당가요?

현관문을 여니 한 손에 과일바구니를 든 이성철(가명)이 서 있었다. 이성철이 들고 온 과일바구니에는 생전 본 적 없는 망고, 용과 같은 열대 과일이 잔뜩 있었다. 이성철의 손목에는 금테를 두른 시계가 빛나고 있었고, 그가 입은 양복은 얼핏 보기에도 보드라운 느낌이 들 만큼 고급스러웠다. 서울에서 꽤 큼지막한 유흥주점을 한다더니 사업이 제법 잘 되는 모양이었다.

이성철 누님은 요새 암 치료 잘 받고 계신 거지라잉?

이성철은 소파에 철퍼덕 주저앉으며 백동만에게 물었다. 이성철
과 백동만의 아내인 이영자(가명)는 이복 남매 사이였다. 어린 시절
에는 어머니들의 사이가 나빠서 교류가 없었지만 역시 피는 물보다
진해서인지, 이성철은 이영자가 암 진단을 받은 그즈음부터 이영자
를 찾기 시작했고 이제는 스스럼없이 지내는 가족이 되어 있었다.

백동만 말도 마소. 내가 이러고 있으니께네 마누라가 식당 일
　　　　다닌다 안 카나. 몸도 안 좋은데 우짤끼고, 후.

백동만은 말벗이 되어 주는 이성철에게 묵었던 고민을 털어놓았
다. 장애연금으로 근근이 생활하고는 있지만, 혼기가 꽉 찬 딸을 시
집보내려면 한 푼이라도 더 모아야 한다며 식당 일을 다니기 시작
한 아내의 이야기, 간호사로 3교대 근무를 하면서도 부업까지 하며
악착같이 돈을 모으고 있는 딸 윤미의 이야기까지 쏟아내었다. 이
성철은 아무 말 없이 백동만의 말을 듣다가 조심스레 말을 꺼냈다.

이성철 행님, 그냥 누님이 우리 주점 주방에서 일하는 건 어떻
　　　　다요? 남의 식당보다는 낫지 않겠어라?
백동만 그야 글만서도 자네한테 미안해서 안 된다카이.

이성철 가족 사이에 무슨 말이당가요. 그로코롬 미안하시면 행
　　　　님이 나한테 투자를 하면 되지라.

백동만 무신 투자를 하란 말이고?

이성철 그 행님 산재보상금 1억 원 있잖소잉. 그거 우리 주점에
　　　　투자하면 내가 매달 수익 줄라니까.

나쁘지 않은 제안이었다. 백동만은 투자자가 되니 이성철에게
미안해할 필요 없이 매달 고정된 수익을 얻을 수 있었다. 이영자는
동생 가게에서 일하니 몸을 사리면서 일할 수 있었고, 이성철은
투자를 받을 수 있었다. 그야말로 누이 좋고 매부 좋고, 도랑 치고
가재 잡고, 일거양득이었다. 백동만은 은행에서 산재보상금 1억
원을 전부 찾아 이성철에게 건네주었다.

　하지만 이성철은 그 뒤부터 연락이 잘 되지 않았다. 어쩌다 한 번
씩 진화 연결이 되어도 당장은 사정이 여의치 않으니 수익금도, 이영
자의 취업도 미룰 수밖에 없다는 변명뿐이었다. 1년, 2년……. 시간
은 쏜살같았지만 백동만의 시간은 이성철에게 1억 원을 건네주던 그
때에 머물러 있었다. 속이 썩어 문드러졌다. 움직이기 어려운 몸을
이끌고 서울행 버스에 몸을 실었다. 물어물어 버스와 지하철을 번갈
아 타고 이성철의 주점을 찾았다. 그리고 출입문에 붙은 푯말을 보
고 백동만은 기가 막혀 그 자리에서 펑펑 울었다. 폐업/임대문의.

　백동만은 법률구조공단의 도움을 받아 이성철을 상대로 민사

소송을 제기했다. 이성철이 두 번 연속 재판에 출석하지 않아 백동만은 승소할 수 있었다. 이성철은 다른 사람들에게도 사기를 치고서 종적을 감춘 상태였다. 민사소송에서 이겼다 한들 이성철에게 1억 원을 돌려받기는 요원했다. 이성철 앞으로 되어 있던 재산은 이미 다른 사람들의 이름으로 빼돌려진 뒤였다. 백동만은 경찰서로 달려가 이성철을 사기로 고소했다. 괘씸한 마음뿐이었다. 얼마 뒤 담당형사로부터 고소인 조사를 하겠다는 연락이 왔다.

형　사　선생님, 안타깝지만 이거 고소기간이 지났습니다. 이성철 처벌 못 합니다.

담당형사는 백동만과 이성철은 친족이라서 이성철의 사기죄는 친고죄인데, 친고죄는 범인을 알게 된 날로부터 6개월 안에 고소를 해야 한다고 설명했다. 하지만 안타깝게도 백동만의 고소는 그 날로부터 6개월이 지난 뒤에 있었기 때문에 부적법하고, 따라서 이성철의 사기 혐의가 인정되더라도 처벌할 수는 없다고 했다.

형사소송법 제230조

① 친고죄에 대하여는 범인을 알게 된 날로부터 6월을 경과하면 고소하지 못한다. 단, 고소할 수 없는 불가항력의 사유가 있는 때에는 그 사유가 없어진 날로부터 기산한다.

백동만 뭅니꺼! 죄 지은 놈이 뻔히 눈 뜨고 댕기는데 와 감옥에 못 처넣는다는 말입니꺼! 그놈은 벤츠 타고 다니고, 그 아들놈은 미국에서 공부합니더. 내하고, 내 마누라하고, 내 딸은 지옥을 사는데 무슨 법이 이 모양인교!

백동만은 한참을 울부짖다시피 떠들었지만 되돌아오는 말은 같았다. 법이 그렇습니다, 죄송합니다. 이후 백동만은 고소사건이 검찰에 송치됐다는 연락을 받았다. 그래도 먹물을 더 먹은 검사라면 다르겠지 하는 막연한 기대감이 들었다. 하지만 검사의 대답도 다르지 않았다. 고소가 늦어 어쩔 수 없다는 앵무새 같은 대답. 검사는 이성철이 자발적으로 돈을 갚지 않으면 도무지 방법이 없으니 형사조정 절차를 밟아 보라고 권유했다. 이성철과 연락도 안 되는 판인데 무슨 조정이란 말인가. 경찰이나 검찰이나 똑같았다. 모두 제 일이 아니라고 가볍게만 여겼다. 원통했다. 이성철보다 그들이 더 미웠다.

*

새 임지에 전입한 지 얼마 되지 않아 캐비닛에 묵어 있는 사건들을 꺼내 읽어 보고 있었다. 김계장님이 쭈뼛쭈뼛 다가와 사건기록 한 권을 건넸다. 얼마나 넘겨 보았는지 사건기록 가장자리가 잔뜩

해져 있었다.

김계장 검사님, 예전 검사님이 법리적으로 처벌할 수 없다고 했
던 사건인데 제가 보기엔 그렇게 처리하는 게 맞나 싶어
서요. 다시 한번 검토해 주실 수 있을까요?

피의자 이성철(가명)_ 죄명 사기

이성철은 이미 다른 사기 범행으로 징역 6개월에 집행유예 1년
을 선고받은 전력이 있었다. 이 사건의 고소인 백동만이 이성철을
상대로 민사소송을 제기한 날짜는 2017년 6월 15일, 이성철을 고
소한 날짜는 2017년 12월 27일이었다. 백동만과 이성철은 친족이
어서 이성철을 사기죄로 처벌하려면 백동만은 범인을 알게 된 날
로부터 6개월 안에 이성철을 고소했어야 했다. 다수의 판례가 형
사소송법상 범인을 알게 된 날을 민사소송 제기일로 보고 있다.
2017년 6월 15일과 2017년 12월 27일, 고작 12일 차이였지만 백동
만의 고소는 법률에서 정한 고소기간 6개월을 도과한 부적법한
고소였다. 나의 결론도 전임 검사의 결론과 같았다.

뚝 검 김계장님, 이 사건 불기소 처분이 맞겠네요.
김계장 백동만 씨가 사기당한 돈이 산재보상금인데 전 재산이

거든요. 부인은 암 투병 중이고. 매번 전화 와서 하소연을 하시는데 방법이 도저히 없는 걸까요?

그제야 백동만이 양팔 없는 지체장애 1급 장애인이고, 사기당한 돈은 양팔과 맞바꾼 전 재산이며 그의 처가 암으로 투병 생활을 하고 있다는 내용이 보였다. 눈으로는 읽었지만 마음으로는 헤아리지 못한 내용이었다. 늦게나마 기록 너머에 있는 사람이 보였다. 판례부터 찾아보았다. 검사로 임관하고부터는 펼쳐 본 적 없던 민법 사례집도 뒤졌다. 대출이 되지 않는 자료를 열람하기 위해 주말에 몇 시간을 들여 서울에 있는 국회도서관을 찾았다. 대법원부터 하급심까지 판결들과 논문, 외국 입법례들을 샅샅이 모았다. 역시나 형사소송법상 범인을 알게 된 날을 민사소송 제기일로 해석하는 견해가 다수였지만, 간혹 그날을 변론종결일 또는 민사소송 확정일로 보는 소수 견해가 있었다.

풀어 쓰자면, 소수 견해는 사기 피해자로서는 민사소송을 진행하면서야 비로소 상대방이 변제의사가 있는지 없는지를 확인할 수 있기 때문에 적어도 변론이 끝나는 시점에 다다라야만 '내가 사기를 당한 게 맞구나! 저 자식, 사기꾼이었구나!'라는 인식이 가능하다는 논리였다. 백동만이 이성철을 상대로 제기한 민사소송이 끝난 날짜는 2017년 9월 23일이었으니 이날을 기준으로 하면 백동만의 고소는 적법하다고 볼 수 있었다. 그러나 워낙 소수의 의견이어서 법원을 설득하기는 여전히 어려워 보였다.

검사가 친고죄에서 적법한 고소가 없음에도 공소를 제기한 경우에 법원은 공소기각 판결을 한다. 무죄 판결이야 판사와 검사의 견해가 다를 수 있거니와 법정에서 새로운 증거나 사정이 밝혀질 수도 있으니 백 번 양보해서 그럴 수도 있다고 받아들일 수 있다. 하지만 공소기각 판결은 다르다. 법률전문가인 검사가 공소제기에 필요한 법률상 요건도 모른 채로 기소했다는 뜻인지라 망신스럽기 그지없는 일이다. 마치 덧셈 뺄셈을 모르는 수학전공자처럼 기본도 모르는 검사로 비치니 말이다.

법리적으로 빈틈이 가득한 이 사건을 기소했다가 공소기각 판결을 받으면 경력에 흠집이 생기는 건 아닐까 하는 걱정이 들었다. 다른 검사들보다 잘 나가지는 못하더라도 뒤처지고 싶지는 않았다. 전임 검사처럼 추가로 조정 기간을 가져보라고 할까? 기소중지*를 할까? 아니지, 무턱대고 기소중지를 하면 이 사건은 영영 묻힐 텐데? 온갖 생각이 머리를 채웠다. 피할 수 있다면 피하고 싶었다.

김계장 네, 김계장입니다. 아, 백동만 씨세요? 네네.

김계장님에게 전화가 걸려 왔다. 김계장님은 밝으면서도 차분한

---

* **기소중지** 피의자나 참고인의 소재가 불명인 경우 일정 기간 수사를 멈추는 결정.

목소리로 통화를 이어갔다. 목소리가 수화기 너머까지 들릴 만큼 백동만은 흥분해 있었다. 하기야 피해를 입은 사실은 확실한데, 경찰이나 검찰이나 처벌할 수 없다고만 하니 백동만의 입장에서는 적개심을 가지기 충분했다.

김계장 지금 새로 오신 검사님께서 검토하고 계세요. 조금만 기다려 보세요. 에이, 무슨 말씀이세요. 꼭 살아야 합니다. 그게 산 사람의 의무예요!

잠깐만. 나는 나의 천칭 위에서 무엇을 비교하고 있었던 걸까. 다른 사람의 삶과 나의 커리어를 저울질하고 있었다. 그 무게의 차이는 뻔했다. 이기심의 무게는 공기와 같으니까. '까짓거 망신 한번 당하면 되지.'라는 생각으로 김계장님에게 말했다.

뚝　검 계장님, 기소하죠. 이성철.

*

흔히 검사의 일을 외과의사에 빗대어 말하곤 한다. 외과의사가 환자의 환부를 찾아 도려내듯이 검사는 우리 사회의 환부를 찾아 칼을 들이댄다. 제아무리 수술용 메스라고 하여도 범행도구로 사용되는 날붙이들과 다를 바 없으니 자칫 잘못 쓰면 환자의 목숨이 위태로워진다. 마찬가지로 검사가 우리 사회의 환부를 제대로 찾지 못한 채 여기저기를 막무가내로 들쑤신다거나 엉뚱한 곳을 건드리면 사회구성원들의 생명, 신체, 재산에 중대한 피해가 발생한다. 그리고 그 칼을 휘두른 검사 자신도 심각한 내상을 입을 수 있다.

이처럼 검사의 오판이 불러오는 피해는 참사와 같은 수준이기에 검찰은 이를 방지하고자 결재제도를 두고 있다. 즉, 부장검사로 하여금 주임검사의 결정을 한 번 더 검토하게끔 한다. 예컨대 유사한 사건에서 검사마다 혐의에 대한 판단이나 양형이 제각각이라면 국민은 검사의 결정을 신뢰하기 어렵고, 법적 안정성 또한 흔들릴 수밖에 없다. 나와 옆집 철수 모두 1,000원짜리 빵을 훔쳤는데, 어릴 적 〈레 미제라블〉을 감명 깊게 읽었던 검사를 만난 나는 기소유예 처분을, 어제 지갑을 도둑맞은 검사를 만난 철수는 구속기소 처분을 받는다면 나도, 철수도 그 처분에 고개를 끄덕일 수는 없을 테다.

호기롭게 기소하겠다고 결심했지만 현실은 녹록지 않았다. 우선 부장님부터 설득해야 했다. 500쪽 기록을 한 문장의 사실관계로 줄이고, 법리적으로 심각한 문제가 있음에도 기소를 해야만 하는 당위성과 대응논리를 1장의 보고서에 축약해야 했다. 100장의 글을 써 내리는 일보다 1장의 보고서를 만드는 일이 더 힘들 줄이야.

뚝 검 부장님, 뚝검입니다.

부장님은 나를 반기며 테이블에 앉으라는 손짓을 했다. 그리고는 중국에 다녀온 친구가 사다 준 찻잎이라면서 다기에 차를 우려내어 건네줬다. 차를 몇 모금 마시고 부장님에게 사건 설명을 시작했다. 법리적으로 보면 공소기각 판결이 농후하지만, 검찰이 추구하는 정의 구현이나 인권보호라는 가치를 지켜 내려면 기소할 필요가 있다고 했다. 거창한 가치들을 지켜야 한다는 이유가 아니더라도 이성철을 처벌해야 할 필요성은 충분하다고 덧붙였다. 부장님은 난감해했다. 후루룩 소리를 내며 차를 한 모금 들이켜고, 토도독 소파 팔걸이에 손가락을 튕겼다. 결재를 한다는 뜻은, 도장을 찍는다는 뜻은 나 또한 그 결정에 책임을 지겠다는 의미이니 어쩌면 당연한 반응이었다.

부 장 뚝 검사, 하나만 물어보자.

뚝 검 네, 부장님.

부 장 이성철……. 나쁜 놈이야?

뚝 검 네, 부장님. 나쁜 놈 맞습니다.

부 장 그래. 주임검사가 그렇다면 그런 거지. 나쁜 놈 잡겠다는데 부장이 도와야지.

자리에서 일어난 그는 책상 서랍에서 꺼낸 도장을 결재란에 맞추어 꾸욱 찍었다. 그날 이성철을 기소했다. 김계장님은 이 소식을 백동만에게 전했다. 수화기 너머 백동만은 한시름을 던 듯한 목소리였다. 무언가 모를 뿌듯한 감정이 가슴에 차올랐다.

그리고 서너 달이 훌쩍 지났다. 점심을 먹으러 가다가 재판을 마치고 법원에서 허위허위 걸어오는 공판검사를 만났다. 공판검사에게 재판부에서 이성철 사건에 대해 딴지를 걸지는 않는지 물었다. 형사소송법상 범인을 알게 된 날에 관한 자료가 필요하면 얼마든지 줄 테니 부담 없이 연락을 달라고도 했다. 공판검사는 매무새를 가다듬으며 한숨을 쉬었다.

공판검사 선배님. 이성철, 재판에 나오질 않아요. 지명수배까지 했는데. 백동만 씨가 항상 아내하고 법정에 오시는데 매번 우세요.

망치로 머리를 쿵 맞은 기분이었다. 고작 절반의 일만 했으면서 서너 달 동안 '내가 정의를 지켜냈다!'라는 공명심에 빠져 있었고, 자아도취에 젖어 있었다. 백동만의 입장에서는 다툼의 장소가 달라졌을 뿐이었고, 고통은 현재진행형이었다. 이성철에 대한 기소는 그저 내 캐비닛에서 골치 아픈 한 건의 사건이 사라졌음을 의미했을 뿐, 백동만의 삶은 경찰서에 이성철을 고소했을 때나 이성철이 기소된 지금이나 똑같았다. 그 무엇도 변하지 않았다.

*

홍길동이 거나하게 술에 취해 옆자리에 앉아 있던 임꺽정과 시비가 붙었다. 화를 참지 못해 임꺽정의 턱으로 날린 주먹에 임꺽정의 이가 몇 개 부러졌다. 입 밖으로 깨진 치아가 후드득 떨어졌다. 이러한 경우 홍길동은 어떤 절차를 거쳐 형사처벌을 받을까? 다시 말해, 우리나라의 형사사법 절차는 어떻게 될까?

우선 경찰이 1차 수사를 통하여 범죄의 전모를 밝힌다. 홍길동과 임꺽정을 조사하고, 목격자나 CCTV 영상 등 증거를 확보한다. 검사는 경찰의 수사 결과를 토대로 보완수사를 진행한 뒤 홍길동을 기소한다. 법원은 검사와 홍길동, 변호인의 주장을 듣는 재판을 거쳐 홍길동에게 형을 선고한다. 여기까지는 누구든지 쉽게 설명할 수 있다. 하지만 질문 하나를 더하면 대답이 쉽지 않다. 그다음은 어떻게 되나요?

예를 들어 법원에서 벌금 200만 원을 선고했다면 누가 홍길동에게 벌금을 받을까? 만약 징역 1년을 선고했다면 누가 홍길동을 교도소에 수감시킬까? 법원에서 선고한 형을 실현하는 행위를 형의 집행이라고 하고, 형사소송법상 형의 집행은 검사가 담당한다. 따라서 홍길동이 벌금 200만 원을 선고받았다면 검찰청에 방문하여 벌금을 납부해야 하고, 징역형을 선고받았다면 검사의 서명이 있는 형집행장에 따라 교도소에 수감된다.

하지만 늘 그렇듯이 어떻게든 형의 집행을 피하려는 사람들이 있다. 이들을 형 미집행자, 줄여서 미집자라고 칭한다. 검찰청에는 검사의 형 집행업무를 보조하는 기구가 있는데, 집행과가 바로 그것이다. 집행과 업무는 검찰청에서 힘들기로 악명이 높다. 미집자들의 소재를 파악하려면 휴대전화 위치추적은 물론 카드사용 내역 등과 같은 방대한 자료를 손수 뒤져야 하고, 미집자의 위치가 확인되면 낮이든 밤이든 상관없이 출동을 해야 한다.

검거하려는 미집자가 반항하면 몸싸움이 일어나기도 하는데 종종 심한 부상을 입기도 한다. 동네마다 인력이 상주해 있는 경찰과 비교하면 집행과의 인력은 턱없이 부족하기 때문에 집행과 수사관들은 야근과 휴근을 밥 먹듯이 한다. 몇 달간 제시간에 집에 들어오질 않는 새신랑 수사관에게 새댁이 당신 공무원이 맞느냐면서 재직증명서를 보여 달랬다는 우스갯소리가 농담으로만 들리지 않는 이유다.

뚝　검 이성철, 검거할 수 있을까요?

검사의 무리한 부탁에 집행과 수사관들은 난감한 얼굴이었다. 고작 네다섯 명의 인원으로 미집자들을 추적하고 있는 현실에서 말 그대로 증발해 버린 이성철을 찾아내기란 사막에서 바늘 찾기와 같았다. 백동만의 사정이 안타깝긴 했지만, 집행과에는 백동만과 다름없는 사연들이 수두룩하게 쌓여 있었다. 집행과장님은 손으로 얼굴을 훑으며 마른세수를 해댔다.

수사관들 한번 찾아 보겠습니다!

사무실에 빙 둘러앉아 있던 수사관들이 말했다. 두어 달은 샛별을 보며 집에 들어가겠다는 말과 같았던 터라 고개를 들기 민망했다. 수사관들은 이성철의 통화 내역부터 살펴보았다. 이성철 명의로 개통되어 있는 휴대전화는 없었다. 대포폰을 사용하고 있는 것으로 보였다. 이성철이 운영한 주점 인근과 이성철의 주소지 인근을 탐문하고, 이성철과 개인적으로든 사업적으로든 연결되어 있는 사람들의 연락처를 확보했다.

수사관들은 수천 장에 달하는 지인들의 통화 내역을 일일이 맞춰 보았다. 그러자 지인들과 별반 인연이 없음에도 반복적으로 연락이 오가는 전화번호가 몇 개 추려졌다. 추려진 전화번호들의 한 달간 기지국 위치를 정리해 동선을 그렸다. 쌀쌀한 초겨울 바람이 불던 어느 날, 집행과 수사관 네 명은 두 대의 자동차에 나눠 타고 잠복을 시작했다.

이성철을 놓치면 다시는 그를 잡을 수 있는 기회가 없었다. 단한 번의 기회를 포착하기 위해 수사관들은 개인 휴대전화에 이성철의 사진을 저장해 두고 틈만 나면 그의 얼굴을 눈에 익혔다. 이성철에게 의심을 살까 봐 시동도 켜지 못한 채 온몸으로 초겨울 추위를 받아냈다. 화장실도 편히 가지 못하고 차 안에 쪼그려 앉아 크림빵 몇 덩이로 끼니를 때웠다. 장장 12시간이 흘렀다.

끼이이익. 은색 철문이 요란한 굉음을 내며 열렸다. 열린 철문으로 한숨 편히 잔 모습의 남자가 나왔다. 몽클레어 조끼를 걸치고, 발렌시아가 신발을 신은 그 남자는 이성철이었다. 수사관들은 차에서 내려 이성철을 쫓았다.

선임계장 이성철 씨 되십니까?

선임계장이 이성철의 어깨를 붙잡으며 물었다. 이성철은 직감했는지 앞으로 내달렸다. 이성철을 뒤쫓았다. 골목길을 따라 몇 번의 달음질이 이어지고 나서야 이성철의 손목에 수갑이 채워졌다. 이성철은 체포가 되자마자 백동만에게 1억 원과 이자를 갚았다. 백동만이 자신을 고소한 사건에서 실형을 선고받으면 기존에 받았던 집행유예까지 실효되어 수년간 수형생활을 해야 했기 때문이었다. 이성철의 아내는 백동만을 찾아가 겨우 고소취소장을 받았다. 백동만이 고소를 취소한 이상 법원은 백동만의 고소가 고소기간 내에 있었는지 없었는지를 굳이 판단할 필요가 없어졌다.

백동만은 금전적으로나마 피해 변제를 받았고, 나도 공소기각 판결에 대한 부담을 털어 냈다. 모두가 웃을 수 있는 결말이어서 다행이었다. 얼마 뒤 백동만에게 감사 편지가 도착했다.

딸 윤미에게 대필하게 합니다.

검찰청을 지날 때면 검사님과 김계장님의 모습이 떠오릅니다. 두 팔과 바꾼 1억 원을 잃고서 절망에 빠져 있을 때, 손 내밀어 주셔서 감사합니다. 이 세상에서 더 살고 싶게 만들어 주셔서 고맙습니다.

전혀 풀리지 않을 듯했던 문제도 각자의 영역에서 조금씩 다른 사람을 위해 시간과 공간을 내어 주니, 생각하지도 못한 해답이 선물처럼 주어졌다. 막다른 길이어서 막막하기만 했던 길 끝자락에서 보물 지도를 주울 수 있었다. 어쩌면 사람들은 검사에게 해결사처럼 모든 일을 처리해 주기를 바라는 것이 아니라 제 일처럼 한 걸음만 더 가까이 다가와 생각해 주기를 바라는 것이 아닐까. 이 글을 빌려 밀린 업무에도 백동만에게 한 걸음 더 다가가 준 김계장님과 집행과 수사관분들께 감사의 인사를 전하고 싶다.

마약왕 이야기

경찰은 중국에서 활동하는 마약왕 정상훈(가명)이 국내에 속칭 필로폰으로 불리는 메스암페타민을 밀반입한다는 제보를 받았다. 정상훈이 중국에서 만든 필로폰을 한국에 들여놓으면 중간유통책이 받아다가 판매책들에게 샘플을 나누어 주고, 거래를 유도한다는 내용이었다. 자신이 판매책으로 행세해 중간유통책을 기차역으로 불렀으니 잠복을 하고 있다가 체포하면 된다는 제보에 경찰은 서둘러 움직였다.

경찰은 차 안과 대합실, 기차역 출입 계단에 퍼져 앉아 약속 장소인 기차역 공중전화 부스를 주시했다. 아침부터 시작한 잠복은 어느덧 땅거미가 질 때까지 이어졌다. '허탕이네, 포상금을 받으려고 허위제보를 한 건가?'라는 생각으로 잠복을 정리할 무렵, 어떤 남자가 나타났다. 그리고 남자는 공중전화 부스 앞에 쪼그려 앉았다.

경찰은 남자를 덮쳤다. 공중전화기가 놓여 있는 선반 밑을 보니, 그곳에 신용카드 크기의 비닐봉투가 테이프로 붙어 있었다. 그리고 비닐봉투 안에는 필로폰 3g이 들어 있었다. 필로폰의 1회 투약량이 성냥에 붙어 있는 발화제만큼인 0.03g이니 무려 100명이 투약할 수 있는 어마어마한 양이었다. 경찰은 남자를 필로폰 밀수, 소지 혐의로 현행범 체포했다.

피의자 이형남(가명)_ 죄명 마약류관리에관한법률위반

현행범 체포로부터 48시간. 경찰이 이형남을 붙잡아 둘 수 있는 최대 시간이었다. 이형남은 모든 혐의를 부인했다. 마약 밀수는 법정형이 무기징역 또는 5년 이상의 징역(벌금형도 규정되어 있지 않다.)인 중죄여서 이형남이 오리발을 내미는 건 어쩌면 지극히 당연했다. 경찰은 이형남이 공중전화 부스 앞에 쪼그려 앉아 선반 밑에 무언가를 붙이는 듯한 CCTV 영상을 근거로, 이형남이 정상훈의 지시를 받아 밀반입된 필로폰을 가지고 있다가 샘플을 약속 장소인 역 앞 공중전화 부스 선반 아래에 붙였다는 결론을 내렸고, 검사에게 구속영장을 신청했다.

하지만 담당검사는 구속영장 신청을 기각했다. 이유는 CCTV 영상 속 이형남이 화면 구석에 1cm 정도 크기로 매우 작게 나오고, 화질도 조악하여 그가 공중전화 부스 앞에서 어떤 행동을 했는지 분명하지 않았기 때문이었다. 다시 말해, 이형남이 선반 밑에 필로폰을 붙였다고 단정할 수 없었다. 이형남도 정상훈이 어떤 물건인지 알려 주지 않은 채 공중전화 부스에 무언가가 잘 붙어 있는지만 확인해 달라고 부탁해서, 그 앞에 쪼그려 앉아 선반 밑을 살펴봤을 뿐이라고 변명했다. 없는 살림에 확인만 하면 돈을 주겠다는데 누가 마다하겠냐고도 덧붙였다. CCTV 영상만으로는 이형남의 변명을 뒤집을 수 없었다.

뚝 검 연구관님, 이거 영상 개선 꼭 돼야 합니다! 안 그러면 이
거 처리 못 해요, 아셨죠? 부탁 좀 드리겠습니다!

이형남의 사건을 새로이 담당하게 된 나는 막막했다. 믿을 곳은 대검찰청 NDFC뿐이었다. 담당연구관에게 몇 번이나 부탁했다. 수화기 너머에서는 깊은 한숨 소리가 들려왔다. 왜 아니겠는가. 영상 개선에도 한계가 있다. 그런데 D 드라이브 사용법도 모르는 컴맹 검사가 영화에서는 우주에서 개미를 찾더라는 식으로 떠들며 무조건 해 달라고 억지를 부리고 있으니······

연구관 검사님, 저 진짜 힘들었습니다. 화면도 크게 키웠고, 화
질도 그게 최선이에요!

뚝 검 으아아아! 연구관님, 정말 감사합니다! 정말!

허공에 대고 몇 번이고 인사를 했다. 연구관의 목소리는 피곤함
에 잔뜩 찌들어 있었지만 한결 가벼운 느낌이었다. 개선된 CCTV
영상 속에는 이형남이 엄지손가락만큼이나 커져 있었고, 이형남
의 행동을 식별할 수 있을 만큼 화질도 깨끗했다. 이형남이 공중
전화 부스 앞에 쪼그려 앉아 6초가량 선반 밑에 손을 집어넣는 모
습이 선명히 보였다. 그리고 손에 쥐고 있던 무언가가 선반 아래
손을 집어넣은 뒤에는 감쪽같이 사라지는 모습도 보였다. 그가 필
로폰이 든 비닐봉투를 손에 들고 있었고, 6초의 시간 동안 선반
밑에 붙였다는 추론이 가능했다. 분명 이전 조사에서는 선반 밑을
살펴보기만 했다고 주장했으니, CCTV 영상은 이형남의 진술과도
배치됐다. 이 정도면 이형남이 자백을 하지 않을까 하는 기대가 생
겼다.

이형남 기억 안 납니다. 선반 밑에 물건이 있나 없나 보려고 손
으로 한번 훑어봤던 거 같네요. 손에 든 거요? 핸드폰이
겠죠, 뭐.

변호사를 대동한 이형남은 말을 바꾸었다. 진술이 왜 바뀌느냐며 따져 물었지만 이형남은 오래전 일이어서 그렇다고 둘러댈 뿐이었다. 답답했다. 개선 영상만 가지고는 이형남을 옭아매기 역부족이었다. 심증이 있어도, 거짓말 같아도 어떻게 하겠는가. 의심스러울 때는 피고인의 이익으로, 형사사건에서 모든 입증책임은 검사가 부담하는 것이 우리 형사법의 대원칙인 것을.

*

영화나 드라마 속 검사들은 대개 깍쟁이다. 실적이나 출세를 위해 우연히 알게 된 수사정보를 끝까지 숨겨 혼자서만 이득으로 보려고 한다거나 자신만의 수사 노하우를 쉬이 알려 주지 않고 무언가와 맞바꾸는 거래를 하려고 한다. 영화 〈양들의 침묵〉에서 FBI 수습요원인 클라리스 스탈링에게 범인에 관한 정보들을 하나씩 넘겨주면서 스탈링의 개인사를 하나씩 받아내는 한니발 렉터 박사처럼 말이다.

하지만 실상은 전혀 다르다. 검사들은 사건 검토를 하다가 풀이가 막히면 서로의 방을 드나들며 치열한 토론을 한다. 밥을 먹으면서도 사건 이야기를 한다. 직접 만나서 대화를 나누기 어려우면 내부연락망을 통해 장문의 쪽지로 의견을 모으기도 한다. 여기저기 사건 소문을 퍼뜨리다 보면 적어도 한 명쯤은 유사한 사건을 수사했던 검사가 나타난다.

그러면 당장 그 검사에게 연락을 한다. 일면식이 없는 사이더라도 어떻게 사건을 풀어 갔는지 질문을 던지면 어느 검사든지 스스럼없이 핵심이 무엇인지를 알려 주고, 그때 작성했던 자료들까지 가감 없이 보내 준다. 사공이 많아서 배가 산으로 갈까 봐 걱정하기보다는 대중의 지혜 쪽에 무게를 두고 있달까?

과학수사 화상회의가 같은 맥락이다. 대검찰청은 분기마다 전국 검찰청을 상대로 화상회의를 개최하는데, 검찰 직원이라면 누구나 참석할 수 있다. 화상회의에서는 과학수사 우수사례를 발표하고, 새로운 과학수사 기법을 공유한다. 그리고 화상회의를 마치면 회의에서 정리된 자료들이 전국에 있는 모든 검사들에게 전달된다.

수사관 검사님, 화상회의 시간입니다.

'가기 싫다⋯⋯.' 과학수사 담당검사였던 나는 자의 반의 반, 타의 나머지로 회의실로 향했다. 다른 사건도 많은데다가 이형남 마약 사건 때문에 심란하기까지 한데, 2시간 가까이 멍하니 모니터 화면을 바라보고 있어야 한다고 생각하니 갑갑했다. 한 손에는 업무일지, 다른 한 손에는 회의자료를 챙겨 자리에 앉았다. 화면에서는 우수사례로 선정된 사건을 수사한 검사가 발표를 준비하고 있었다.

범인은 병원에 입원 중이던 피해자를 칼로 찔렀다. 피해자는 그 자리에서 숨을 거뒀다. 범인은 피해자에게 돈을 갚으라고 독촉하면서 차용증을 요구했더니 흥분한 피해자가 갑자기 서랍에서 칼을 꺼내 공격을 했고, 놀란 나머지 칼을 빼앗아 피해자를 찔렀다고 주장했다. 정당방위 주장이었다.

초동수사단계에서는 칼에서 그 누구의 유전자도 나오지 않았다. 경찰에서 사건을 송치받은 담당검사는 NDFC에 재감정을 의뢰했다. 누구의 칼인지부터 밝혀야 실마리가 풀릴 것 같았기 때문이라고 했다. NDFC는 최초 유전자감정 때보다 감정 범위를 늘려 감정을 진행했다.

그 결과 칼의 손잡이 부분에서 범인과 범인의 동거녀 유전자가 다량 발견되었다. 반면에 피해자의 유전자는 검출되지 않았다. 그 칼이 범인의 집에서, 범인이 사용하던, 범인의 칼이란 사실이 그리고 범인이 처음부터 병원에 칼을 가지고 갔다는 사실이 밝혀지는 순간이었다.

담당검사의 발표가 끝나고 유전자감정을 진행한 연구관이 이어서 발표를 했다. '모든 접촉은 유전자를 남깁니다!' 인상 깊었다. 이형남 마약 사건도 유전자감정으로 풀어낼 수 있지 않을까 하는 기대가 꿈틀댔다. 흥분이 됐다. 화상회의가 끝나자마자 자리에서 벌떡 일어나 와다다다 검사실로 뛰어갔다. 검사실 문을 벌컥 열어젖히며 말했다.

뚝 검 최계장님! 유전자, 유전자 감정이요! 그 필로폰 봉투, 그
거 감정해 보죠!

최계장 검사님, 근데예. 저번 조사 때 이형남이가 공중전화 선
반 밑에 뭐 있노 하고 훑어봤다꼬 말 바꿨잖아예. 지켜
보기만 했다면 모를까 봉투에서 유전자 나와 봐야 손으
로 훑어서 나온 기라고 우기지 않을까예?

마약수사 20년 베테랑 최계장님이 내 말을 가만히 듣고는 조심
스레 말씀하셨다. 맥이 풀렸다. 유전자감정만 하면 죄다 해결된다
고 생각했는데. 정말 안 되는 걸까.

관사로 돌아와 바닥에 털썩 주저앉았다. 기운은 없었지만 배는
고파왔다. 포장김치를 꺼내고, 컵라면에 뜨거운 물을 부었다. 그
리고는 앞접시로 쓰기 위해 둥그런 뚜껑 껍데기를 반에 반으로 접
어 고깔을 만들었다. 껍데기는 물기가 묻어 잘 벌어지지 않았다.
고깔의 양쪽 가장자리를 손가락으로 누르고 입으로 후 하고 바람
을 불어 틈새를 벌렸다. 그 안에 라면을 담아 김치를 올려 후루룩
삼켰다. 잠깐만……. 젓가락을 던지다시피 내려놓고, 종이를 찾아
떠오르는 생각을 휘갈겼다.

뚝 검 최계장님, 제보자가 중간유통책이 필로폰을 소분해서
샘플을 만든댔잖아요.

최계장 그랬지예.

뚝 검 그 말이 맞으면 이형남이 소분을 했단 거고요. 그렇죠?

최계장 그렇지예, 이형남이 중간유통책이면 그랬겠지예.

뚝 검 이 비닐봉투가 손으로 비벼도 잘 안 벌어지잖아요. 잘 안 벌어지니까 이형남이 입바람을 불어넣지 않았을까요? 그러다 침도 좀 튀고?

최계장 에이, 검사님. 사람들이 다 그렇게 하지는 않는다 아입니꺼.

뚝 검 아니면 이형남이 샘플 만들다가 약 생각 나서 손가락이나 혀끝으로 찍어 먹어봤을 수도 있잖아요. 그랬으면 필로폰에 침이 묻었을 수도 있지 않을까요?

최계장 그럴 수야 있기는 한데예…….

아침부터 황당한 추론을 늘어놓는 나를 보며 최계장님은 잠시 머뭇거렸다. 마약수사를 20년 넘게 했지만, 필로폰 자체를 대상으로 유전자감정을 해 본 경우는 없었다고 했다. NDFC 담당연구관도 난감한 기색을 보였다. 필로폰에서 유전자가 검출될지는 불확실한 데다가 감정 중에 필로폰이 소실될 가능성이 있는데 괜찮냐고 되물었다. 그래도 막다른 길에서 선택할 수 있는 선택지는 하나뿐이었다.

*

　며칠 뒤 집무실에서 늦은 점심을 먹고 있는데, 최계장님이 벌컥 문을 열며 소리쳤다.

최계장 검사님! 나왔습니다!

　수사는 급물살을 탔다. 법원에서 체포영장을 발부받자마자 이형남을 찾아가 손목에 수갑을 채웠다. 이형남은 왜 체포를 당하느냐고, 변호사를 불러 달라고 따져 물었다. 그런 그에게 필로폰에서 당신의 유전자가 나왔다고 설명했다. 이형남은 고개를 떨구고는 힘없이 호송차에 올라탔다.

*

　이형남은 어렸을 적부터 마약에 손을 댔다. 마약을 전달해 주기만 해도 목돈을 벌 수 있었고, 운수 좋은 날에는 마약을 얻을 수도 있었다. 몇 번의 감옥생활을 반복한 이형남은 운명의 여인을 만났다. 사랑에 흠뻑 빠져 결혼을 했다. 반드시 마약을 끊고 새로운 삶을 살겠노라 다짐했다. 전문대에 입학해 기술도 배웠다. 그러나 교도소만 전전했던 과거 탓에 급여가 괜찮은 직장을 구하기란

하늘의 별 따기였다. 아이가 태어나면서 사정은 더 어려워졌다. 지인에게 돈을 빌려달라고 전화했다. 그러자 지인이 말했다.

지 인 형남아, 간단한 일이란다. 샘플 하나만 전달하면 된다는데, 할래?

돈 욕심이 들었다. 지인이 말한 장소에 가보니 커다란 종이봉투에 필로폰이 들어 있었다. 그것을 집에 가져와 신용카드만한 비닐봉투에 나눠 담았다. 그러다 비닐봉투가 잘 안 벌어지면 입김을 불어 넣었고, 순도를 확인하기 위해 필로폰에 혀끝을 살짝 대 보기도 했다. 더는 도망갈 곳이 없었던 이형남은 모든 사실을 털어놓았다. 그리고 부탁을 해 왔다.

이형남 검사님, 제가 갑자기 체포돼서 생활비 카드가 저한테 있습니다. 검사실에서 아내한테 전달해 줄 수 있을까요?
뚝 검 구치소 가면 절차가 마련되어 있습니다. 거기서 안내받으세요.
이형남 검사님, 정말로 죄송한데요. 검사실로 아내를 불러 주시면 안 될까요? 제가 여기서 직접 전해 주고 싶어서요. 정말 죄송합니다.

이형남의 부탁이 워낙 간곡하기도 했고, 이 정도의 부탁이라면 들어줘도 문제가 없겠다고 판단했다. 이형남의 아내에게 전화해 내일 검사실로 출석할 수 있는지 물었다. 다음 날 이형남을 소환했다.

뚝 검 특별히 부탁 들어주는 겁니다. 언행 조심하세요.

이형남과 책상을 사이에 두고 마주 앉았다. 똑똑, 노크에 이어 이형남의 등 뒤에서 문이 열렸다. 열린 문 뒤에 서 있는 그의 아내와 눈이 마주쳤다. 그런데 아뿔싸, 이형남의 아내는 품에 갓난아이를 안고 있었다. 아이는 자기 침으로 보글보글 거품을 만들다가 아빠의 뒷모습을 보았는지 꼬물꼬물 손을 뻗었다. 아, 이형남은 아이가 구치소에 오는 게 죽어도 싫었구나 그리고 보고 싶었구나.

뚝 검 잠깐만 나가 계세요!

이형남의 아내에게 다급하게 외쳤다. 이형남이 수의를 입은 채 수갑과 포승줄에 묶여 있었기 때문이었다. 대검찰청 지침에 따르면 구속 피의자라도 원칙적으로 수갑과 같은 보호장비를 해제한 상태로 조사를 해야 한다. 하지만 검사가 판단하기에 자살이나 자해, 도주, 난동의 우려가 있다면 보호장비를 풀지 않은 상태에서도 구속 피의자를 조사할 수 있다. 이형남은 마약 사범이어서 돌발행동을 할 위험성이 높았고, 명백한 증거가 확보될 때까지 거짓말로 일관했던 터라 언제든 마음을 바꿔 먹고 도주할 가능성이 있었다. 그래서 보호장비를 풀어 주지 않고 있었다.

그런데 갓난아이에게 제 아비가 꽁꽁 묶여 있는 모습을 보여 주려니 가슴이 답답했다. 돌이 되지는 않아 보였지만 아빠의 얼굴을 똘망똘망한 눈으로 바라볼 수 있는 아이인데, 아빠가 수갑과 포승줄에 옴짝달싹 못하는 모습이 잔상으로나마 무의식에 남게 되지는 않을까 하는 걱정이 들었다. 괜한 어른들의 몽니로 아이의 기억에 상처를 내면 안 되잖은가. 그렇다고 직원을 통해 이형남의 생활비 카드를 아내에게 전달해 주자니 아이가 보고 싶어 간곡한 부탁을 해 왔던 이형남이 마음에 걸렸다.

뚝 검 최계장님, 방호실하고 호송팀에 계장님 한 분씩 올려보내 달라고 해 주세요.

부랴부랴 계장님 두 분이 검사실로 달려오셨다. 출입문과 복도, 엘리베이터까지 막았다. 옷장에서 노란색 민방위 점퍼를 꺼냈다.

뚝 검 잠깐 풀어줄 테니까, 인사 잘 나누세요. 이 옷으로 갈아입으시고요.

이형남의 아내가 검사실로 들어왔다. 아이는 손을 뻗어 이형남의 볼을 만지고, 수염을 부볐다. 옹알옹알 알아들을 수 없는 말도 했다. 나는 알아들을 수 없었지만, 이형남은 그 말을 아빠라고 들었는지 그때부터 뚝뚝 눈물을 흘리기 시작했다.

뻔뻔하게 거짓말을 해대던 거짓말쟁이는 어디 가고, 다 큰 어른이 이렇게까지 아이처럼 울 수가 있구나 하는 생각이 들게끔 이형남은 통곡했다. 아내와 아이에게 계속 미안하다는 말만 반복했다. 그렇게 짧은 면회 아닌 면회를 마치고서도 이형남은 내 앞에 주저앉아 한참을 울었다. 마약을 끊기가 정말이지 힘든가 보다. 가장 소중한 걸 잃으면서까지도 손을 대는 모습을 보면 말이다. 마약사범들을 조사할 때 가끔씩 물어본다. 뭐가 그리 좋아서 마약을 못 끊느냐고. 어떤 마약사범이 말했다.

마약사범 김사님, 제가 3년을 교도소에서 성실하게 살다가 나왔어요. 매일 기도하고, 책도 보고, 타일 자격증까지 따서요. 잘 살아 보려고 용을 썼습니다. 그런데요. 교도소에서 나온 날 약쟁이 친구 놈이 마중을 나와서는, 작대기˙ 하나 있는데 줄까? 하더란 말입니다. 그때 내가 어땠는 줄 아십니까? 말만 들었는데도 온몸

˙ **작대기** 필로폰이 든 주사기를 뜻하는 은어.

에 있는 털이 화아악 곤두섭디다. 그게 마약입니다.
말만 들어도 머리가 아니라 몸이 먼저 반응하는 거.
저도 죽고 싶습니다.

마약사건을 처리할 때면 나도 무언가에 중독되어 살고 있지는
않나 넌지시 자문한다. 화학물질은 아니지만 우월감이라거나 선
민의식 따위에 젖어 살고 있지는 않을까. 고등학생 때 성적이 좋다
는 이유만으로 다른 학생들보다 점심 식사를 일찍 해도, 성적우수
자들만 주는 특별 간식을 먹어도 문제 의식을 가지지 못했다. 대
체 수능 평균 등급이 5등급인 이유를 모르겠다는 건방진 생각을
하기도 했다.

그저 사회가 채워준 모범생이라는 완장 덕에 대우를 받으며 살
다가 단지 운이 좋아 검사가 되었고, 젊은 나이에 여러 가지 권한
을 손아귀에 쥐다 보니 나조차 모르게 우쭐거리는 마음이 생기지
는 않았을까. 그런 우월감에 빠져 나도 소중한 인연들을 참 많이
도 잃었겠구나. 이형남이 떠오른 오늘 그 인연들이 그립다.

슬기로운 검사생활

우리의 —————————————
마지막 —————————————

변사는 사인이 불분명한 죽음을 말한다. 경찰은 변사의 의심이 있는 사체가 발견되면 현장에 출동하여 사체와 현장을 조사하고, 검안의의 의견을 기초로 사인을 추정한다. 필요한 때에는 최초 발견자나 유족의 진술을 듣고서 진술조서의 형식으로 진술을 정리한다. 그리고 사체 및 현장 사진, 참고인 진술, 검안의가 작성한 검안의견서 등을 한데 묶어 검사에게 송부한다. 검사는 변사 사건기록을 검토한 다음 부검을 진행할지, 사체를 어떻게 처리할지를 결정한다.

검사가 직접 사체와 현장을 확인하는 때도 있다. 이를 직접검시라고 한다. 혹자는 의학적 지식이 부족한 검사가 무슨 검시냐고 되물을 수도 있다. 하지만 검시 과정에서 의사와 검사의 관심사는 다르다. 의사가 의학적으로 명확한 사인을 밝히는 데 집중한다면, 검사는 사체의 형태와 현장의 모습, 유사 사건들을 연결하여 그 죽음에 범죄의 의심이 없는지를 살핀다.

예컨대, 세간을 떠들썩하게 했던 일명 지존파 사건은 중년 부부가 산길에서 운전을 하다가 낭떠러지로 추락해 사망한 단순 변사 사건으로 마무리될 뻔했다. 하지만 당시 담당검사가 사체의 형태와 사고 현장의 모습이 부자연스럽다는 이유로 수사를 진행하면서 지존파의 전모가 세상에 밝혀졌다. 직접검시를 나가서 죽은 아이의 사타구니에 든 새파란 멍을 보고 범죄를 의심해 친부를 구속했던 동기 검사의 이야기도 있다. 이처럼 직접검시를 통해 자칫 묻힐 뻔한 사건이 수면 위로 떠오르는 경우가 제법 많다.

변사사건의 상당수는 자살이다. 그들의 죽음을 마주하면 먹먹하다. 거기다 종이에, 휴대전화에 남겨진 유서가 더해지면 울컥하는 마음까지 든다. 생의 마지막 언저리에서 가장 떠올랐을 사람에게 남기는 유서는 그들의 심정을 구구절절하게 담고 있어 내 마음에도 잔상을 크게 남기기 때문이다.

＊

윤 모 여인은 이혼을 하고 홀로 9살 아들을 키웠다. 남편은 매일 매일 택배를 나르면서 안간힘을 썼지만, 어려운 경기에 양육비를 제때 주기가 힘들었다. 그녀는 작은 마트에서 계산원으로 일했는데 돈을 벌면서 육아까지 병행하기란 여간 어려운 일이 아니었다. 한 발자국도 앞으로 나아가지 못하고 뒤처지기만 하는 주변 상황은 결국 그녀를 우울증으로 내몰았다. 폭음을 하는 날이 늘어났고, 그때마다 남편에게 더는 살고 싶지 않다고 연락했다. 남편은 덜컥 겁이 나 새벽에도 그녀를 찾아왔다. 하지만 반복되는 소동은 그녀를 양치기 소년으로 만들었다.

그날 그녀는 소주 2병을 연거푸 마시고, 그녀의 차 운전석에 앉았다. 남편에게 '난 이만 떠나, 우리 아들 잘 부탁해.'라는 문자메시지를 남겼다. 번개탄을 피우고, 수면제를 먹었다. 그리고 잠이 들었다. 다음 날 아침, 119신고를 받은 구급대원들이 부리나케 달려와 차문을 부쉈다. 매캐한 연기 틈에서 그녀를 꺼냈지만, 그녀의 숨은 이미 끊어져 있었다. 여기까지는 여느 죽음들과 비슷한 모습이었다. 그러나 기록의 다음 장을 넘기고서 한참을 가만히 있을 수밖에 없었다.

아 들 아저씨! 우리 엄마가 차 안에 있는데 이상해요!

아들은 마른기침을 하며 눈을 떴다. 옆자리에는 엄마가 없었고, 소반에 쌀밥과 달걀 프라이, 구운 햄과 식은 된장국이 놓여 있었다. 엄마는 불러도 대답이 없었다. 아들은 제 발보다 커다란 슬리퍼를 질질 끌며 엄마가 항상 주차를 하는 골목으로 달려갔다. 그곳에서 마주한 엄마는 입에 흰 거품을 문 채로 기이한 보라색 얼굴을 하고 있었다. 아들은 학교에서 배운 대로 119에 신고를 했다. 바로 구급대원들이 도착했다. 구급대원들이 엄마를 차 밖으로 꺼내도, 엄마는 앉아 있던 자세 그대로 빳빳이 굳은 채 도통 움직이질 않았다. 겨우 9살 꼬마가 스스로 목숨을 끊은 엄마의 마지막을 고스란히 눈에 담았던 것이다.

그 꼬마에게 엄마에 대한 마지막 기억은 어떻게 남을지, 마지막 기억의 조각이 심장에 박혀 그 상처가 아물기는 할지 가늠할 수가 없었다. 세상에 슬프지 않은 죽음이 어디 있겠냐만, 나의 죽음이 나의 사람들을 더욱 슬프게 하지 않는 마지막이어야 하지 않을까? 너무 힘겨워서 헤쳐나갈 힘조차 없을 때에도 내 등을 떠받치고 있는 그 누군가가 스스로 생을 버린 나의 마지막을 본다면 그이의 세상도 무너질 테니.

*

실무관 검사님, 변사사건 있네요.

실무관님이 긴급이라는 글씨가 적힌 빨간색 결재판을 책상 위에 올려 주었다. 후덥한 공기에 매미들이 쌔애앵 하고 울던 그 여름날 잊지 못할 변사사건을 만났다. 강변에서 어느 남성의 사체가 떠올랐다. 사체는 물길을 따라 내려오다가 하굿둑 근처에 이르러 물살이 잔잔해지자 수풀에 걸렸고, 주위에서 물고기를 잡던 어부에게 발견되었다. 낚시나 물놀이를 하다가 실족을 했을 수도, 홀로 극단적인 선택을 했을 수도 있었다. 그리고 누군가에게 살해당한 뒤 강물에 버려졌을 수도 있었다. 강변에 사체가 떠오르는 일이 결코 흔한 일은 아니거니와 범죄와 무관하다고 단정 지을 수도 없어 직접검시를 나가기로 했다.

뚝 검 계장님, 직접검시 나갈 준비해 주세요!

관용차를 타고서 사체가 있는 병원 영안실로 향했다. 병원에 가까워지니 그때부터 후욱 긴장이 되었다. 심장이 귀에서 뛰었다. 고백하건대, 나는 그때까지 부패한 시신을, 그것도 익사체를 한 번도 본 적이 없었다. 게다가 부패한 사체 냄새는 상상 초월이어서 1초도 견딜 수 없다거나 익사체와 눈이 마주치면 물귀신처럼 평생 쫓아다닌다는 낭설을 워낙 많이 주워들었던 터라 심장은 귀를 넘어 눈앞에서 쿵쾅댔다. 하지만 이제 와서 검시를 무르겠다고 할 수도 없지 않은가. 호기롭게 직접검시를 가겠다고 결심한 1시간 전의 내가 원망스러웠다. 긴장감에 점점 일그러지는 얼굴 근육을 애써 부여잡고서 라텍스 장갑을 끼고, 마스크를 착용했다. 그리고 조심스럽게 영안실로 들어갔다.

장의사가 냉장고 문을 열고 투명한 비닐봉투를 꺼냈다. 그리고는 능숙하게 커다란 비닐봉투를 묶고 있는 끈을 칼로 끊어 냈다. 스르륵 비닐봉투가 열리며 사체가 모습을 드러냈다. 분명히 물 안에 잠겨 있었다고 했는데 시신은 불에 탄 듯이 까맣게 변해 있었다. 얼굴과 몸은 풍선처럼 부풀어 있었고, 머리카락은 물에 젖어 축 늘어져 있었다. 쿨럭쿨럭, 뒤에 서 있던 담당경찰관과 장례식장 직원이 기침을 했다. 세상에, 도대체 이게 무슨 냄새야! 아찔한 악취를 참으려고 이를 악다문 채 입으로 숨을 쉬었다.

우선 사체의 머리를 눌러 보며 함몰 부위가 있는지 혹은 상처가 있는지 찾아보았다. 손과 발, 겨드랑이와 사타구니도 꼼꼼하게 살펴보았다. 장의사의 도움을 받아 사체를 뒤집어 보기도 했다. 흙이 남아 있는 부분을 손으로 닦아 내면서까지 확인을 했지만 공격을 당했다고 볼 만한 상처는 없었다. 하지만 여전히 사인도, 신원도 알 수 없었고, 누군가가 독극물을 먹여서 살해했을 가능성 또한 남아 있었으므로 담당경찰관으로 하여금 부검영장을 신청하고, 치과치료 내역이나 실종신고 내역을 검토하여 신원을 확인하도록 지휘했다.

돌아오는 내내 온몸에서 고약한 냄새가 나는 듯했다. 사무실에 돌아오자마자 모든 창문을 열어젖히고, 윗옷을 팡팡 털었다. 손을 몇 번이나 박박 문질러 씻었는지 모른다. 그것도 모자라서 퇴근하자마자 입었던 옷을 죄다 세탁소에 맡기고, 사우나에 한참을 앉아 있었다. 그럼에도 잠자리에 누워서까지 그 냄새가 나는 것만 같았다. 계속 사체의 얼굴이 떠올랐다.

*

신원 불상_ 고도 부패로 인하여 사인 불명

며칠 뒤 사체의 이름도, 사인도 알 수 없다는 회신을 받았다. 나는 시신을 거두어 갈 사람이 없으니 행정처리를 하라는 취지로 경찰을 지휘했다. 이제 한 줌의 재가 되어 관공서 어딘가에 보관되다가 세상에 흩뿌려지겠지. 내가 누군가의 아들, 남편, 아빠일 수도 있는 그의 이름을, 그리고 사인을 찾지 못해서 그들의 기다림이 영원의 시간으로 늘어나지는 않았을까. 생각의 끝이 여기에 이르니 악취가 난다면서 호들갑을 떨었던 나의 모습이 고인에게 무례했다는 생각이 들었다.

인상적이었던 그 여름날의 직접검시는 검시에 대한 마음가짐을 하나부터 열까지 고쳐 주었다. 나는 누군가의 마지막을 함께해 주는 유일한 사람일 수 있겠구나, 억울한 일을 당한 고인에게는 마지막 지푸라기 같은 사람이겠구나, 유족에게는 고인을 마지막으로 눈에 담은 사람일 수 있겠구나 하는 마음가짐으로. 그래서 지금은 긴장한다거나 불쾌하다거나 무서운 마음이 아니라 경건한 마음으로 직접검시에 나서려고 노력한다. 물론 그 형언할 수 없는 냄새에 적응하기는 아직도 힘들다.

그해,
4월

어스름한 새벽녘 휴대전화가 연신 진동음을 울려댔다. 당직검사였다. 감기는 눈꺼풀을 겨우 들어 올리며 전화를 받았다.

당직검사 선배님! 강력사건입니다. 어서 청으로 오세요!

강력사건? 당직검사의 목소리가 분주했다. 강력사건을 전담하는 내게 연락한 것을 보니 작은 사건은 아닌 모양이었다. 손으로 대충 머리를 빗어 넘기고, 부랴부랴 옷을 걸쳐 입었다. 달리고 달렸다. 그리고는 턱까지 차오르는 숨을 간신히 참으며 김계장님에게 전화를 했다.

뚝 검 김계장님, 뚝 검삽니다! 아파트 공용출입구 앞에서 어
떤 남자가 사람들을 공격했다고 합니다! 바로 준비해서
현장 가겠습니다. 청에서 뵙겠습니다!

*

아수라장이었다. 방송국 중계차들이 주차장을 가득 메우고 있
었다. 소방관들이 소방호스를 들고 아파트 단지를 뛰어다녔고, 경
찰관들이 아파트 한 동을 빙 둘러싸고 있었다. 사람들은 겁에 질
린 표정이었다. 어떤 아이는 잠옷 차림에 슬리퍼만 신고 나온 남자
에게 안겨 울고 있었고, 다리가 풀린 듯 맨발로 땅바닥에 주저앉
아 있는 여자도 있었다. 허공에는 새카만 연기가 휘날렸다. 매캐
한 냄새가 코를 찔렀다. 그 냄새 사이사이에 비릿한 냄새가 섞여
있었다.

뚝 검 뚝 검사입니다. 현장 확인하러 왔습니다.

아파트 안으로 들어섰다. 엘리베이터에 올랐다. 엘리베이터에서
는 알코올 냄새가 진동했고, 그 사이사이에서도 비릿한 냄새가 올
라왔다. 알코올로 무언가를 닦은 듯했다. 불길은 잡혔지만 연기가
자욱했다. 최초발화점이라는 그 집은 열기로 그득했다. 폭압에 터

진 유리 조각과 뜯겨 나간 현관문이 처참했다. 현장이 정리되면 자세히 둘러보기로 하고, 분주한 현장을 피해 계단실 문을 열었다.

계단을 따라 한 층을 내려갔다. 나는 아직도 그때 눈앞에 펼쳐졌던 광경을 잊을 수 없다. 선혈이 소방호스가 내뿜은 물에 섞여 계단을 타고 흘러내렸다. 하얀 벽면에는 피 묻은 손자국이 잔뜩 찍혀 있었다. 손자국 하나하나가 살려 달라고 외치는 것만 같았다. 계단 한편 주인 잃은 신발이 덩그러니 버려져 있었다. 그제야 알았다. 단순한 강력사건이 아니었다. 대형 참사였다.

2019년 4월 17일 안인득 방화살인사건 발생

검사의 삶에는 잊히지 않는 사건이 하나쯤은 있다고 한다. 이 사건이 나에게는 그렇다. 사건의 구체적인 내용은 이미 언론에서 여러 차례 다뤄졌거니와 하나의 에피소드로 가벼이 여길 수 있는 사건이 결코 아니기에 사건에 대한 구체적인 언급은 하지 않고자 한다. 피해자와 유족들은 여전히 끔찍했던 그 날 새벽을 살고 있으므로. 다만 이 사건이 발생했을 때부터 대법원의 선고가 있었을 때까지, 검사로서 수사와 공판을 전부 담당하며 느꼈던 짤막한 단상들을 적으려 한다. 다시 한번, 유명을 달리한 피해자들의 명복을 빈다.

*

헐레벌떡 친구들이 달려왔다. 차로 3시간을 운전해 왔으면서 숨도 돌리지 않고 나에게 괜찮냐고 물었다. 희미하게 입꼬리를 올리며 고개를 끄덕이는 나를 보고는 이 정도면 괜찮겠다 싶었는지, 친구들은 옷장에서 내 점퍼를 꺼내 들었다. 그리고 나를 끌어다가 차 안에 구겨 넣고는 오는 길에 찾아봤다며 방파제로 향했다. 친구들은 등대 불빛만 깜빡이는 방파제 한가운데 차를 세우더니 능숙한 솜씨로 캠핑 의자를 펼쳤다. 화로 옆에는 장작을 쌓아 올렸다. 나는 눈을 감고, 불꽃이 타닥대며 나무를 태우는 소리에 귀를 기울였다.

인 원   그래도 괜찮아 보여서 다행이다. 네가 그렇게 풀 죽은 목소리는 대학교 떨어졌을 때 듣고, 처음인 것 같아. 안 그러냐, 재우야?

재 우   그래, 너하고 통화하고 걱정이 돼서 잘 수가 있어야지. 우리는 네가 기뻐할 줄 알았어. 그리고 후련해할 줄 알았고.

그날은 안인득에 대한 1심 선고가 있던 날이었다.

*

1심 재판은 국민참여재판으로 진행됐다. 10명의 배심원이 사흘 연속 법정에 출석하는 수고를 마다하지 않고, 검사와 변호인의 치열한 공방을 예리한 눈으로 지켜봤다. 배심원들은 2시간 넘는 평의를 거쳐 재판부에 그 결과를 전달했다. 재판부도 고심이 깊었는지 꽤 오래도록 선고 시간을 잡지 않았다. 초조한 시간이 이어지고, 재판부가 법대에 섰다.

재판장 ……이번 범행으로 인하여 5명의 피해자가 안타깝게 사망하였고, 4명의 살인미수 피해자를 포함한 17명의 피해자들이 상해를 입었습니다. 살인 및 살인미수 피해자들은 모두 여성이나 노약자와 같이 범행에 취약한 사람들이었습니다. 피고인은 위와 같이 참혹한 범행을 저질렀음에도 자신의 범행에 대하여 진지한 참회를 하고 있다고 보기 어렵고, 재범의 위험성도 매우 커 보입니다. 사건의 경위를 살펴보면서, 이러한 비극이 일어나지 않도록 막을 수 있었던 것이 아닐까 하는 생각을 떨쳐 내기 어려워 참담함을 느낍니다. 비록 이러한 비극이 일어난 것에 대하여 우리 사회에도 책임이 없다고 할 수 없으나 이러한 사정이 잔혹하고 중대한 범행을 저지른 피고인의 책임을 경감시키는 사유가 될 수는 없습니다.

……피고인에 대한 여러 양형의 조건들과 죄형의 균형, 범죄의 일반예방적 견지 그리고 일반 국민들의 건전한 상식과 경험을 대변하는 배심원 다수의 의견 등을 종합하여 볼 때, 피고인에게 법정 최고형을 선고함이 마땅하다고 판단됩니다. 이상과 같은 이유로 주문과 같이 선고합니다. 피고인 안인득. 사형.

*

뚝　검 얘들아. 나 지금 재판 끝나고 집에 가. 운전 중이야.

인　원 고생 많았어. 몇 달 동안 정말 고생 많았어. 축하한다.

재　우 그래, 잠도 편히 못 자고. 그래도 네가 원하던 결과 나왔고, 사건도 잘 처리했으니까 마음 편히 먹어.

뚝　검 응……. 고마워…….

인　원 뭐야, 너 왜 풀이 죽었어. 왜 그래?

뚝　검 얘들아. 나 왜 이렇게 답답하지?

*

밤이 어두웠다. 방파제에 부서지는 흰 파도만 흐릿하게 보였다.

재　우　왜 답답해? 우울한 거야? 네가 바라는 대로 다 됐는데
　　　　 왜 그러는 거야.

뚝　검　난 이 사건을 수사할 때, 사형 말고는 답이 없다고 생각
　　　　 했거든. 변호인이 심신미약을 주장할 테고, 그걸 깨뜨려
　　　　 야 사형이 선고될 테니까, 증거란 증거는 죄다 긁어모았
　　　　 어. 불에 탄 그 사람네 집, 재 구덩이 속에서, 유리 파편
　　　　 에 손을 베여 가면서 그 사람이 범행 전날 경륜 도박한
　　　　 마권도 찾고…….

인　원　그래서 심신미약 인정 안 됐잖아. 네가 구형한 대로 사
　　　　 형선고 됐잖아.

뚝　검　그러게. 그 사람이 세상에 남긴 모든 흔적을 다 뒤져서
　　　　 멀쩡한 상태로 범행을 저질렀다고 주장했고, 심신미약
　　　　 이 인정되지 않았고, 오늘 사형선고까지 됐어. 원하던
　　　　 대로 됐으니까 기뻐야 하는데, 속이 시원해야 하는데,
　　　　 나 왜 답답하지? 혼란스럽다.

인원은 모닥불에 장작을 올렸다. 마른 장작에는 금세 불이 붙었
고, 불꽃은 하늘로 피어올랐다.

인　원　나는 네가 마냥 후련할 거라고 생각했는데 그렇지 않아
　　　　 서 놀랐고, 지금도 당황하고 있는 중이야. 그런데 검사

도 사람이구나, 우리하고 똑같은 사람이구나 하는 생각
이 든다.

뚝 검 ……무슨 말이야?

인 원 〈다크나이트〉 영화 기억나? 조커가 두 배에 타고 있는
사람들한테 폭탄 스위치를 주는 장면. 스위치를 누르면
다른 배에 있는 폭탄이 터지고, 안 누르면 우리 배에 있
는 폭탄이 터지고.

뚝 검 음?

인 원 거기서 사람들은 스위치를 들고 있는 사람한테, 막 누르
라고 소리치다가 막상 자기 손에 스위치가 오면 누르지
를 못해. 그게 인간인가 봐. 양심 있는 인간이라면 다른
사람을 어떻게 죽게 하겠어?

재 우 맞아. 우리 가끔 낚시 다니잖아. 낚시 나갈 때는 우럭매
운탕을 끓이겠네, 다금바리 회를 뜨겠네, 큰소리치지만
결국엔 물고기를 잡아도 죽이질 못해서 다 놔주잖아.
작은 물고기도 그런데 하물며 사람을……. 그런데 지금
네 손에 스위치가 쥐어진 거야. 네가 누르기만 하면 그
살인자가 죽는.

인 원 당연히 답답하고, 혼란스럽고 그래서 힘들 수밖에 없지.
네가 인간이니까. 나 조금 전까지만 해도 너한테 축하한
다고 말했어. 악인이 벌을 받으면 통쾌하고 속 시원한 일

이지. 그런데……. 사람을 죽인 악인이니까 죽어야만 죗값을 치를 수 있는데, 만약 그 악인을 내가 죽여야 하는 거라면 그때도 난 통쾌하고 시원한 마음일까?

*

사형제도에 대한 찬반이 뜨겁다. 우리나라는 1997년 12월을 마지막으로 지금까지 사형집행을 하지 않고 있어, 실질적 사형폐지국으로 분류된다. 그러나 여전히 형법 제41조는 형의 종류로서 사형을 규정하고 있다.

찬성론자들은 사형제도가 가지는 응보의 관점에 주목한다. 눈에는 눈, 이에는 이라는 말처럼 타인의 생명이나 신체를 중대하게 침해했다면 마땅히 그 사람의 생명도 거두어야 한다는 논리다. 또한 사형제도가 흉악범죄의 발생을 억지하는 효과가 있다는 점도 주요 논거로 든다. 반면 반대론자들은 사형제도가 범죄억지력이 없다고 주장한다. 사형제도가 없는 국가들의 범죄율이 사형제도가 있는 국가들보다 낮은 이유를 되묻는다. 또한 오심 가능성을 중요한 논거로 제시한다. 억울한 누명을 쓴 사람이 사형을 당하면 나중에 진범이 밝혀지더라도, 그 피해를 다시는 회복할 수가 없다는 것이다.

잔인한 범죄 현장을 적지 않게 마주했던 나는 찬성론자였다. 사형선고는 잔혹하게 생명을 잃은 피해자에 대한 마지막 예우라고 생각했다. 허망하게 가족을 잃은 유족들을 무력감과 상실감에서 해방시켜 주는 유일한 방법이라고도 생각했다.

하지만 막상 사형을 구형하고 사형선고를 받아 보니, 확신이 흔들렸다. 악인이 엄중한 처벌을 받아야 한다는 데는 이견이 없지만 사형을 집행하는 과정에서 생겨날 딜레마가 마음에 걸렸다. 나의 답답함은 이미 그 딜레마의 늪에 발을 담갔기 때문이었다.

악인을 수사한 경찰. 사형을 선고한 판사. 그를 형장으로 데려가 목에 포승줄을 거는 교도관. 사형을 구형하고, 사형을 집행하라며 형집행장에 서명하는 검사까지. 모두 자신의 손에 쥐어진 스위치를 든 채 딜레마에 빠지게 되지는 않을까. 스위치를 눌러 사람을 죽였다는 자책과 공포에 영원히 시달리게 되지는 않을까.

*

그날 재우가 말했다.

재　우　고맙다. 내가 댓글로는 그 사람, 죽일 놈이라고, 사형시키라고 했었거든. 그런데 막상 내 말 한마디가 스위치가 돼서 한 사람의 생이 진짜 끝나는 거라면 내가 그 말을 할 수 있었을까? 네가 그 역할을 하고 있다니 짠하기도 하고, 고맙기도 하고 그렇다.

뚝 검 고맙긴, 그냥 이게 내 일이니까 해야지. 잘 해내야지.

하얀 입김이 나올 만큼 밤은 차가웠다. 시린 기온만큼 별빛은 반짝였다. 모닥불에 이유 모를 답답함도 다 타버리길 바라며 장작 하나를 더 올렸다.

*

어린 학생들을 상대로 강연을 할 기회가 종종 있다. 학생들과 법에 관한 이야기를 나누다 보면, 마냥 아이로만 보였던 학생들의 생각이 바다만큼 넓고 깊어 놀라곤 한다. 작은 시골 고등학교에서 강연을 했다. 학생 수는 적었지만 한 명 한 명의 눈빛이 초롱초롱 빛났다.

전날까지 어떤 주제로 이야기를 나눌까 고민하다가 우리 사회의 뜨거운 감자인 심신미약 감경에 대한 학생들의 생각을 듣고 싶었다. 준비해 온 영상을 하나 틀었다. 선의 결정체 지킬과 악의 화신 하이드의 충돌을 그린 뮤지컬 〈지킬 앤 하이드〉.

뚝 검 여러분, 지킬은 하이드의 인격이 나타났을 때 여러 건의 살인을 저질렀습니다. 지킬에게 살인죄의 책임을 물을 수 있을까요?

학생들은 대부분 지킬에게 책임을 물어야 한다고 했다. 지킬과 하이드는 엄연히 같은 사람이고, 하이드는 범죄를 저지를 때 정확히 누구를 죽이는지 알고 있었다는 이유였다. 원작에서는 지킬이 하이드에게 유산을 남기기까지 했으니, 지킬은 하이드가 곧 자신이라는 사실을 알고 있었다는 점을 근거로 대는 학생도 있었다.

학생들에게 다음 영상을 보여 줬다. 영화 〈말아톤〉. 평소 동물 다큐멘터리를 즐겨 보는 자폐증 환자 초원이가 얼룩말 무늬 치마를 입은 여성의 엉덩이를 만지는 장면.

뚝　검 여러분, 초원이를 강제추행죄로 처벌해야 할까요?

학생들은 망설임이 없었다. 책임을 물어선 안 된다고 했다. 자신의 행동이 잘못된 행동인지 인식하지 못하는 사람을 처벌할 수는 없다고 했다.

뚝　검 지킬도 하이드의 인격이 무슨 짓을 하는지 전혀 몰랐습니다. 같은 논리라면 지킬도 하이드가 살인을 저지를 때에는 그걸 전혀 인식하지 못했는데, 책임을 묻는 게 맞을까요?

일일 교사의 괴상한 질문에 학생들은 술렁였다. 둘은 분명 차이

가 있는데, 어떤 차이인지 말로 표현하기 어려워하는 눈치였다. 학
생들의 어리둥절한 표정 사이로 한 학생이 슬며시 손을 들었다.

학　생　검사님, 그런데 지킬은 스스로에게 약을 주사하지 않았
　　　　나요?
뚝　검　맞습니다. 그 부분이 다릅니다. 지킬은 이미 동물실험
　　　　을 통해서 그 약물에 어떤 위험이 있는지 알았습니다.
　　　　그런데 스스로 본인에게 약물을 주사해서 하이드라는
　　　　인격을 만들어 냈어요. 그런데 초원이는 다릅니다. 세상
　　　　에 아프고 싶어서 아픈 사람은 없습니다. 초원이의 범행
　　　　은 자초한 일이 아니죠.

*

안인득은 2심에서 심신미약을 인정받았고, 무기징역으로 감형
되었다. 그가 2008년경 심신미약이 인정되어 감경을 받았던 전력
과 그를 두 달 동안 관찰한 의사의 심신미약 감정이 주요한 역할
을 했다.

뚝　검　안인득은 범행도구를 미리 준비했고, 노약자만 선별해
　　　　공격했습니다. 범행 전날에도 셈이 복잡한 경륜 도박을

즐겼고, 성매매까지 했습니다. 이러한 점을 종합하면, 안인득은 범행 당시 사리분별능력이 있었다고 보아야 합니다.

이렇게 주장했지만, 법원을 설득하기는 부족했다. 심신미약 감경제도는 우리 형사법의 대원칙, 자신의 행동에 책임을 질 수 있는 자에게만 형벌을 부과할 수 있다는 책임주의 원칙에 따라 분명 존재할 필요가 있다. 초원이는 자폐라는 정신장애로 인해, 여성의 신체를 만진 행위에 책임을 질 능력이 없으므로 형사처벌을 받지 않는다. 초원이를 처벌해선 안 된다고 생각한 아이들처럼 많은 사람들이 이 부분은 인정한다.

다만 우리는 때때로 법이 왜 심신미약을 이유로 죄의 무게를 가볍게 측량하는지 이해할 수 없을 때가 있다. 인면수심의 범죄를 저질렀음에도 술에 취해 범행을 기억 못 한다는 이유로 징역 12년만을 선고받은 조두순 사건. 여성이 오기만 기다리다 마침 화장실에 들어온 여성을 잔혹하게 살해하고도 징역 30년을 선고받은 강남역 살인사건. 흉악한 범죄를 저지르고도 심신미약을 방패 삼아 죗값을 가볍게 치르려는 사례들을 목격할 때, 우리는 분노하게 되는 것 아닐까.

소수의 악인이 심신미약 감경제도를 악용할 위험이 있다고 해서 이 제도 자체를 없앨 수는 없다. 벼룩을 잡겠다고 초가삼간을 태울 수는 없으니까. 나는 검사로서 지킬은 죄의 무게만큼 죗값을 치르게 하고, 초원이는 억울한 죄의 무게를 짊어지지 않도록 판가름하여 법정에 세워야 한다. 그것만이 초가삼간을 지켜내며 벼룩을 잡기 위해 검사가 할 수 있는 일이고, 오로지 검사만이 할 수 있는 일이다.

나는 그해 4월 그가 새카만 연기 속에서 칼을 집어 든 순간 지킬이었고, 그 무게만큼의 죗값을 치러야 한다 생각했고 믿었다. 하지만 2심 법원이 그에게 무기징역을 선고한 날, 내가 그를 지킬로 법정에 세운 것은 잘못이었을까, 그는 정말 초원이였을까 아니면 지킬이었으나 내가 입증해 내지 못했을 뿐일까 하는 생각의 편린들이 머릿속에 복잡하게 얽혀 갔다.

뻔뻔한 손님

야심 차게 시작한 사업이었다. 세상에서 가장 맛있는 짬뽕을 만들어 보겠다는 마음으로 제법 이름이 난 식당들을 모조리 돌아다니며 주방일을 돕고, 어깨너머로 기술을 배웠다. 장사는 장소가 중요하다는 말에 차곡차곡 모은 돈에 대출금을 얹어 번화가에 식당을 열었다. 거의 10년 만이었다. 처음에는 손님들이 북적였다. 점심시간 무렵이면 대기줄이 길게 늘어져 이웃 식당 사장님이 불만을 토로할 정도였다.

그런데 운 없는 놈은 뒤로 넘어져도 코가 깨진다고 했던가. 개업한 지 3개월 만에 코로나19가 터졌다. 그릇째 들고 국물 시원하다 소리를 내며 짬뽕을 먹던 손님들이 신기루처럼 사라졌다. 그래도 불행 중 다행으로 배달 손님들이 조금씩 늘어 근근이 식당을 유지할 수 있었다. 반토막 난 매출 탓에 배달 어플을 사용하기가 부담스러웠지만 시대의 흐름이려니 하는 마음으로 배달 어플에 가입도 했다.

띵동— 주문—. 꾸벅꾸벅 졸던 진호민(가명)은 배달 주문 알림 소리에 눈을 떴다. 어떻게든 버텨 보려고 새벽까지 혼자 남아 장사를 하기로 한 지 반년째. 새벽의 출출함을 잊게 해 줄 야식이나 소주 한 잔에 곁들일 안주로 짬뽕을 찾는 손님들이 꽤 있어서 고단했지만 새벽 장사를 포기할 수는 없었다. ○○호텔 802호, 차돌박이 짬뽕 1그릇, 해물볶음밥 1그릇, 탕수육 1그릇, 군만두 1그릇. 새벽 주문 치고 많은 음식 주문에 진호민은 신이 났다. 머리에 두건을 두르고, 웍을 달궜다. 그렇게 음식을 배달기사에게 건네주고 쉬고 있는데 배달 어플 고객센터에서 전화가 걸려 왔다.

상담사 안녕하세요. ○○반점인가요? 배달 어플 고객센터 상담사입니다. 방금 ○○호텔 802호에 음식 배달하셨죠? 짬뽕에서 머리카락이 나왔다는 컴플레인이 있었어요. 무조건 환불받겠다고 합니다.

그럴 리가 없었다. 기름때 하나 없는 주방을 만들려고 마감 때마다 공을 들여 청소를 했고, 전문업체에 매달 식당 청소를 맡기고 있었다. 음식을 할 때는 머리에 두건을 꽁꽁 싸맸다. 그런데 머리카락이라니, 정말 그럴 리가 없었다. 하지만 설마 내 머리카락이면 어쩌지? 하는 걱정이 마음 한 곳에서 새어 나왔다. 내 머리카락이 아니어도 그 손님이 머리카락이 들어 있는 짬뽕을 촬영해 리뷰에 올리고 별점 테러를 한다면? 꼼짝없이 음식에서 머리카락이 나오는 불결한 식당이 될 수밖에 없었다. 배달 손님 덕분에 겨우 식당을 유지하고 있는 지금 이물질이 들어간 짬뽕 사진은 폐업 선고와 다름없었다. 음식에서 이물질이 나왔다는 리뷰를 보고 음식을 주문할 사람은 없었다. 진호민은 한숨을 푹 내쉬고 상담사에게 말했다.

진호민 전부 환불해 드릴 테니, 손님 계좌번호만 알려 주세요.

그날 아침, 쪽잠을 자고 일어난 진호민은 눈을 비비며 음식 재료를 다듬기 시작했다. 아내에게 전화가 걸려왔다. 전기세와 수도요금이 밀렸으니 어서 납부하라는 전화. 진호민은 양파를 썰다가 아내의 독촉에 휴대전화를 꺼내 들었다. 은행 어플에 납부 계좌번호를 입력하고 금액을 적었다. 그런데 갑자기 화면에 잔액이 부족하다는 빨간 글씨가 나타났다. 고장이 났나 싶은 마음에 다시 버튼을 눌렀지만 그 문구가 또 나타났다. 잔액 0원. 얼굴이 달아올랐다. 누가 계좌를 해킹했나 싶은 생각에 손이 떨렸다. 은행에 전화했다. 계좌가 해킹을 당했다는 진호민의 말에 은행직원은 컴퓨터를 몇 번 두드려 보더니 심드렁하게 대답했다.

은행원 어제 고객님께서 황선우(가명) 씨 계좌로 17,614,523원
전액을 송금하신 것으로 확인되는데 기억 안 나세요?
오늘 새벽 12시 42분에 송금됐습니다.

황선우, 황선우? 황선우! 어제 짬뽕에서 머리카락이 나왔다면서 음식값을 환불받은 손님이 사용한 계좌였다. 기억이 떠오른 진호민은 두 손으로 머리를 쥐어뜯었다. 피로 때문에 정신이 없었던 탓인지 은행 어플에 금액을 적으면서 5만 원 단축 버튼을 누르려다 그만 전액송금 버튼을 잘못 누른 것이었다. 5만 원을 보내려다가 1,800만 원 가까운 돈을 보내다니……. 진호민은 배달 어플 고객센터에서 겨우 얻은 안심번호로 손님에게 여러 번 전화를 했다. 손님은 전화를 받지 않았다. 바빠서 못 받고 있을 뿐이라며 스스로를 진정시켰지만 불안했다. 손님에게 메시지를 남기고, 몇 번이고 더 전화를 했지만 손님은 아무런 연락도 받지 않았다.

손님, ○○반점 사장입니다.
환불해 드리다가 실수로 전액송금 버튼을 잘못 눌렀습니다.
1,800만 원 가까운 돈이 송금됐어요. 전 재산입니다.
이 메시지 보시면 꼭 돈 돌려주세요. 죄송합니다.

초조하게 대답을 기다렸다. 사흘이 지나고 나흘이 지났다. 며칠 동안 뜬눈으로 밤을 지새웠다. 여전히 손님에게는 아무런 연락이 없었다. 코로나19에 걸렸을 거야, 아니야 해외출장일 거야……. 스스로를 다독였다. 일주일쯤 흘렀을 무렵, 모르는 번호로 전화가 걸려왔다. 그 손님인 모양이었다.

형　사　여보세요? 진호민 선생님 되십니까?

진호민　네, 제가 진호민인데 그 손님이신가요? 전화 주셔서 정말 감사합니다.

형　사　네? 아닙니다. 저는 ○○경찰서 형사입니다. 얼마 전에 진호민 선생님 상대로 고소장이 접수됐어요. 진호민 선생님이 황선우라는 분한테 시계를 샀는데, 그때 황선우 씨한테 송금한 시계 대금을 실수로 잘못 보낸 돈이라고 주장하면서 돌려달라고 한다는 내용입니다. 고소 죄명은 사기미수고요. 조사를 해야 하는데 언제 시간이 괜찮으십니까?

시계? 시계 대금? 사기미수? 수화기 너머 형사는 알 수 없는 말들을 내뱉었다. 도통 이해할 수 없는 이야기들에 진호민은 혼란스러웠다.

*

어두운 방, 천장에서부터 추욱 늘어져 있는 전깃불 하나. 철제 책상을 사이에 두고 마주한 조사자와 피조사자. 조사자는 타들어 가는 담배를 입에 문 채 타자기를 두드리고, 피조사자는 불안한 얼굴로 연신 손톱을 물어뜯는다. "네가 했지?"라는 조사자의 질문. 피조사자가 한참을 망설이다 작은 목소리로 아니라고 답하자마자 조사자는 쾅 하고 책상을 내려치며 소리를 지른다, "야, 이 새끼야! 내가 우스워? 어디서 거짓말이야!" 취조라는 단어를 떠올리면 머릿속에 그려지는 장면의 조각이다.

하지만 실상은 다르다. 우선 검사실은 밝다. 푸근한 햇볕이 들어오고, 검사실에 따라서 향긋한 커피 향이나 잔잔한 음악이 공간을 메우기도 한다. 성탄절 무렵 검사실 한켠에 크리스마스트리를 꾸며 놓던 후배검사도 있었다. 검사실에 이런 게 왜 있냐는 볼멘 질문에 그 후배검사는 한껏 미소를 지으며 말했다.

후 배 누구든지 조사받는 일 자체가 불안할 텐데, 트리를 보면 마음이 편안해지지 않을까요? 그러면 조사받기도 훨씬 수월할 테고요.

또한 검사실에서는 절대 금연이고, 검사 대부분은 피조사자에게 위압감을 주어 원하는 진술을 받아내는 방식의 수사를 경계한다. 이는 자백을 받기 위해서라면 불법도 서슴지 않았던 과거의 그릇된 수사방식에 대한 반성이기도 하다. 검사 연수를 받을 때부터 검사란 객관적인 증거와 합리적인 추론을 통해 피조사자의 진술을 믿을 수 있는지 밝혀야 하고, 그 과정에서 폭언과 폭행이 개입될 당위는 없다는 말을 귀에 딱지가 앉게 들었다. 스스로도 언제나 이성만을 무기로 싸우는 검사가 되리라 여러 번 다짐했다.

*

피의자 황선우_ 죄명 가. 횡령, 나. 무고

뚝 검 황선우 씨, 저는 오늘 두 가지 혐의로 황선우 씨를 조사하겠습니다. 하나는 피해자 진호민이 착오로 황선우 씨 계좌에 송금한 1,800여만 원을 가지고 있다가 피해자로부터 반환을 요구받고도 돌려 주지 않은 횡령 혐의, 나머지 하나는 황선우 씨가 피해자를 상대로 허위 고소를 하였다는 무고 혐의입니다.

황선우 어이가 없네요. 도대체 뭐가 허위 고소라는 겁니까?

뚝 검 황선우 씨는, 1,800여만 원이 피해자가 황선우 씨로부터 명품 시계를 구입하고 지급한 금액인데, 피해자가 돈을

되돌려 받으려고 착오로 송금했다는 거짓말을 하고 있으
니 피해자를 사기미수죄로 엄벌해 달라고 고소했습니다.
수사기관은 이 고소 내용이 허위라고 판단하고 있습니다.

황선우는 콧방귀를 뀌며 불만 섞인 말투로 말을 꺼냈다.

황선우 제 말이 사실인데 무슨 무고죄인가요? 정말 억울합니
다, 검사님. 제가 중고나라에 명품 시계를 판다고 글을
올렸고, 진호민이 연락을 했습니다. 제가 시계하고 보증
서를 찍어서 보내 주니까 바로 1,900만 원에 사겠다고
하더라고요.
며칠 뒤에 진호민을 직접 만나서 계약금으로 현금 100
만 원을 받았고요. 그런데 진호민이 시계를 빨리 차고
싶다면서 시계를 먼저 달라고 했습니다. 강남에서 크게
중국집을 운영하고 있으니까 자기를 믿어도 된다고 하
면서요. 그래서 저는 그 사람 믿고 잔금 받기 전에 시계
를 줬습니다.

뚝 검 계속 말씀하세요.

황선우 그런데 진호민이 잔금을 안 보내 줬어요. 불안하더라고
요. 그게 얼마짜린데! 진호민한테 전화를 하고, 톡을 보
내 봐도 연락이 안 됐어요. 그래서 배달 어플로 진호민

이 운영한다는 중국집에 음식을 주문하고, 일부러 클레임을 걸었습니다. 진호민하고 전화 한번 하고 싶어서요. 그렇게 하니까 겨우 진호민하고 연결이 됐고, 진호민이 사과를 하면서 바로 잔금을 보내 줄 테니까 가격 좀 깎아 달라고 하더라고요. 제가 마음이 또 여려서 거절을 못 하고 그러라고 했어요. 나중에 보니까 1,700만 원 좀 넘게 돈 보냈더라고요.

그는 경찰에서도 똑같은 내용으로 조사를 받았다면서 도대체 몇 번이나 똑같은 조사를 받아야 하냐고 되려 성질을 부렸다.

뚝　검　황선우 씨에게 충분히 말할 수 있는 기회를 드렸으니, 이제는 제가 말을 하겠습니다.

황선우　해 보시죠, 한번.

뚝　검　황선우 씨 주장에는 크게 세 가지 모순이 있습니다. 황선우 씨는 시계를 거래하기 위해 피해자와 연락을 주고받았고, 직접 만나기도 했다고 진술했습니다. 그렇다면 피해자와 거래 시간, 장소를 정하기 위해 여러 차례 연락을 한 내역이 있어야 합니다.

여기 황선우 씨와 피해자의 휴대전화 수발신 내역, 피해자의 휴대전화 포렌식 결과입니다. 어디에도 황선우 씨

가 이 사건 범행 이전에 피해자와 연락을 주고받은 흔적
은 없습니다.

황선우 진호민하고 텔레그램으로 연락했으니까요. 그리고 진호
민 휴대전화를 포렌식하면 뭐 합니까? 벌써 진호민이
지울 거 다 지우고 제출했겠지…….

뚝 검 황선우 씨 휴대전화는 어디 있습니까? 이 사건 고소를
하면서 휴대전화 바꾸셨지요?

황선우 그거야 제가 워낙 얼리 어답터라서 새로 나온 휴대전화
를 써 보려고 바꾼 겁니다. 보상교환해서 저한테 없는
거고요. 괜히 몰아가지 마세요.

뚝 검 그리고 텔레그램이요? 진호민의 휴대전화에는 텔레그램
어플을 사용하였던 기록이 전혀 없습니다. 더구나 황선
우 씨는 피해자의 착오송금 주장이 거짓말이라고 하면
서 고소까지 했습니다. 그런 상황에서 황선우 씨에게 유
리한 증거가 담겨 있는 휴대전화를 바꾸고, 그 휴대전화
기기가 어디 있는지도 모른다는 주장은 이해하기가 어
려운데요?

황선우 저한테 유리한 증거인지 아닌지는 제가 결정하는 겁니다.

뚝 검 또 황선우 씨는 피해자와 직접 연락이 가능했습니다. 그
런데 잔금을 치르지 않는 피해자에게 단 한 번도 카카
오톡이나 문자메시지를 보내지 않았습니다. 누군가 줘

야 할 돈을 제때 주지 않고, 통화가 되지 않는다면 카카
오톡이나 문자메시지로 연락을 시도해 보는 것이 일반
적인데 말입니다.

황선우 거참, 무슨 끼워 맞추기 수사를 하고 계시네.

뚝 검 제 역할이 의심할 수 있는 모든 사항을 의심하면서 진
실을 밝혀가는 일입니다. 제가 제시하는 모순들에 대해
서 증거로 반박을 하시면 됩니다.

두 번째 모순을 말해 볼까요? 황선우 씨는 피해자가 식
당을 운영한다는 사실을 알고 있었다고 진술했고, 배달
어플로 피해자의 식당에 음식을 주문한 걸 보면 상호와
위치까지 알고 있었던 것으로 보입니다. 그러면 진호민
이 잔금을 주지 않고 연락이 두절됐을 때 황선우 씨가
가장 먼저 취했을 행동은 무엇이겠습니까? 일반인이라
면 식당에 직접 찾아갔을 겁니다.

황선우 씨의 숙소와 피해자의 식당 간 거리가 300미터
에 불과하고, 황선우 씨가 받지 못한 잔금은 1,800만 원
이나 하는 거액이니까요. 그런데 황선우 씨는 굳이 배달
어플로 음식을 주문하고, 음식이 오기까지 기다렸다가
클레임을 걸고, 상담원과 전화 연결을 하는 번거로운
과정을 거쳤습니다. 왜죠?

황선우 날이 추워서 밖에 나가기 싫었어요. 그리고 요새 누가

직접 통화를 해요? 다 어플 씁니다. 제가 숫기가 없어서
그런 걸 어떡합니까.

뚝　검　그럼 이 녹음 파일을 들어 볼까요?

[황선우] 분명히 이물질이 나왔다니까요. 식욕도 다 없어졌고,
토 나오니까 환불해 달라고 전해 주세요.

[상담원] 네, 고객님. 혹시 식당에 연결을 해 드릴까요?

[황선우] 무슨 말을 들은 거에요, 대체? 그냥 전달해 주세요. 기
분 나빠서 식당하고는 전화도 하기 싫으니까.

[상담원] 네, 고객님. 그 부분은 저희가 전달하도록 하겠습니다.

황선우　이게 뭐가 어쨌다는 겁니까? 별걸 다 가지고 사람을 의
심하네.

뚝　검　이 사건이 있었던 날, 황선우 씨와 배달 어플 상담원의
통화입니다. 황선우 씨 주장대로라면 피해자와 연결을
해 달라고 요구하는 편이 더 맞는데, 그런 요구를 한 적
은 전혀 없네요? 오히려 강력하게 환불 요구를 하고 있
는 황선우 씨를 보니까 황선우 씨의 환불 요구로 음식값
을 환불해 주다가 착오송금을 했다는 피해자의 주장에
더 수긍이 가는데, 어떻습니까?

황선우　그 사람이 거짓말을 하는 게 분명한데 왜 자꾸 저를 범

인으로 몰아갑니까!

황선우는 어이없다는 표정을 지으며 내 얼굴을 빤히 쳐다보았다. 객관적인 증거들이 그의 주장이 거짓임을 가리키고 있는데, 아무런 반성도 없이 뻔뻔한 얼굴로 진호민을 힐난하는 태도에 살짝 화가 올라왔다. 하지만 이성의 끈을 꽉 부여잡고 조사를 이어갔다.

*

형사소송법 제246조
공소는 검사가 제기하여 수행한다.

우리 형사소송법은 국가소추주의를 채택하고 있다. 검사만이 공소를 제기하여 피의자를 법정에 세울 수 있고, 개인에 의한 사소는 엄격히 금지된다. 사소가 허용되는 사인소추주의와 달리 국가소추주의는 국가가 피해자의 역할을 대신하겠다는 약속이 전제되어 있다. 그리고 그 역할을 대신하는 국가기관이 바로 검사다.

검찰청법 제4조 제1항
검사는 공익의 대표자로서 다음 각 호의 직무와 권한이 있다.

하지만 검사가 피해자만을 대변하는 것은 아니다. 검사는 공익의 대표자로서, 국가형벌권의 실현을 위해 공소제기 및 유지를 할 의무와 더불어 그 과정에서 피고인의 정당한 이익을 옹호할 의무를 부담한다. 예를 들어 검사가 수사나 공판 과정에서 피고인에게 유리한 증거를 발견했다면 검사는 피고인의 이익을 위해 그것을 법원에 제출할 객관의무가 있다.

*

뚝 검 마지막 모순점을 말씀드리겠습니다. 황선우 씨가 말하는 중고거래는 통상의 중고거래와 전혀 다릅니다. 특히, 고가의 중고물품을 거래할 때와 비교하면요. 황선우 씨는 피해자에게 시계와 보증서 사진을 보내 주니 피해자가 곧바로 1,900만 원에 시계를 구매하겠다는 의사를 밝혔다고 말했습니다.

그런데 저렴한 물건이라면 모를까, 고가의 중고물품을 거래하면서 실물도 확인하지 않고 구입가를 정한다고요? 그리고 황선우 씨는 계약금 명목으로 100만 원을 받은 바로 그 날 피해자에게 시계를 건네줬다고 했습니다. 잔금이 무려 1,800만 원이나 남은 상황에서 담보나 안전장치 없이 시계를 넘겨주었다……. 중고거래를 하는 일반인들의 모습과 크게 다릅니다.

황선우 그게 단가요? 우리 검사님이 뭘 모르시네. 시계 직거래
해 보셨어요? 요즘은 물건이 좋으면 선점을 하려고 다들
그렇게 합니다. 그리고 진호민이 강남 목 좋은 곳에서
크게 중국집을 한다고 하니까 그거 믿고 준 거죠. 진호
민이 처음부터 저를 속였다니까요. 증거요? 검사님이 좋
아하시는 그 증거 가지고 왔죠, 제가.

황선우는 종이 한 장을 책상 위에 던졌다.

뚝 검 뭡니까?

황선우 제가 중고나라에 시계 팔면서 올렸던 게시물이에요. 이
거 보고 진호민이 연락했고요. 날짜를 보세요! 진호민
하고 만나기 훨씬 전에 작성된 거 보이죠? 진호민하고
거래 끝나고, 제가 거래완료라고 적어 놓기까지 했잖아
요. 이렇게 증거가 있는데 왜 자꾸 저를 의심하세요?

뚝 검 방금 제출하신 자료, 경찰단계에서 제출하셨지요? 저희
수사관님을 통해서 그 게시물을 분석했습니다. 중고나
라에 게시물을 작성한 다음 내용을 수정해 봤어요. 그런
데 내용을 수정하더라도 게시일자는 바뀌지 않더군요.
그렇다면 황선우 씨가 예전에 업로드했던 글의 내용만
바꿔서 증거를 만들어 냈을 가능성이 남게 됩니다. 이 자

료만으로는 황선우 씨의 결백을 입증할 수 없는 거지요.

황선우 제가 증거를 조작했다는 겁니까? 그런 말은 증거가 있는 말인가요?

뚝　검 그리고 황선우 씨가 주장하는 시계 대금 잔금은 1,800만 원입니다. 통상 거래에서 사람들은 5나 10단위로 거래 금액을 정합니다. 그게 간편하니까요. 100만 원, 200만 원 이런 식으로 말이지요. 그런데 황선우 씨에게 입금된 돈은 17,614,523원. 잔금 액수가 1원 단위까지 있는 걸 보면 이 돈이 시계 매매대금이라는 황선우 씨의 주장보다 착오송금액이라는 피해자의 진술이 더 설득력 있어 보이는데, 어떻습니까?

황선우 그걸 왜 저한테 물어봅니까? 보낸 사람한테 물어봐야지. 저는 모릅니다. 할 말 없고, 잘못 없습니다. 계속 범인으로 몰아가는데, 조사 안 받고 싶습니다.

황선우는 조사를 받고 싶지 않다는 말 뒤로 입을 꾹 다물었다. 더 이상의 조사는 큰 의미가 없을 듯하여 조사를 마무리 지으면서 황선우에게 한 가지를 물었다.

뚝　검 마지막으로 한 가지만 묻겠습니다. 그 돈, 어디에 있습니까. 송금받은 날 전액 인출됐던데요.

황선우 그 돈은 제가 정당하게 받은 제 돈이기 때문에 제가 썼습니다. 중고 포르쉐 하나 뽑아서 몰고 다니다가 친구가 달라고 해서 줬습니다.

뚝 검 그 친구가 누구입니까.

황선우 이름은 모르고, 그냥 아는 친구입니다.

순간 진호민의 돈으로 외제 차를 구입하고, 웃돈을 얹어 대포차로 판매하고, 심지어 그 돈을 유흥비로 탕진했을 황선우의 모습이 파노라마처럼 그려졌다. 그때 잘 참고 있던 화가 폭발했다. 황선우의 수중에서 돈이 사라진 이상 민사소송을 하든 배상명령 신청을 하든 그 돈을 돌려받기란 요원해진 진호민의 모습이 떠올랐기 때문이다.

뚝 검 피해자가 평생 모은 돈이야! 그 돈! 분수에도 안 맞는 외제 차를 굴린답시고 며칠 사이에 그 돈을 다 날려? 그리고 미안하다는 말을 한마디도 안 해!

그날 나는 내가 실망스러웠다. 차분한 어투지만 날 선 질문으로 피조사자의 논리적 허점을 찾아내는 이성적인 검사가 되자고 몇 번이고 다짐했건만, 순간적인 감정을 주체하지 못해 소리를 지른 나의 모습을 받아들이기 힘들었다. 피해 회복을 받기 어려워진 진호민에 대한 안타까움과 도무지 반성을 모르는 황선우의 뻔뻔한 태도에 공분의 감정이 들었다고 변명하더라도 내가 추구하던 검사상은 아니었으니까.

*

피해자를 대변하는 검사의 역할과 공익의 대변자로서 검사의 역할 사이에서 나는 어떤 역할에 방점을 두어야 할지 늘 고민한다. 말이야 두 가지 역할을 적정하게 섞어 수행하면 그만이라고 쉽게 할 수 있겠지만 그 아슬아슬한 줄타기가 결코 쉽지 않다. 우리 형사법 체계 아래에서 범죄 피해를 입고도 가해자에게 한바탕 욕지거리를 해 주지도, 제대로 된 금전배상을 받지도 못하는 피해자들을 생각하면 전자에 무게를 두어야 하나 싶다가도, 피의자 또한 검사가 법률에 따라 보호해야 할 국민이라는 사실을 떠올리면 후자에 무게를 두어야 하나 싶기도 하다.

황선우는 1심에서 실형을 선고받았다. 그런데 얼마 뒤 항소이유서가 도착했다.

저는 아무 잘못이 없는데 억울하게 실형을 선고받았습니다. 1심의 형이 너무 무겁습니다. 억울합니다.

다시금 가슴이 답답해지는 걸 보면 나의 아슬아슬한 줄타기는 아직 실패지 싶다. 언제쯤에나 그 단단한 동아줄 위에서 영화 〈왕의 남자〉 장생처럼 지면을 노닐 듯 중심을 잡을 수 있을까? 어쩌면 검사를 하는 동안 내내 중심을 잡기 위해 발가락 끝부터 정수리까지 긴장을 해야만 하는 것일 수도 있겠다.

어른의
이별

어느 날, 후배가 갑자기 검사를 그만둔다고 연락했다. 검사 연수를 받던 시절부터 같은 조라는 이유로, 둘 다 영화를 좋아한다는 이유로 아삼륙이 되어 친분을 쌓아 왔던 터라 사직서를 냈다는 말이 적잖이 당황스러웠다. 얼마 전부터 잔뜩 풀이 죽은 목소리로 사직을 고민한다고는 했지만, '이제 죽어야지.'라는 노인의 말이나 '이번만큼은 밑지는 장사.'라는 장사꾼의 말처럼 빈말로 여겼을 뿐이었다.

하지만 수년 동안 꿔왔던 꿈을 내려놓기까지 몇 날 며칠을, 아니 그보다 긴 시간을 고민했겠다는 생각에 당혹스러운 마음을 애써 숨기고, 꽃길만 펼쳐지리라고 앞날을 응원해 주었다. 무거운 물항

아리를 양손에 든 채 들자니 무겁고, 놓자니 깨질까 봐 이러지도 저러지도 못하고 있는 나보다 과감히 결단을 내린 용기가 부럽다는 진심도 전했다.

검사생활을 하면서 가장 힘든 일이 무엇이냐는 질문을 받을 때면 이별이라고 답한다. 한 사람의 인생을 좌우하는 결정들에 대한 부담감이나 매일같이 자정 너머에 휴일까지 일해도 도통 줄어들지 않는 사건들, 다 또는 까로 마치는 대화가 자연스러운 딱딱한 공직문화에는 모두 안개비가 서서히 옷에 스며들듯 조금씩 익숙해졌지만 이별은 몇 번을 거듭해도 늘 처음과 같았다. 어른을 회자정리의 섭리를 이해하고 받아들일 수 있는 경지로 정의한다면 나는 겨우 옹알이 단계 정도일까.

검사는 2년에 한 번씩 임지를 옮기는 탓에, 2년마다 직장도, 사는 지역도 바뀐다. 동선에 맞게 물건들을 정리해 둔 집도, 동네 사람들이 잘 모르는 고즈넉한 산책로도, 제법 얼굴을 익혀 계란후라이 정도는 서비스로 내 주시는 국밥집 사장님도 한꺼번에 사라진다. 또다시 새로 찾고 익혀야 한다. 새로운 지역, 새로운 청사, 새로운 사람들까지. 명랑한 성격이라면 좋으련만 쉽사리 마음을 열지 못하는 성격 탓에 처음 만나는 사람들과의 첫인사는 늘 어색하기만 하고, 친해지려면 몇 번의 밤이 지나야 한다.

검사의 주변도 쉼 없이 달라진다. 검찰은 대개 상하반기에 인사이동이 있다. 내가 섬처럼 가만히 있더라도 간부가 바뀌고, 동료가 바뀌고, 직원이 바뀐다. 몇 번의 밤을 거쳐 겨우 친해졌다 싶은 사람들이 어느 날 홀연히 떠나는 상황이 반복된다. 어차피 업무로 만난 사이에 정이나 친분 따위가 필요하겠느냐는 말로 위안 삼아 보지만 설령 그렇다고 하더라도 각자의 업무 스타일에 적응하는 일 또한 녹록지만은 않다.

인사에 맞춰 사직하는 검사들도 많다. 승진에서 누락되었다거나 이제는 가족에게 충실하고 싶다거나 이직을 한다거나 하는 각양각색의 사정들로 사의를 표한다. 선배들이 떠난다면야 마음의 동요가 덜 하지만, 비슷한 연차의 검사들이 사직을 한다며 검사게시판에 사직인사를 남기면 착잡함을 넘어서 공허한 마음이 든다. 어린 시절, 해 질 녘까지 같이 놀던 친구들이 하나둘씩 저녁을 먹겠다고 각자의 집으로 돌아갈 때 느껴지던 헛헛함이랄까.

그래도 스스로 떠나겠다는 결정을 내린 이들을 지켜보는 편이 낫다. 건강 문제로 어쩔 수 없이 자리를 내려놓는 이들을 볼 때면 며칠 동안 깊은 슬픔에 젖는다. 초임검사 시절, 압수수색을 나갈 인원이 부족해서 발만 동동거리던 햇병아리에게 선뜻 "제가 갈게요."라고 말을 건네주었던 계장님이 간암으로 유명을 달리하신 날, 격무에 눌려 숨이 쉬어지지 않을 때 낚싯대를 빌려주며 인생 최초로 손맛을 느끼게 해 줬던 후배검사이자 형이 계속되는 두통에 뇌 신경 검사를 받아야 한다며 휴직하던 날이 기억에 선명하다. 출근하지 않는 동료를 찾아 집에 가 보니 동료가 싸늘한 주검으로 누워 있었다거나 직접 동료의 변사사건을 처리했다는 검사들을 심심찮게 만나볼 수 있다.

며칠 전, 갑작스레 사직 인사를 했던 후배검사를, 아니 이제 번듯한 법무법인의 대표 변호사를 만났다. 그간 어떻게 지냈냐는 식상한 이야기로 시작한 대화는 검사로서 했던 경험들이 법인을 운영하고, 의뢰인들을 이해하는 데 커다란 도움이 된다는 이야기로 이어졌다. 한가득 생기가 도는 얼굴이 근황을 대신 말해 주었다. 그래, 나에게는 아쉬운 이별이 당사자들에게는 새로운 시작일 수 있겠구나. 마냥 이별을 아쉬워만 하는 태도가 어쩌면 이기적일 수 있겠다는 생각에 앞으로는 이별 상대방을 한껏 축복해 주어야지, 다짐했다.

하지만 남은 검사생활 동안 이별이 조금이라도 줄어들길 바라는 마음이 여전한 걸 보니, 인사이동을 할 무렵 실무관님께서 그려 주신 초상화와 운 좋게노 1년 9개월을 함께 한 두 분의 계장님과 찍은 사진들에 종종 넋을 잃기도 하는 걸 보니, 나는 아직도 걸음마를 떼는 정도까지만 성장을 했나 보다. 언제쯤에나 이별에 익숙해지는 진짜 어른이 될 수 있을까. 아니다, 과연 어른이 될 수나 있을는지 모르겠다.

여우와
두루미

김지현(가명)은 상경한 지 몇 달 만에 고향 친구들을 만났다. 첫 직장에 적응하느라 눈코 뜰 새 없이 바쁜 나날이었다. 오랜만에 만난 친구들은 저마다 고군분투 중이었다. 김지현은 차가운 맥주를 들이켜며 모든 걱정도 함께 삼켰다. 정신없이 대화를 나누다 보니 시간은 어느새 새벽 2시가 훌쩍 넘어 있었다. 아니나 다를까 엄마에게서 몇 통의 전화가 와 있었다. 서둘러 자리에서 일어섰다.

김지현 응, 엄마. 걱정하지 마. 친구들 만나느라 늦었지. 집에 거의 다 왔다! 도착하면 톡 남길 테니까 먼저 자.

버스는 끊겼고, 택시를 부르기에는 할증료가 아까웠다. 10분이면 걸어갈 거리에 택시비를 쓸 수는 없는 노릇이었다. 막상 돈을 벌어 보니 천 원 한 장 쓰기가 쉽지 않았다. 걷기로 했다. 원룸 빌라들이 모여 있는 동네는 조용하다 못해 을씨년스러웠다. 혼자 사는 사람들이 많아서일까. 하나같이 필로티 구조에 1층은 주차장, 2층부터는 원룸인 빌라들이 다닥다닥 붙어 있었다. 그 풍경이 오늘따라 괴기스러웠다. 가끔 음식물 쓰레기통을 뒤지는 길고양이들이 분주하게 움직이는 소리가 들려 왔다.

또각……. 저벅. 또각……. 저벅.

언제부터였을까. 하이힐 소리 사이로 묵직한 발자국 소리가 더해졌다. 그 소리는 점점 빨라지고 커졌다. 덩달아 심장 박동이 빨라지고 커졌다. 김지현은 어깨에 메고 있던 가방을 두 손으로 부여잡았다. 집까지 한 번도 쉬지 않고 달려갈 수 있는 거리를 어림잡아 보았다. 저 남자가 눈치채지 못하게 집까지 최고속력으로 달릴 수 있는 거리까지만 조용히 걸어야지 생각했다. 친구들을 만난다고 꺼내 신은 하이힐이 후회스러웠다. 구두에 긁혀 생채기가 난 발뒤꿈치에는 이미 피가 맺혀 있었다.

김지현은 뛰기 시작했다. 150미터, 100미터, 70미터. 이를 악물었다. 제발 따라오지 마. 모든 게 우연이었으면 했다. 저 남자와 길

이 겹쳤을 뿐이길 바랐다. 헉헉. 김지현은 빌라 공용출입문 앞에
도착했다. 벽에 손을 짚고 허리를 숙인 채 가쁜 숨을 몰아쉬었다.
다행히 뒤를 따라오는 사람은 없었다. 오해였구나, 헛것을 들었구
나. 다행이다…….

남 자 (와다다다다다—) 여기 있었네요? 한참 찾았잖아요.

남자는 김지현의 등 뒤로 얼굴을 가져다 대며 말했다. 김지현은
비명을 질렀다. 남자를 있는 힘껏 밀치고 큰 길가로 달렸다. 하이
힐이 벗겨져 바닥에 나뒹굴었다. 남자에게 가방을 던졌다. 엄마에
게 취업 선물로 받은 가방이었다. 김지현은 무작정 달렸다. 저 멀
리 두 사람이 걸어오고 있었다.

김지현 사람 살려요! 신고, 경찰에 신고, 신고 좀…….

김지현은 두 사람을 붙잡고 이내 주저앉아 참았던 울음을 터뜨
렸다. 이후 경찰은 남자를 체포했다. 남자는 그때까지도 김지현의
빌라 주차장을 서성이고 있었다. 경찰은 체포한 남자를 강도 높게
조사했다. 조사 끝에 밝혀진 남자의 신원에 경찰들 모두 혀를 내
둘렀다.

성명 조민구(가명)

수사경력 및 범죄경력

2017. 10. 13. ○○지방법원 강간미수 징역 ○○년

2019. 3. 17. ○○지방법원 강제추행 벌금 ○○원

조민구는 3년 사이에 두 차례의 성범죄를 저지른 전과자였다.

*

피의자 조민구_ 죄명 주거침입

재판장 ○○지방법원 2020노○○호 피고인 조민구의 주거침입 사건에 대한 항소심 선고를 시작하겠습니다. 이 사건은 1심이 피고인의 주거침입 범죄사실에 대하여 무죄를 선고했고, 이에 검사가 1심의 판단에는 사실오인 및 법리오해의 위법이 있다고 주장하면서 항소를 제기한 사건입니다. 항소심 재판부가 1심에서 채택한 증거 및 당심에서 제출된 증거들, 관련 법리와 판례를 종합적으로 검토한 결과, 검사의 항소는 이유 없으므로 주문과 같이 선고합니다. 검사의 항소를 기각한다.

조민구에 대한 2심 법정, 피고인석에 서서 재판장의 선고를 듣고 있던 조민구는 안도의 한숨을 내쉬는 듯했다. 1심에 이어 2심에서도 무죄를 선고받은 조민구는 유유히 법정을 빠져나갔다.

*

주거침입? 성범죄 전과자가 깊은 새벽에 여성을 집까지 뒤쫓았고, 집 주변을 배회했다. 그녀가 재빠르게 도망치지 않았다면 그가 어떤 위해를 가했을지 어렵지 않게 상상할 수 있다. 그 의도가 너무나도 뻔하지 않은가. 그런데 검사는 뜬금없이 조민구를 주거침입죄로 기소했다.

이 사건에서 쉽게 떠오르는 죄명은 강간미수죄나 스토킹법위반죄 정도이다. 그러나 안타깝게도 조민구에게는 이 두 가지 죄를 물을 수 없다. 강간미수죄가 성립하려면 피해자가 반항할 수 없을 정도의 폭행·협박이 전제되어야 한다. 조민구는 김지현을 뒤쫓기만 했다. 형법상 인정할 만한 폭행이나 협박을 찾을 수 없으니 강간미수죄를 묻기 어렵다.

스토킹법위반죄는 어떨까? 스토킹은 상대방의 의사에 반하여 정당한 이유 없이, 반복적으로 상대방에게 접근하여 불안감을 느끼게 하는 행위 등을 말한다. 조민구는 일면식도 없는 김지현을 뒤쫓았고, 그녀는 심각한 공포를 느꼈다. 하지만 조민구의 행위는 단 한 번뿐. 결국 스토킹범위반죄도 성립하지 않는다.

우리 법은 죄형법정주의에 따라 무엇이 범죄인지, 범죄행위를 하면 얼마만큼의 형벌을 받는지 미리 정해 두었다. 형사처벌은 어떤 행위가 법에 정한 요건에 딱 들어맞을 때만 이루어진다. 공권력이 어떤 사람이 범죄를 저지를 것 같다는 이유만으로, 그 행위를 예측하고 추측해 처벌한다면 우리네 삶은 살얼음판을 걷듯 불안해지기 때문이다.

'전하, 아니 되옵니다. 통촉하여 주시옵소서.'라고 반복하는 사극 속 신하들처럼 법률요건을 하나하나 따지는 죄형법정주의가 답답할 때도 있다. 하지만 죄형법정주의는 우리가 법치주의의 테두리에서 스스로 행동을 선택하고 책임질 자유를 담보하는 기본원칙이다. 죄형법정주의, 그것이 조민구가 김지현에게 성범죄를 저지르리란 예측, 스토킹을 해 왔으리란 추측으로 죄를 물을 수 없는 이유다.

하지만 조민구를 처벌할 필요성은 충분했다. 수사검사는 적잖은 시간 동안 그를 기소하기 위해 고민했다. 고심 끝에 떠올린 죄명이 바로 주거침입죄. 주거침입죄는 주거의 평온을 보호한다. 그래서 집 안뿐만 아니라 정원, 아파트 공용현관이나 복도 등을 침입했을 때도 성립한다. 이런 공간을 위요지라고 하는데, 위요지가 되려면 그곳이 주거에 이용되고 아무나 함부로 출입할 수 없음이 외부에 명백히 드러나야 한다. 김지현의 집은 필로티 구조에 1

층이 주차장인 빌라였다. 주차장은 이면도로에 바로 붙어 있었다. 담이나 펜스로 경계가 져 있지 않았고, 무단 주차를 막는 차단장치도 없었다. 판례는 대개 이러한 구조의 주차장을 위요지로 보지 않는다.

사실 김지현의 집 주차장에 들어간 조민구의 행위가 주거침입죄로 처벌될 가능성은 낮았다. 그럼에도 수사검사는 주차장 둘레를 따라 화강암 연석이 설치되어 있고, 주차장 바닥에 페인트가 칠해져 있어 이면도로와 시각적으로 구분된다거나 CCTV를 통해 빌라 입주민들이 상시 주차단속을 하고 있어 외부인의 출입이 제한되고 있다는 근거들를 모았다. 그리고 이 사건 공판카드*에 사건 검토 내용, 증거분석 결과, 공판대응 전략을 빼곡히 적고 유사판결과 참고할 만한 논문들을 정성스럽게 붙였다.

*

여우가 두루미를 집에 초대했다. 몇 시간 동안 정성껏 만든 스프를 접시에 내었다. 그런데 두루미가 화를 냈다. 여우는 영문을 알 수 없었다. 대접한 음식을 도통 먹지 않는 두루미가 미웠다. 반면 두루미는 여우가 자신을 골탕 먹이려 접시에 음식을 주었다고 생

• **공판카드** 수사검사가 공판검사를 위하여 사건의 쟁점, 증거설명 등을 정리한 문서.

각했다. 두루미는 여우에게 통쾌하게 복수를 해 주고 싶었다. 여우를 집으로 불렀다. 여우가 식탁에 앉자 두루미는 기다렸다는 듯 호리병에 스프를 담아내었다. 여우도 화를 냈다. 둘은 다시는 보지 말자며 서로에게 등을 돌렸다.

이솝우화 〈여우와 두루미〉, 타인에 대한 배려와 존중을 교훈으로 하는 이야기이다. 그런데 만약 여우가 두루미와 가까워지고 싶은 마음에 가장 아끼는 접시에 음식을 낸 것이었다면 어떨까? 여우는 두루미에게 깐부가 되고 싶어 가장 소중한 것을 내줬다는 말을 하지 않았고, 두루미는 여우의 의도를 묻지도 않고 곡해했다. 여우와 두루미가 접시와 호리병을 사이에 두고 서로의 진심을 소통했다면 둘은 친구가 될 수 있지 않았을까.

*

수사검사는 최선을 다해 조민구를 법의 심판대에 올렸다. 하지만 이 사건이 대중에게 알려진다면 혹독하고 냉담한 평가를 받지 않을까. 분명 김지현은 지울 수 없는 공포를 느꼈다. 그날의 기억은 그녀의 삶에 흉터처럼 남을 것이다. 그런데 검사는 아무런 설명 없이 조민구에게 주거침입죄만을 묻고 있으니, 뭇사람들이 보기에 법은 도대체 누구 편인가 하는 의심이 드는 건 어쩌면 당연하다. 이처럼 검사의 결정이 대중의 법 감정과 크게 괴리되는 이유는 여우와 두루미처럼 진심을 소통하지 않았기 때문일 테다.

대중은 검사가 어떤 고민을 거쳐 사건을 처리했는지 알 수 없다. 나와 관련된 사건인데도 어떤 방향으로 수사가 진행되고 있는지, 증거들은 무엇이 있는지 알기 어렵다. 검사와 면담 한번 하기도 까다롭다. 검사와 대화를 나누고, 검사의 의견과 수사내용이 담긴 사건기록을 보아야 검사의 고민을 알 수 있을 텐데, 검사의 고민은 늘 가려져 있기만 하다.

최근 검찰은 관련 지침을 개정해 사건관계인의 사건기록 열람·등사 범위를 확대하는 시도를 하고 있다. 검사의 수사 기능보다 사법통제 기능이 강조되는 시대의 요구에 발맞춰, 다양한 조사방식을 통해 사건관계인들과 접촉하는 기회를 늘려가고 있다. 변화하는 수사환경 속에서 검사의 역할을 재정립하기 위해 애쓰는 중이다. 여전히 부족한 점투성이겠지만 검사들은 대중에게 접시에 스프를 담은 이유를 말하고, 부리가 접시에 닿는 바람에 스프를 먹을 수 없어 화가 났다는 말에 귀 기울이는 방법을 배워나가고 있다. 물론 잘못에는 따끔한 질책이 필요하겠지만 검사들의 이런 노력을 알아 주시길 그리고 칭찬을 아끼지 말아 주시길 조심스레 소원해 본다.

병렬연결? ______
직렬연결! ______

대학 시절 철학을 전공했다. 고2 겨울방학 보충수업에
서 들었던 윤리 강의가 준 뭉클한 감동은 '뭐 먹고 살래?'라는 주
변의 만류에도 나를 철학과로 이끌었다. 공자, 맹자, 소크라테스,
데카르트, 니체, 융. 시대를 풍미한 천재들도 나와 똑같은 고민을
거듭했다는 사실이 위안을 주었다고나 할까. 지구상에 존재했던
모든 인류를 통틀어 몇 손가락 안에 들만한 석학들조차 수십 년
을 고민한 끝에 해답을, 그것도 불완전한 해답을 찾은 것이 우리
네 삶이니, 그들보다 한참 부족한 나에게 인생이 이리도 버거운
건 당연한 일이라는 생각이 들었다.

대학의 낭만을 마주하던 그 무렵은 한미 FTA, 미국산 소고기

수입 문제 등으로 온 나라가 시끄러웠다. 치기 어린 마음에 의사 결정이 제때 이루어지지 못하는 민주주의적 의사결정방식에 깊은 회의가 들었다. 그런 나에게 플라톤의 철인정치론은 매력적이었다. 민중은 소크라테스를 죽음으로 내몰 정도로 우매하다, 그러니 현상을 초월하여 이데아를 인지할 수 있는 철인이 세상을 통치해야 한다는 그의 주장은 설득력이 있었다.

엘리트주의로도 각색되는 철인정치론을 통한다면 종일 언론에서 접해야 하는 지겨운 갈등을 보지 않아도 되겠다는 짧은 생각에 빠져 관련 서적을 줄기차게 읽었던 기억이 난다. 도서관에 앉아 번역본으로만 읽던 플라톤의 저서를 원서로 읽으려고 도전했다가 몇만 원짜리 냄비 받침만 생겼던 기억도 난다. 그 뒤 가방끈이 조금씩 길어지면서 철인정치론의 한계점이라거나 민주주의적 의사결정방식의 필요성을 배웠고, 뜨겁던 철인정치론 사랑도 자연스레 식어 갔다.

*

대검찰청 검찰시민위원회 운영지침 제1조

이 지침은 검찰 의사결정 과정에 국민의 의견을 직접 반영하여 검찰권 행사의 공정성과 투명성을 제고하고 국민의 인권을 보장하기 위하여 설치할 '검찰시민위원회'의 심의대상, 구성, 심의절차에 관하여 필요한 사항을 규정함을 목적으로 한다.

대검찰청 검찰시민위원회 운영지침에 따라 각 검찰청에는 검찰시민위원회가 설치되어 있다. 대한민국 국적을 가진 시민이라면 누구든지 시민위원으로 위촉될 수 있고, 시민위원들은 정기적으로 시민위원회에 회부되는 구체적인 사건들에 대해서 사건처분이나 적정한 양형 등을 심의한다. 검사는 시민위원회의 심의 결과와 다른 판단을 할 수 있지만 그러한 때에는 시민위원들에게 반드시 그 이유를 설명하여야 한다.

[단체 쪽지] 이번 달 시민위원회 안건이 있으시면 사건설명서를 저에게 보내 주시기 바랍니다.

기획검사가 보낸 쪽지가 모니터 하단에서 깜빡였다. '검사가 알아서 결정하면 되는 걸 뭐 하러 일반인들한테 물어봐? 괜히 일만 복잡해지게!' 돌이켜보니 부끄럽지만 그때 기획검사의 쪽지를 받고 맨 처음 떠오른 감정은 짜증이었다. 법률판단은 법률전문가인 검사의 권한이자 의무라는 교만에, 법리에 문외한인 시민위원들이 전혀 엉뚱한 판단을 하면 뒤치다꺼리는 온전히 내 몫이라는 오만이 더해졌기 때문이었다.

[개인 쪽지] 선배님, 이번 달은 저희 부가 시민위 안건을 회부할 순서입니다. 안건 보내 주시면 감사하겠습니다!

검찰청마다 차이가 있겠지만 내가 근무하던 곳은 각 부가 돌아가면서 매월 시민위원회에 안건을 회부했다. 안건을 회부하려면 사건설명서라는 문서를 작성해야 하고, 시민위원들에게 직접 사건을 설명하는 데 시간을 할애해야 하기 때문에 업무 효율을 높이기 위함이었다.

그동안 잘 피해 다녔는데……. 나에게도 그 순서가 오고 만 것이었다. 또 일이 늘다니, 무슨 사건을 회부해야 하나. 화가 났다. 최대한 쟁점이 간단한 사건을 골랐다. 아니, 보다 정확히 말해 내가 쟁점이 간단하다고 생각한 사건을 골랐다. 그래야 시민위원회가 빨리 끝날 테고, 문서 작성도 쉬울 테니까. 그래, 이거다! 캐비닛을 뒤적거리던 나는 얇은 기록 하나를 꺼내 들었다

피의자 김승우(가명)_ 죄명 야간주거침입절도

김승우는 26살로, 국문학을 전공하는 대학원생이었다. 고양이를 좋아하는 그는 동네 구석구석을 돌아다니며 고양이 사료와 물을 놓아주는 일명 캣대디였다. 늦은 밤, 여기저기 고양이 밥을 놓고 다니다가 윤 양이 사는 원룸 건물과 담벼락 사이에 들어간 김승우는 건조대에 널려있는 윤 양의 속옷을 보았다. 그는 주머니에 황급히 속옷을 집어넣고 부리나케 달아났다. 다음 날, 속옷이 없어진 사실을 눈치챈 윤 양은 경찰에 신고했고, 경찰은 김승우의 꼬리를 잡았다.

*

담당수사관에게 시민위원회가 준비되었다는 연락이 왔다. 부랴부랴 재킷을 걸치고는 시민위가 열리는 중회의실로 향했다. 백발을 단정하게 빗어 넘긴 노년의 신사부터 흰 티셔츠에 청바지를 입은 앳된 얼굴의 청년, 긴장했는지 연신 물을 들이켜는 아주머니까지 거리에서 한 번쯤은 마주쳤을 법한 얼굴의 이웃들이 자리에 앉아 있었다. 준비해 온 자료를 시민위원들에게 나누어 주고, 사건설명을 시작했다.

뚝 검 ……피의자는 26세 청년으로, 대학원 재학 중입니다. 지금까지 형사처벌을 받은 전력이 없는 초범이고요. 피의자가 훔친 물건의 가액은 합계 5만 원 상당이고, 피해자는 피의자로부터 그 물건을 돌려받아 피해가 회복된 상황입니다. 그리고 야간주거침입절도죄는 징역형만 규정되어 있는데요. 그러다 보니 피의자를 기소하면 행위에 비해서 처벌이 과중할 우려가 있습니다. 시민위원들께서는 여러 사정들을 살피셔서 피의자를 구공판할지, 아니면 기소유예로 선처할지 심의하여 주시면 감사하겠습니다.

사실 이 사건을 배당받은 날, 기록을 쓱 훑어 보고서는 곧바로 불기소이유서를 작성했다. 초범, 절취품 가액 경미, 피해회복, 자백 및 반성. 김승우를 불러 엄중 경고를 하고 반성문을 받으면 사건 하나를 간단하게 처리할 수 있겠구나 싶었다. 시민위원들에게 한가위 보름달마냥 심증을 내보였다. 법률전문가인 검사가 심증을 내비쳤으니 모두 기소유예 처분으로 의견을 모으겠지 하는 기대를 품었다. 그때, 끝에 앉아 있던 여학생이 가만히 손을 들었다.

여학생 저……. 검사님, 피의자가 피해자에게 변상했나요?
뚝　검 네, 경찰을 통해 속옷을 돌려주었습니다.

사건설명서에 적혀 있는 내용을 못 봤냐는 말투로 대꾸했다.

여학생 아니요, 그거 말고요……. 피해자는 다른 물건도 아니고 속옷을 도둑맞아서 무척 놀란 상황일 텐데……. 피의자가 진심으로 사과하고, 재발 방지도 확실히 약속해야 피해자가 안심하지 않을까요?

여학생의 이야기를 시작으로 시민위원들이 질문을 쏟아 냈다.

시민　1 피해자는 현재 어떤 상태인가요?
시민　2 피해자는 혼자 사는 여성인가요?

시민 3 피의자가 피해자의 동네 거주민인가요? 아니면 남의 동
네까지 고양이 밥을 주려고 돌아다닐 필요가 있나요?
정말 캣대디가 맞나요?

식은땀이 흘렀다. 압박면접을 받는 느낌이었다. 얇은 기록이었
던 터라 시민위원들의 질문과 관련된 내용에 대해 깊이 있게 고민
해 본 적이 없었다. 10여 분 동안 혼쭐이 났다. 검사실로 돌아와서
야 안도의 한숨을 내쉴 수 있었다. 소금에 절여진 배추처럼 책상
앞에 축 늘어져 있는 나에게 담당수사관이 심의결과서를 건네주
었다.

최종의견

구공판(시민위원 총 13명 중 구공판 의견 10명, 기소유예 의견 3명)

부기의견

[시민 1] 훔친 물건이 속옷이라는 점에서 생계형 절도로는 보이지
않고, 오히려 성적 목적에 의한 범행이 의심됩니다. 일반 절도 사건
과 동일한 기준으로 판단하면 안 된다고 생각합니다.

[시민 2] 피해자분은 혼자 사는 여성인데, 이번 사건으로 편안하
게 쉴 곳을 잃어버렸습니다. 적어도 피의자는 피해자분의 정신적 충

격을 변상하고, 재발 방지를 약속했어야 합니다. 그런 절차도 없이 검사님에게만 죄송하다고 하는 것은 진정성이 없어 보입니다.

[시민 3] 피의자가 고양이 밥을 주고 다녔다는 증거는 피의자의 말뿐입니다. 제가 캣맘이어서 아는데, 사유지까지 들어가서 고양이 밥을 주지는 않습니다. 주인하고 마찰이 생기거든요. 그런데 고양이 밥을 준다는 이유로 남의 건물 골목까지 들어갔다니 저는 피의자의 말을 믿기 어렵습니다.

[시민 4] 검사님 말씀이 이성적으로, 법률적으로는 다 맞습니다. 하지만 피해자의 입장은 생각을 안 하신 것 같습니다. 우리 법이 피해자에게 신경을 더 썼으면 좋겠습니다.

몽둥이로 뒤통수를 세게 후려 맞은 기분이었다. 이 사건을 배당받은 때부터 시민위원회 전까지 피해자를 떠올린 적이 없었다. 도난 당한 물건을 돌려받았으니 피해회복이 되었다고 단정했다. 김승우의 범행으로 피해자가 입은 피해는 고작 5만 원짜리 속옷이 아니라 나만의 공간에서 세상 가장 편안한 마음으로 쉴 수 있는 권리였다. 시민위원들의 의견을 뒤집을 만한 이유를 딱히 찾을 수 없었다. 김승우를 구공판했다.

*

존경하는 검사님께

　검사님, 얼마 전 재판을 받은 김승우입니다. 처음 경찰조사를 받을 때, 주변에서 기소유예를 받을 수 있다고 해서 안심하고 있다가 검사님께서 갑자기 재판에 넘겨 검사님이 많이 미웠습니다. 하지만 변호사님과 함께 피해자를 찾아가 진심을 다해 사과드리고, 부족한 돈이지만 용서를 구하면서 이런 과정을 통해 제 잘못을 깊이 뉘우쳐 보라는 뜻이셨구나 하는 생각을 하게 되었습니다. 지금은 정말 제 잘못을 반성하고 있습니다. 앞으로 다시는 이런 일 없게 하겠습니다. 저에게 깨달음과 가르침을 주셔서 감사합니다.

　몇 달 뒤 김승우에게서 감사 편지가 왔다. 보람이나 뿌듯함이 아니라 부끄러운 감정만 들었다. 이 감사 인사는 나의 몫이 아니었으므로. 어려서부터 성적이 좋다는 이유로 모범생 대접을 받다가 법전과 판례를 달달 외워 검사가 됐고, 경력에 걸맞지 않은 커다란 권한을 손에 쥐었다. 그러다 보니 엘리트의식이 마음의 기저에 뿌리를 내렸나 보다. 법률전문가도 아니면서, 법도 모르는 사람들이, 너희들이 판례를 알아 하는 따위의 일반인에 대한 얕은 무시가 내 귀를 막고 있지는 않았을까. 대학 시절, 엘리트주의로 점철되는 사유체계가 얼마나 위험한지 배우고 익혔으면서도 말이다.

사람 머리가 여럿 모여봐야 병렬연결이라는 우스갯소리를 듣곤 한다. 건전지가 몇십 개, 몇백 개 모여봐야 전압이 같은 병렬연결처럼 사람들이 모여봐야 지혜는 늘어나지 않는다는 의미의 농담이겠거니 싶다. 하지만 시민위원회를 통해 비로소 체득할 수 있었다. 각자의 색깔을 가지고, 누구나 의견을 자유롭게 제시할 수만 있다면, 대중의 지혜는 어둠을 빛으로 채우는 직렬연결이 될 수 있다는 사실을.

법은 상식이다. 고로 상식을 가진 이라면 누구든지 이해할 수 있어야 올바른 법이고, 법률전문가들만 알 수 있다면 그것은 틀린 법이다. 다양한 경험을 가진 구성원들의 의견에 귀를 기울이고, 그것을 수용하며 법리에 맞게 정리할 수 있는 능력이 오늘날 검사에게 요구되는 능력 중 하나가 아닐까?

따듯한 발자국들을 기억하다

"왜 글을 쓰기 시작하셨어요?"

출판계약을 논의하기 위해 출판사를 찾았을 때, 처음 받은 질문이었습니다. 검사가 검사의 이야기를 꿰어 냈다면 정의를 실현한다거나 거악을 척결하기 위해서라는 거창한 계기를 말해야 하지 않을까 고민했습니다. 하지만 쉬이 입이 떨어지지 않았습니다. 애초에 그럴 요량으로 써 내린 글이 아니었으니까요.

뚝심 있는 검사가 되어 보자며 스스로에게 뚝검이라는 별칭을 지어 봤던 열정 가득 초임검사 시절도 있었지만, 저에게도 흔히 말하는 번 아웃이 찾아왔습니다. 손발을 열심히 구르며 앞으로 나아가려는데 늪 위를 뛰는 기분이었달까요? 힘을 내면 낼수록, 발을 박차면 박찰수록 진창에 빠져들었습니다. 그래서 잠시 쉬어가기로, 지나간 시간들을 더듬어 올라가 보기로 했습니다. 엉망인

서랍을 정리하면 개운해지듯 글의 힘을 빌려 흘러간 시간들을 정
돈하면 지금보다 나아지리라 기대하면서요. 물론 덧없다 느껴지는
삶에서 무언가 의미를 찾아내고 싶다는 소망도 있었습니다.

　지나온 설원 위의 눈을 손으로 쓸어 내다 보니, 발자국이 보였
습니다. 그런데 발자국 모양이 제각각이었습니다. 일찍이 남편과
아빠를 보낸 아픔을 숨긴 채 못난 아들이자 동생을 늘 지켜주는
어머니와 누나. 여전히 따스한 추억으로 내 심장에 사는 할아버지
와 아버지. 검사생활 동안 함께 근무했던 모든 분들 그리고 저마
다의 인생을 내보여 준 사건당사자들까지. 그들이 저에게 내어 준
시간들이 저를 가만히 뒤따르며 제 등을 떠받치고 있었습니다.

　지극히 개인적인 이유로 적어 내린 글들이 한없이 부끄럽지만,
이 이야기들이 단순한 흥밋거리가 아니라 우리의 이웃들이 남긴
족적이자 우주의 조각임을 알아주시길 바라며 글을 마칩니다. 이
글의 끝은, 행복이었습니다.

작가 뚝검
그리고 검사 정거장